幸福皮外伤

xing fu
pi wai shang

杨凌波 著

中国出版集团
现代出版社

图书在版编目（CIP）数据

幸福皮外伤/杨凌波著. --北京：现代出版社，2017.5
ISBN 978-7-5143-6249-7

Ⅰ. ①幸… Ⅱ. ①杨… Ⅲ. ①长篇小说－中国－当代
Ⅳ. ①I247.5

中国版本图书馆CIP数据核字（2017）第126059号

幸福皮外伤

作　　者	杨凌波
责任编辑	李　鹏
出版发行	现代出版社
地　　址	北京市安定门外安华里504号
邮政编码	100011
电　　话	010-64267325　010-64245264（兼传真）
网　　址	www.1980xd.com
电子邮箱	xiandai@vip.sina.com
印　　刷	三河市京兰印务有限公司
开　　本	880×1230　1/32
印　　张	11
版　　次	2017年5月第1版　2017年5月第1次印刷
书　　号	ISBN 978-7-5143-6249-7
定　　价	39.80元

谨以此书献给我身边的女孩儿们

她们曾为爱飞蛾扑火、奋不顾身

虽然历经背叛与辜负

仍心存良善，微笑等待

感谢成长路上那些累累伤痕

它给予我们底气与从容

拥抱姗姗来迟的幸福

目录

CONTENTS

第1章 一夜情的后遗症

XING FU PI WAI SHANG

❶

九月的九寨沟，风景迤逦，是一年中旅游的黄金季节，每年到了这个时候，就有无数来自四面八方的游客前往观光，往往是涌涌的人海比风景更壮观。这人气旺的地方就容易俗，随着近几年的开发，早日纯朴的藏羌风情已然不再。

人群中一队又是粤语又是英语的新加坡旅行团分外显眼，这拨全是大叔大妈的团员对祖国的大好河山惊呼不已，争相在此留影，快门声响成一片。导游韩娜摇着队旗笑容可掬，耐心十足地招呼着忙于拍照的团员。

韩娜是中国旅行社的导游。外人看来导游是一份浪漫多金的职业，特别对女孩子来讲。可是事实上并不是这样，韩娜 20 岁大专毕业，就到旅行社做导游，带了将近6年的团，最大的收获就是给自己挣了套市中心的公寓，不过是贷款买的，欠了银行20年的债——若不是想着每月的按揭费，韩娜早就不想在26岁的高龄还在当导游跑东跑西，劳心劳力。

她不经意地瞟了瞟手表，心里鬼火冒，照这么慢的速度，今天的购物时间又要大大地缩水，导游没有固定工资，全靠小费和购物回扣。韩娜巴望着能早点结束游程，好进店购物，可眼下客人偏偏不紧不慢，玩得正欢。韩娜再不爽也不敢有丝毫怠慢，这些客人都是衣食父母，要是他们不高兴，小费就不会多，进店购物就不会放开手脚地买，导游加点时客人肯定不会附和，外宾客人精得很，知道哪些项目是导游捞油水的，当然如果让客人玩得开心，他们也很通情达理。

韩娜十分不爽地嘀咕着，带团来了九寨沟无数次，再美的美景也腻得想吐。

"hana，帮我们照张相好吗？"一位团员拿着照相机叫她。

"好的，好的。"再抱怨，也只能在心里，听到客人召唤，韩娜立马笑得像朵花似的忙不迭地跑过去。

团队中，有位大叔对韩娜特别上心，一路上没话找话，跟韩娜套近乎，操着浓厚的粤语口音的普通话时不时夹杂点英文单词。新加坡大叔："因（九）寨沟真的四（是）灰（非）常美，我回去一定叫朋友来玩，到时候你一定还做我们的tourguide（导游）。"想着一群大包小包的观光客带来的丰厚的购物回扣，韩娜笑得更甜了，不住地给大叔点头。

大叔来了劲："你们四川女孩子真的好漂亮，韩娜我好欣赏你的，我们可以做好朋友，我请你去 Singapore 玩。"大叔故意把"Singapore"说得洋味十足。

"以后有机会再说吧。"韩娜微笑着，不答应也不拒绝。出外旅游，好山好水的风景伺候着，人就非常容易发梦，韩娜瞅了瞅眼前秃顶、大腹便便，却又一脸痴情的大叔，暗暗发笑。

大部队来到五色海时，人更多了。这时客人的游兴正酣，想必也不会注意自己，韩娜实在不行了，喉咙里痒痒的，想抽烟。便找了棵大树乘凉。韩娜拿着队旗呼呼地扇着，时不时瞟一下客人，看有什么需要。

就在这个时候，汪洋很讨巧地出现了，后来韩娜再想起那天，第一眼见汪洋简直惊为天人。"天人"剪短短的寸头，五官明朗而阳光，修长的身材将白色 T 恤与军绿色工装裤的搭配穿得很有味道，韩娜对此类型的帅哥最没有抵抗力。

"天人"背着照相机对着五色海狂拍。要早换了以前韩娜一定认为此人是没见过漂亮风景的土冒，她最看不惯那一到旅游点就狂轰滥炸地拍照，用相机强奸风景的人。

但这人不同，韩娜觉得他所做的一切都合情合理，他认真的神态相当有男人味。她不明白为什么在自己看来是见惯不惊的风景，竟能如此吸引他的目光。韩娜顺着他的镜头望去，波光粼粼的水面经过阳光的照射，再加上湖底堆叠着的姿态各异、颜色深深浅浅的树枝，果真如镜的湖面上泛出深红、浅红、深绿、浅蓝的颜色来，瑰丽丰满的色调宛然不愧对五色海这个名字。

这里韩娜来过不下100次，但从第一次到现在，韩娜也没觉得美得有多么惊心动魄，她是俗人，她只知道陪着客人游山玩水是为了挣钱，从来没有留意过沿途的风景，而今天一个陌生的男子却让她对习以为常的事物有了新的感觉。那一刻，早过了初恋年纪的韩娜居然又在瞬间重新温习了遍一见钟情的过电感觉。

韩娜隐隐觉得，要坏事了。

❷

“什么？没有房间了？”韩娜瞪着眼睛，前台接待是位彬彬有礼的男士。

“房间从12号开始就已经订完了。”前台接待笑着说。

“房间不是我们旅行社早就订了吗？怎么会？”韩娜边说边掏出手机，准备给旅行社打电话。

“如果订了，我们酒店会给旅行社回复确认件，但真的没有你们的确认件。”

“不会的，你再找找。”

电话终于接通了，旅行社计调琳琳是刚来的，也着急了，在电话里结结巴巴：“不会哦，我……我给酒店发……发过订房传真的。”

“找了，的确没有你们的。”前台接待很肯定。

“我们给你们发了订房传真的。”

“最近酒店客房很紧张，并不是发传真就能订房，必须要以酒店的确认件为准。”

“琳琳，那你收到酒店的确认回复没有？”韩娜已经急出了一身冷汗，现在是旅游旺季，各个酒店都人满为患，要是没有房间住，后果不堪设想。

“我，我不知道还要酒店的确认件……”琳琳在电话里急得都要哭了。

“你不知道！你不知道！那一车的客人你叫他们睡哪儿？”韩娜恨恨地摁掉电话，肺都气炸了。

“我们是酒店的熟客了，你帮我们想想办法，总不能让这么多的客人睡车上呀？”韩娜看了看坐在大堂里的客人，有的已经不耐烦得来回踱步，用猜疑的眼神偷瞄着她，如果再不解决房间的问题，客人马上会开始抱怨，一旦客人情绪上来，很不好协调，带团就怕遇到这种突发情况，把人整得筋疲力尽不说，最后客人回国还会给旅行社寄来投诉信。

“真的很对不起，酒店房间全满了，一间都空不出来。”前台接待还是一副荣辱不惊的样子。

韩娜一听，霎时头都大了。这批客人相当挑剔，指定了全程要住五星级酒店，现在让韩娜一下子去哪里找酒店。这时，那位大叔舰着脸又过来了：“韩娜，怎么了？四（是）不四（是）出什么问题了？”

“一点小问题。”就在大叔说话的同时，韩娜灵光一现，想到了解决办法，她决定赌一赌。韩娜边说边向团员走去，依旧是带着她自信、甜美的职业笑容。

“各位，对不起，酒店出了一些小问题。”果不其然，游客一听，开始骚动起来。

“不用担心，只是小问题，酒店热水房临时出了事故，不能供应热水。”游客一听，抱怨声不断，韩娜心想说没有热水，客人的反应都这么大，要是实情相告，客人不把她骂死才怪。

“没有关系，我们已经联系到另外一家五星级酒店，只是路程有些远，可能要耽误大家晚上看晚会……但是……我们还给大家联系到一家很具有特色的藏式民居，既安全又干净舒适，大家来九寨沟何不体验一下当地的藏居特色，而且最重要的是住在那里，大家晚上可以免费看篝火表演和品尝最正宗的烤羊肉。”韩娜说完，手心已经微汗了，其实哪有什么五星级酒店，只能联系到一家藏式的民居，如果客人不愿意住民居，韩娜就惨了。

客人听了，叽叽咕咕低声讨论着，这是有松动的表现。如果有一两个客人出头表示愿意，那剩下的客人就差不多了，韩娜求救般地看了看那位大叔，大叔很体贴，接到韩娜的讯息后马上表了态：“韩娜，我愿意去住民居，本来嘛，到这里玩就四（是）为了体验民哄（风）民情嘛，要是光为了住五星级酒店，我们何必千里迢迢跑到因（九）寨沟来住呢？”

大叔说得动情，韩娜心里感激不尽，其他的队员听到大叔这样说，都不再坚持，但是也有个别的队员闹嚷嚷：“住五星级酒店和民居是有差价的耶！”原来是怕韩娜占他们的便宜，韩娜笑笑说：“没关系，房费的差价，给大家多增加几个景点，要是不愿意加点的客人，我们会退补差价的。”一听韩娜的信誓旦旦，客人终于被说服了，韩娜轻嘘了口气，好险。

趁着大家收拾行李，韩娜赶紧给扎布罗措打了个电话，他经营着一家藏式旅馆，韩娜第一次带团来九寨沟就是住在他的旅馆里，扎布罗措的祖上是土司，给他留了五座像碉堡一样的藏式土楼，后来九寨沟开发出来，扎布罗措就重新修整一番，改成旅馆，取名："香巴拉"(藏语：天堂)。

虽然房子外观看上去很朴拙，但是里面却是美轮美奂：极富视觉冲击力的藏壁画，涂着橙红、柠檬黄、宝石蓝绚丽色彩的长廊、装修着昂贵唐卡的藏式房间，除此之外，主人为了舒适，每个房间都配备了热水器、电视、空调等现代化的设施，扎布罗措开旅馆抱着玩玩、交朋友的心态，所以很挑客人，若是没有人介绍，一般的游客很难找到这里，旅馆即使在旺季也很难客满，不过扎布无所谓，倒是因为“香巴拉”的清静和地道，很受一些专业背包客的青睐。

韩娜和扎布罗措倒有些交情，他一接到韩娜的电话，忙安排下去迅速打理了10间客房，然后又马不停蹄地煮酥油茶、宰羊，架起篝火、准备歌舞表演，待到韩娜一行人抵达香巴拉的时候，旅馆内外已经是灯火通明，篝火熊熊，相当具有异域情调。

❸

游客比想象中兴奋，已然忘记了起先的不快，一个个跃跃欲试要参加篝火晚会。韩娜松了口气。从五星级酒店换成小客栈，客人还喜形于色，没有丝毫抱怨，这就是韩娜的本事！

扎布罗措四十岁，留漂亮的髭须，在小院里毕恭毕敬地给每位客人敬哈达和酥油茶。待最后一个客人坐下，他忽地把韩娜揽过，高高举起来抛向天空又接住，韩娜故意被吓得尖叫，游客们看了不住地拍手，笑得嘻嘻哈哈。

扎布罗措美丽的妻子松赞央珠则端着茶壶，不时给客人添加酥油茶，脸上的笑容云淡风轻，没有丝毫酸意。房廊下，七八个盛装以待的藏族少女，活动着筋骨，晚会开场她们将带来一段绚丽的舞蹈。

篝火正旺，架在上面的羊肉已经开始“噼噼啵啵”冒油了，扎布罗措将一杯青稞酒洒在柴堆上，“噗”的一声，烧得通红的松木枝轻轻地爆裂开来，混着羊油的炭香味迅速弥漫，扎布罗措得意得欢呼，顿时音乐响起来，藏族少女围着火堆婉婉起舞，身上配挂的铃铛沙沙地响，性感而撩人。

韩娜站起身来，加入舞蹈的队伍中去，能歌善舞的导游特别能和客人打成一片，今晚务必要让这群客人玩得尽兴，哪怕再累也要强打精神。在韩娜的煽动下，客人都站了起来，牵手围了个大圈子，扭动着僵直的身子，舞姿别扭但自娱自乐。

藏族人很放得开，不一会儿，就和客人打得滚熟，灌酒、大声说笑、分吃羊肉。韩娜端了杯羊奶，坐在旁边，她的作用就是调动客人的情绪，现在目的达到了，她也可以喘口气。

高原的夜间，总是湿冷的，虽然院子里篝火融融、人声鼎沸，但放在这四周黑漆漆、茫茫旷野之中，一点点喧哗却显得格外寂寥。望着踩在脚下的影子，韩娜想想，挣这口饭钱还是挺辛苦的，虽然自己花自己的钱心安理得，但若是全部都靠自己，做女人还有什么趣味可谈呢？

无缘无故地伤感，随着年龄的增大越来越频繁，韩娜讨厌这样的无聊情绪，但又没有办法抗拒。

韩娜正在自怨自艾，扎布罗措抱着一大罐青稞酒走了过来。

“嘿！喝什么羊奶？喝酒！”扎布罗措毫不分说地将杯子里的羊奶倒掉，灌上满满的酒。

“怕你？来！”有酒胆无酒量的韩娜豁了出去，仰头就把酒先干了，顿时一股热气冲上脑门。青稞酒后劲大，韩娜醉过一回，但是扎布罗措帮了自己那么大的忙，应该向人家道谢，扎布像大部分纯朴的藏民，不喜欢言语上的婆婆妈妈，要真表示感谢，就豪爽地喝酒。

“好！”扎布罗措自己倒了一杯，也一干而尽。

“谢谢！”韩娜在心里喃喃地说，在异乡旁人的友谊格外容易被放大。

院里的热闹，引得二楼上的住客三三两两地出来站在走廊上观看，有些干脆已经加入下面的阵容中。一个修长的影子也从房间出来，抄了手，斜依在柱子旁，脸上带着淡淡的笑容向下张望着。一个人旅行，夜里总是无聊，倒不如出来看一大堆人无聊。

“来，老扎，喝！”韩娜满脸通红，笑嘻嘻地夺过扎布罗措的酒罐。

“你没问题吧？”扎布罗措抢过酒罐问。

韩娜正想回答，突然觉得胃里火烧般地疼，可能是没吃东西就灌酒，胃受不了，一股赤辣辣的液体涌上喉管，韩娜来不及起身就掉头吐了起来。模模糊糊中，扎布好像在跟谁说话，她顾不上回答，一气哇啦哇啦吐了个痛快。

呕吐过后，吹了点冷风，人倒是清醒不少，胃却更难受了。韩娜抬头想找碗滚热的羊奶喝，却发现扎布旁边不知什么时候多了个人，定睛一看，竟然是下午在五色海遇见的那位帅哥。

“没喝多少呀？就吐了，我还以为你能喝的！”扎布边说边递了杯热酥油茶给韩娜，扎布身边的帅哥也看着韩娜，笑容明媚。

想着刚才呕吐的恶心相，韩娜尴尬地想马上逃开，偏偏扎布罗措拉住她，指着身边的帅哥对韩娜说：“这个是汪洋，经常来，画画得很好，我专门叫他下来喝酒。”

韩娜傻笑着，心想丢脸丢到家了。

“第二次见面。”汪洋笑着对韩娜说。

“什么第二次，你们认识？”扎布不解。

“下午在五色海的时候见过。”汪洋说。

“不过没打招呼，没想到晚上还能在这里碰上。”韩娜心里狂喜，她没想到汪洋居然也注意到了自己，小女人的虚荣得到莫大满足，虽然脸上依然是淡淡的笑容。

“坐吧，她醉了，我们俩喝！”扎布让汪洋坐在中间。

扎布的妻子央珠拿把小小的酒壶，端了盆烤好的羊肉走了过来，放在客人面前。

“来，汪洋，上次没喝高兴，这次我把多年的珍藏都拿出来了！”扎布给汪洋斟酒，兴致勃勃地说。

“扎布你太不够意思了，我照顾你那么多次生意，怎么不请我喝呀？”韩娜问。

“你的酒量不好。”扎布笑嘻嘻答道。

“做导游的酒量会差？”汪洋看着韩娜，眼里有些挑衅。

“比比看不就知道了吗？”韩娜说完，扬着头，望着汪洋的脸上绽放出樱桃般的暧昧。

汪洋迎上韩娜的目光，微翘的嘴角意味深长。

❹

高原的深夜湿冷，房间内外的温差让玻璃蒙上一层水雾，月光透过来，温柔像纱。

韩娜翻身，露出裸着的背，肌肤在月色的烘衬下，发出泛着淡蓝的白光。韩娜呢喃了声，紧了紧被子，手指却触碰到一个温热而陌生的肉体。

“啊！”韩娜一惊，睁开眼，却见汪洋同她一样全身赤裸地躺在旁边。汪洋睡得很沉，看不到黑夜中韩娜张惶的神色。月光投进来，在他的脸上呈现出不规则的阴影，但侧面仍然是好看的轮廓。

韩娜又欣喜又懊恼。这是她长这么大初次一夜情的体验，而且对方是她欣赏的类型，不过她有她的原则，尽管很早就出来做导游，艳遇的机会也不少，但是韩娜一直抱定坚决不发展一夜情，倒不是因为故作清高，她很现实，怕遇人不淑，染上什么花花柳柳的病，其次怕产生不必要的麻烦，以后见面尴尬。

可是现在韩娜懊恼的却不是这些，和前男友分手至今单身了半年，韩娜又怀念起拥抱的实在，想再谈一次恋爱，但是遇到心动的人不难，能遇到一直让你心动又合适的就是难上加难，没办法，韩娜周围的朋友，条件好的不是结了婚就是有女朋友，单身的不是平庸无情趣就是太过于有情趣以致私生活糜烂。和别的女人抢男人，韩娜不愿；放低标准，随便找个男朋友，韩娜又不甘委屈自己。

初次遇到汪洋，竟让韩娜有了久违的心动感觉，原本以为只是擦肩而过的陌生人，但没想到阴差阳错竟能还在香巴拉再碰到他，要是韩娜没在这天带团来九寨沟，要是酒店没有出状况，他们恐怕是一辈子都无缘遇上。看来感情真的没有先来后到，靠的就是刚刚好遇上。

韩娜在再次偶遇汪洋的一刹那，她冥冥中觉得汪洋也许是她某段旅程的开始，可是现在仅仅认识不到 12 小时，自己就躺在了汪洋的床边，由此看来，不是汪洋太过滥情放得开，就是汪洋把韩娜当成随随便便的女人。无论是哪种情况，都不外是天亮后两人清醒穿好衣服各自继续各自的生活，从此不会再有交集，可是面对身边这个陌生的男人，韩娜竟有种舍不得的感觉。

韩娜轻轻地翻身起来，黑暗中摸摸索索找衣服，若在枕边人醒来前离开，那么今晚上的一切就当是梦。

“去哪儿？”韩娜穿好衣服，正要蹑手蹑脚地离开，却不想汪洋从被窝里伸出一只手，紧紧抓住韩娜的手臂。

“喝断片了，不好意思。”韩娜突然脑袋短路，竟不知自己为何要对汪洋抱歉，搞得自己好像蓄意把汪洋睡了一样。说完这话，她恨不得抽自己两耳光。

“我没醉。”汪洋低低地说，口吻是执拗地温柔。

韩娜愣在那里，不知道留下还是逃脱，汪洋依旧沉沉地睡在床上，嘴里的呢喃像是梦话，韩娜突然觉得汪洋把她当成了另一个女人的替代品，想到这里，她有些生气，使劲想甩开汪洋的手。

“别走好吗？我只是想两个人而已。”汪洋像个孩子般无助，让人不忍拒绝的脆弱，韩娜无由地心里一软，坐在了床边。

汪洋睁开眼，看了看韩娜，脸上仍是不知所谓的坏笑，笑得韩娜心里发虚。汪洋揽过韩娜，极自然地亲吻她，这个吻复苏了韩娜在醉酒后残存的记忆片断：他们相扶着回到汪洋的房间；汪洋把她按在墙上粗暴地吻她；她激烈地回应他的舌吻；汪洋身上淡淡的男人香水的味道……

刚才他们都醉了，现在却是清醒了不少，但是汪洋还是热烈地和她缠绵着，韩娜明知自己在一点一点坠落，但是无力推开汪洋，这辈子谁不犯点错误呢？韩娜这样想着，索性把心一横，肆意地享受久违的温柔。

汪洋修长的手指滑过韩娜的皮肤，在她的身上游走，不知是因为冷还是紧张，韩娜竟在轻轻地颤抖，汪洋扬起嘴角笑了，不停地吻韩娜。

“笑什么？”韩娜问。

“你好纯情。”汪洋一定以为她是紧张了。

“骂我呀？”韩娜26岁了，汪洋居然用赞美小女孩的词语形容她，不是在嘲笑她没有人爱，感情生活一片空白的话，就是在讽刺她故作姿态。

“没有，真的……”汪洋自己说着也笑了。

“讨厌！”韩娜握紧拳头，在汪洋的身上轻轻地捶着，两人嬉戏哈哈，扭成一团，汪洋的欲火被挑起，揽住韩娜的腰肢温柔却霸道地进入着。韩娜闭上眼睛，陌生的两个人，却熟悉地亲昵。

天亮前，韩娜悄悄起来，掏出眉笔在面纸上留下手机号码，放在汪洋的枕边，然后又偷偷地溜回自己的房间。

“等他一个星期。”韩娜对自己说，许久不曾等一个人，才发现有能够等待的人竟是件幸福的事情。

❺

两个星期过去了。

那个人的电话始终没有打来，韩娜有些失望，只是有些，同时她又庆幸自己没有为这段未完成的恋爱关系陷进去。她很快就会忘了那个叫汪洋的、剪寸头、穿白色 T 恤的英俊男人。

一个月后的无聊夜晚，韩娜照例和姐妹们在绝色酒吧消磨时间，这家的老板顾城是好友馨薇的男朋友，英俊成熟，和馨薇在一起五年了，两人都是人尖，面对的诱惑不少，能不离不弃的确难得。

那天聚会主题是莎莎的告别单身派对。莎莎自从被初恋男友背叛抛弃后，视爱如畏途，单身整整三年，最近才谈了恋爱，并飞快定下婚礼议程，姐妹们很是急于见到究竟是何等男人让莎莎又重拾爱的信心。

九点钟女主角挽着传说中的男主角出现在绝色的门口，尽管绝色朦胧暧昧的灯光，如水银灯般有美化容貌的功效，但大家还是大失所望，陈至 35 岁的样子，身材微胖，模样中下，穿黑色的纪梵西体恤，内敛不张扬，像是个有钱人。

未婚夫陈至可不简单，年纪轻轻就拥有三家汽车 4S 专卖店，还是两个欧洲名车的西南总代理，女人上了年纪就会变得势力，找男人首看经济基础，貌似潘安但四个口袋瘪瘪又如何，反正跟谁不是一辈子，毕竟钱比感情来得直观，莎莎看清了这点，便修炼成精，和已经奔三但还相信一见钟情的韩娜早不在一条实力线上。

出乎意料的是，陈至很诙谐，极能博人开心，常常逗得在座的女士笑得花枝乱颤，全无财大气粗的优越感，对每一位都很尊重，给女士倒酒、敬烟、点火……火候拿捏得恰到好处，既恭谦又不谄媚，甚至对服务生也是柔声细语，总之，让人觉得舒服。

莎莎满脸幸福，在陈至面前被宠得像个小孩，韩娜暗中观察，无论陈至聊得有多么起劲，始终有只手紧紧握住莎莎，像是习惯，不说其他的，光凭这一点，这个男人就值得嫁。所以说上过感情的当，对女人来说是福分，它教女人变理智，理智的女人才更容易幸福。

大家聊得正欢，却见陈至对另一桌打招呼，原来碰见了熟人。韩娜顺眼望去，忽地坐直了身体，千回路转又见他，竟然在陈至打招呼的那桌人中发现了汪洋，韩娜身体的化学反应又来了，顿时像生病般脸烫心跳。

汪洋看见韩娜，也惊讶地发怔，不过仅仅两三秒后又转为不知所谓的坏笑，陈至好客，忙将那桌人招呼过来，两桌拼成一桌。

“这个是我朋友，开广告公司的，策划、营销一把手。”陈至一个个介绍，在他嘴里每个人好似都很能干。轮到汪洋的时候，韩娜差点没背过气。

“汪洋，很厉害的平面设计师，我店里的店招几乎都出自他手。”陈至介绍道。

“哟！全是美女！”汪洋打趣地说，只瞥了眼韩娜，好像不认识她。韩娜索性也装傻，像对着一个陌生人般地和汪洋打招呼、说笑，心却微微发凉。

途中，韩娜去卫生间补妆出来，汪洋在昏黄的走廊迎面走了过来。

“不认识了吗？”汪洋看着韩娜说，灯光透过木格装饰的灯罩，在汪洋脸上投射出不规则的阴影，但依旧是好看的轮廓，韩娜再次心旌动荡。

“是你不认识我了。”

“生气了？”

“没有！”韩娜回答得斩钉截铁，但就是这样才暴露出了她在乎。

“我刚才故意逗你的。”汪洋说着笑了。

“无聊！”韩娜在洗手台洗手，故意将水放得极大，哗啦哗啦溅得旁边的汪洋身上点点水花。

“我一直在想你……”汪洋笑着看了看衣角的水花，话里有话的样子。

“看见我给你留的电话吗？”韩娜仰起头问。

“是用眉笔写的那张吗？”

“嗯……”韩娜很想问他为什么不与她联系，话到嘴边，想想又忍了。

“那一晚只是因为生理在作祟吗？”明知故问，韩娜还是没忍住问了个可笑的问题。

汪洋依旧深不可测地笑笑，拉过韩娜，抱在怀里，轻轻地吻韩娜，比起九寨沟的亲昵，更绵长更用心，韩娜偷看了眼汪洋，他的眼睛是闭上的，突然想起书上看过的一句话：爱人跟你接吻时，如果双眼紧闭，那么至少这一刻他是真诚的。

结果那天晚上，韩娜和汪洋竟成了聚会的主角：当两人手拉着手回到座位上时，全部人都愣住了，特别是莎莎看看汪洋又看看韩娜，半天回不过神来，馨薇是急性子，劈头就问：

“不是吧？你们上个洗手间，就摩擦出火花了？”

“我们一见钟情。”汪洋拉过韩娜的手在嘴边吻了吻。

“我不信，说不定你们早就认识，合伙来耍我们。”馨薇抄了手，懒懒地靠在沙发上，斜斜地瞟了一眼汪洋，暗金色的眼影配着她蓬乱的黑卷发，野性而风情。

“就是，汪洋，老实交代，你们是什么时候看对眼的？”陈至笑着问。

“我说过我们是一见钟情的！”汪洋说。

“好了，别问了，你们只需要接受这个事实就行了。”韩娜生怕再问，汪洋会把九寨沟的遇见说出来。

“韩娜，你完了，什么年纪了还学别人玩一见钟情。”馨薇凑在韩娜的耳边轻声地说，韩娜看了看汪洋，反而笑得更甜了：完了就完了，一辈子能遇到几个让自己不顾一切的人呢？不为什么，单就是为了久违的心动感觉，豁出去一次也是值得的，尽管在此之前，她和汪洋之间只有身体上的吸引，不过，她有信心和汪洋会是美好的开始。

这次聚会不仅功德圆满，而且还有意外收获，觥筹交错间，汪洋凑在韩娜的耳边幽幽对她说：“你让我醉了。”

6

晚上，韩娜把汪洋带回了小公寓。

洗完澡，韩娜和汪洋躺在床上手牵着手。汪洋仔细地闻着韩娜耳根的香水味。

“香水是让・巴杜的欢悦吧？”汪洋问。

“你怎么知道？”

汪洋不说话，淡淡地笑着。

“你以前的女朋友也是用这种香水吧？”韩娜脑海迅速闪现出另一个女人，一个也用这种香水的女人，一个也许曾经跟汪洋有过交集的女人，心里竟然有些抽痛。黑暗中，韩娜幽幽地问。

汪洋不说话，轻轻地理韩娜垂下的乱发。

“我觉得发展太快了。其实彼此还是陌生人。”

“但是你让我有亲切感。”汪洋说完撩开韩娜的乱发，找到她的嘴，使劲地吻，用牙齿轻轻咬着她的脖子，韩娜痛得大叫……

清晨起床，韩娜从梳妆镜里看见耳根、脖子处粉红色的吻痕，不禁好笑，突然想起了初恋男友，那时很热衷于这种在彼此身上打爱的记号的游戏，可惜那时韩娜不过才 16 岁，再后来恋爱、分手，也因为成熟而不再玩这种小朋友的游戏，想不到汪洋竟如此孩子气。

“笑什么？”汪洋醒了，躺在床上懒懒的。

“没什么？”韩娜继续笑着，坐在梳妆台旁化妆。

“哎呀！”

“怎么了？”

“眉笔断了……”韩娜嘟了嘴，手里摊着断了的眉笔。

“哼！笨蛋，拿过来！”汪洋俨然副大爷的派头。

“削断了你要赔我哈！”韩娜虽这样说，还是乖乖将眉笔和刀递到了床边。

汪洋用旧杂志垫在床上，把美工刀轻轻地贴着笔尖，慢慢地转动眉笔，小心翼翼、一点点地把笔尖削得细而光滑，神情认真得可爱，干净修长的手指在阳光下玲珑透明。韩娜不禁发愣，第一次看见男孩有这样完美的手。

“是削得细一点好用，还是粗一点好用？”汪洋瞥了眼韩娜问。

韩娜被汪洋的体贴打动，突然觉得好幸福，这是第一个，也许是唯一一个为她做这样琐碎事情的男人，她笑嘻嘻跳上床，搂住汪洋的脖子。

“粗细都好用。”韩娜瞬间花痴。

“……”

两人的关系进展飞速，一个星期后，汪洋就搬进韩娜的小公寓。

汪洋在广告公司做设计，加班是常事；而韩娜又是导游，经常在外边跑，聚少离多的日子，两人倒也相处得融洽。偶尔聚在一起，韩娜都会下厨做饭给汪洋吃，这是她向他表达爱意的方式，汪洋喜欢懂事成熟的女人，成日把爱挂在嘴边，他认为是无聊，他们有各自独特的示爱方式，汪洋喜欢美食，她就换着花样把在各地品尝的特色菜依样画葫芦做出来，原版呈给汪洋。

两人常常在假日，双双关了手机，把烤羊排、小煎银雪鱼、什锦色拉还有红酒用大托盘盛了放在床上，边看碟片边吃，吃饱了中场休息再做一下双人热身运动，就这样懒懒地在床上一整天，这种放纵有些冒险，可韩娜觉得爱上汪洋本身就是冒险，相比较，这点小放纵已不算什么。

韩娜就这样糊里糊涂地爱上汪洋，比想象中还深。

而汪洋看似大大咧咧，一副花花公子的派头，其实内敛得吓人，他哪怕在床上和韩娜缠绵得再悱恻，他也决不会对她说一句：我爱你。但是韩娜相信汪洋还是爱自己的，汪洋做爱时看她的沉醉表情、替她削眉笔时的专注劲……这些微不足道的小细节，是韩娜说服自己的理由。

有种人无论跟他走得多么近，哪怕耳鬓厮磨同床共枕，你都始终无法深入他内心，无法预知下一秒他的喜怒哀乐，汪洋就是这样的人。

她始终记得汪洋说过，即使再爱也要保持自己的棱角。认识汪洋前她是独立的，那么以后她也必须是独立的，因为汪洋不是一般的男人，要得到他的爱必先得到他的欣赏。所以她给他足够的空间，不以爱的名义来强求汪洋步调一致。

其实在彼此的世界中，她像浓墨重彩的油画，而汪洋则是徐徐缓缓的水彩，因为不可调和所以不用彼此妥协，韩娜喜欢留足两人互相欣赏的距离。

汪洋喝啤酒，她喝咖啡；汪洋喜欢狂躁的重金属，她喜欢慵懒绵长的JAZZ；汪洋看奇奇怪怪的地下电影，她最中意色彩饱满的法国文艺片。

对于两人曾经的过往，她不提，汪洋不会问，但韩娜很想知道汪洋爱过的女人的种种，可汪洋从来不吐露一个字。有时候，韩娜也会因此生气，不过转而一想其实谁没有些秘密，既然它是秘密就永远把它当成秘密吧，知道未必是件好事。

毕竟已经过了小女孩的年龄，缠着、黏着男人的恋爱风格，对韩娜来说有些好笑，更何况她比汪洋还大2岁，不断予取予求是不自信的表现。

有人很不看好这段感情，这人就是好友馨薇。

❼

一次馨薇陪着韩娜逛街，看着韩娜手里给汪洋买的大包小包，好生感叹：“你好像汪洋他妈。”

韩娜说：“一到商场我就想给汪洋买东西，没办法。”

“韩娜，我觉得你对汪洋是100%，他对你只有50%。”馨薇就是这个样子，说话直接利落，一针见血，可爱又可恨。

“我就喜欢！”韩娜想反驳馨薇，但又找不出汪洋很爱她的证明，只好耍赖。的确两人在一起，汪洋从未带她回老家见过父母，甚至是他的朋友她也只见过几个。不过韩娜固执地认为，她和汪洋的爱情许是这样才不落俗套。

“你们什么时候结婚？”馨薇老是问一些韩娜不知怎么回答的

问题。

“不知道，我们不打算结婚。”

“要是不结婚，迟早是要分手的。”

“那你又为什么不结婚？”韩娜有些不服气。

“我？顾城向我求了很多次婚了，是我没答应，我还没有玩够。愿不愿意结婚是一回事，他求不求婚又是另外一回事！”

“我不在乎这些。”韩娜说得并不理直气壮。

“你对汪洋太宽容了，有时男人不仅仅需要温柔，还有适当的管教，你越是妥协，他越不在乎你。”馨薇一副恨铁不成钢的样子。

“我觉得这样挺好，两人不用太累。”这一点上韩娜很自信：馨薇有馨薇的驯夫术，她和汪洋也有独有的相处方式，本来顾城和汪洋就不是一路人。

“要是无风无浪平平淡淡，谈恋爱干吗？”

“很简单，大家有感觉就在一起，等哪天他不爱我，或是我不爱他了，说分开也轻松点。”

“骗鬼吧，嘴上说不在乎，如果真有这么一天，你会无所谓？”馨薇睁着圆圆的漂亮眼睛，把韩娜看得心虚。

馨薇的话也不是全然没有道理，有些时候，韩娜也感到对汪洋的有心无力。

汪洋很爱去一个叫“宽”的地方喝酒，每次去汪洋都会点一杯店里的招牌酒“bitter memory”，很快韩娜就发现，汪洋去这里不是因为酒，而是回忆。

“bitter memory”是用柠檬皮、番茄汁、伏特加调制的，兑好后在酒杯的边缘抹上一层浅浅的糖霜，借鉴了龙舌兰的喝法，刚入口辛辣、涩嘴，但是配着糖霜，回味竟是淡淡的甘饴。正如它的名字：“艰涩回忆”一样，不管当时的发生是怎样的不尽如人意，尔后的回忆总是温暖、甜蜜的，很有点“此情可待成追忆，只是当时已惘然”的味道。

可是韩娜一点都不喜欢这酒，也不喜欢这酒馆，这里一定遗落过关于汪洋很多甜蜜的过往，它也许牵涉了另一个女人。它像一条时间的河，把她和汪洋隔在两边，这头是她努力想完成的爱情进行式，那头是汪洋不能回去的记忆。

汪洋每次点了酒，却不喝，只是把玩着酒杯，偶尔抿一点杯口的糖霜，有时仿佛想起什么，嘴角便绽放出浅笑；大多时候他不和韩娜说话，抱了肩隔着窗玻璃看外边，清瘦的脸上有她不能抚慰的孤独。这种自顾自的沉沦，让韩娜觉得，其实和汪洋的距离并非她想象中那么近，她随时有可能与他擦肩而过，更令她惶恐的是，她竟然很害怕失去汪洋。

所谓安全感，爱上了就没有了，而当女人没有安全感时，她会求助婚姻。

终于在交往的第 9 个月的时候，韩娜试探性地谈到结婚的可能性。

谁知汪洋连转圜的余地都没有留，口吻淡淡地说：“我不会结婚，至少现在。”

“为什么？”韩娜没想到汪洋会拒绝得如此决绝。

“不为什么，我不想结婚。”

“是因为不想结婚还是只是不想跟我结婚？”韩娜有些激动。

“不知道。”汪洋侧着脸看一边，熟悉的漠然让韩娜肝火大动。

“那在一起干吗？你玩玩而已是不是？”

汪洋被激了一下，转过头来看韩娜，眼里闪过一丝温柔，忽又叹口气，只说了两个字：“没有！”

韩娜看着汪洋，不知道该不该相信他，两人短暂地沉默。

“其实，我不是一个适合结婚的人，不是我怕责任，而是……”

“而是你心里还有其他人对不对？”韩娜抢白，这是她心中一直的心结。

汪洋没想到韩娜会这样问，愣了下，还是用他淡淡的口气回答道，没有。

“那你爱我吗？”韩娜心里略略高兴，有了问的勇气。

“你觉得依我的性格，要是没有爱，我们会在一起这么久吗？”

韩娜刚听到汪洋这样说时，有点小小的安慰，但随即一想她已经主动地把话送到他嘴边，在这样关键的时刻，汪洋都还不肯说出她最想听到的三个字，难道就是因为自己的一贯放任才让汪洋对她不在乎，想到这里韩娜更生气了：

“正是因为我们在一起这么久，所以才想要你一个明确的肯定！我们从一开始就糊里糊涂，我不想就这样一直糊里糊涂下去；虽然看上去我们相处得不错，但你扪心自问，你有没有把我当成你最亲的人，你心里想什么你告诉我过没有？不是我不在乎，而是我不想去勉强你什么，也许你是一个对什么都无所谓的人，但我不是！”

韩娜坚守不住平时伪装的独立的形象，越说越委屈，哭了起来，这种患得患失、孤独无助的感觉只在和初恋男友分手时经历过一次，过去整整七年后，韩娜以为永远不会再像孩子一样伤心地哭，连她自己都诧异，竟然会为汪洋入戏太深。

也许韩娜的话，触动了汪洋心里柔软的地方，不善感情流露的他竟红了眼，抱住韩娜的肩膀，吻着她的耳边，第一次小心翼翼地安抚韩娜：

“你知道我不会说甜言蜜语。”

“结婚对于我来说也无所谓，一张纸保证不了什么，我在乎你的态度。”汪洋的温柔，韩娜最受不了。

“我一直没有这方面的打算，所以今天你提起我有些意外。”

“那你可不可以从今天开始为我打算啊？”韩娜仰着脸说，几乎是恳求的语气了。

“你不要勉强我。”

“我勉强你？……我只不过是……”韩娜无语，绕来绕去还是回到原点，答案直接明了，她顿然明了自己在汪洋心中的分量。

“既然这样，大家在一起又有什么意思呢？”韩娜说完这句话，人像虚脱一样，瘫倒在沙发上。汪洋一怔，他也没有料到韩娜会这样说，沉默片刻，他默默回到房间，收拾了几套换洗衣服又出来了。

“剩下的东西，我改天来拿。”汪洋语气轻飘飘的，仿佛从未和韩娜发生过什么一般，说完将钥匙留在茶几上。韩娜望着空空的房间，分手来得太突然，连准备都没有。而且分得如此彻底，因为彼此的大方向是反的，所以没有继续的意义。

8

汪洋走了以后，韩娜就开始了可怕的思念生活。其实说分手不难，难的是离开后，漫长的思念代价，韩娜整天快快的，待在家不是，家里到处都有汪洋的痕迹，不待在家里出去带团更不是，走得越远越想念。

旅行社的老板吴姐是过来人，给韩娜的行程安排得满满的，不让她有伤心的时间。连续累了一个月，加上心力交瘁，韩娜病倒了。说是病，也就是全身懒懒的、吃不下饭、睡不好觉，常常感冒发烧，失恋除了心里不好受以外，身体也要无辜受牵连。

韩娜待在家里，索性关了所有的联系工具，与世隔绝一人躲起来疗伤。偏偏感冒得厉害，她披了床毯子，抱杯滚热的拿铁，还是不停地流鼻水，用光了一大盒餐巾纸，鼻子被揉得红红的，落魄的神态比怨妇还怨妇。恍惚间，听见有人按门铃，韩娜以为是汪洋，忙从沙发上起来，可马上就听到馨薇的叫门，韩娜希望瞬间熄灭，磨磨蹭蹭地去开门。

“你手机打不通，敲门半天才开，我还以为你不在。”馨薇踢掉高跟鞋，熟练地在鞋柜翻了双拖鞋换上。

“怎么了？要死不活的。”馨薇看着不修边幅的韩娜问。

“感冒了！”韩娜恶狠狠地说。

“吃药了没有？汪洋呢？他不在家照顾你？”馨薇走到小吧台，自己倒了杯咖啡来喝。

“拜你吉言，我们还真的分手了！”

“分手了？”馨薇刚喝了口热咖啡，听韩娜这样一说，吃了惊。

猛地吞下去，烫得她龇牙咧嘴。

“为什么？”

“不为什么，就像你说的一样，我们不合适，我爱他比他爱我多。”韩娜虚虚地说完，瘫在沙发上，冒着冷汗。

“噢！……”馨薇还想说些什么，但看着倦倦的韩娜，知趣地闭嘴了。

“要不要我陪你去医院？”馨薇温柔地问，好朋友就是体贴在这些地方。

“不用，我只是头不舒服。”韩娜陷在沙发里，头枕在馨薇的腿上，用手掩住脸，双肩却抽动起来，冰凉的泪水从指缝里溢出，滴在馨薇的腿上。

馨薇摸着韩娜滚热的额头，感慨道：“傻孩子，这次认真了！”

下午，馨薇死拉活拽地把韩娜带到医院，输液、打针，然后又开着她那辆银白色跑车到菜市场买了新鲜蔬菜，回家给韩娜熬菜粥。韩娜躺在床上，听着馨薇在厨房里“叮叮咚咚”的声音，一股暖流让她想哭，在最需要汪洋的时候，他却不在。心中的委屈翻涌上来，就好像冻伤的肌肤一样，在冰天雪地里并不觉得疼痛，一旦有点温暖，麻木的疼痛立马复苏。

“来，吃点。”馨薇把熬好的菜粥端到韩娜的床前。

“我只是感冒，不用这样伺候我吧？”韩娜笑着接过菜粥。

“算了吧，在我面前装什么装，要只是感冒，我会这么紧张你吗？”馨薇坐在床边，帮韩娜披了件衣服。

“不要说了，再说我会哭的。”

“你呀，不知道怎样说你才好，当初是谁说不在乎的，这话才没说多久，真的分手就变得要死不活的了？”

“馨薇，算我没出息，你就不要再在伤口上撒盐了，好不好？”

“快奔三的人了，吃过的苦头不少，对感情还这么投入，哎！算了算了，过去的就过去了，吃完粥好好睡一觉，明天就不会这么难受了。”馨薇就是这样刀子嘴豆腐心。

吃完菜粥，韩娜乖乖睡觉，果真，一夜无梦，第二天起床，浑身很轻松。阳光透过棉纱窗帘照进来，温柔明亮。韩娜对自己说，她和汪洋不过就是因一场美丽的邂逅开始，以彼此的了解结束，从现在一刻起，她决定忘了这个男人。

想到这里，有了信心，韩娜立马起来收拾房间，汪洋剩下的东西一直没有来拿，韩娜找来两个大的整理箱把汪洋的碟片、衣服、书籍、画全部打包，依着她的脾气是全部扔了才过瘾，但想到还是应该保持一个大度的形象，所以便把箱子放在阳台，等有机会一并还给汪洋。

电话铃在这个时候突然响起，韩娜心里一惊，抱着微弱的幻想拿过手机一看，果然不出意外地失望了。电话是馨薇打来的。

“好点没有？”

“完全好了！”

“那晚上出来，老地方！”

“干吗？”

“有惊喜给你！ 9点，记住！”馨薇说完挂了电话。

惊喜？韩娜莫名其妙地放下电话，不过反正无聊，不妨出去遛遛。

❾

晚上，韩娜换了件深紫色的天鹅绒修身长裙，仔仔细细地修整了番，一看时间 8 点 45 分，这才慌慌忙忙赶到绝色。

说来也怪，明明出门还是兴趣盎然的，上了出租车不过 2 分钟，韩娜就顿感无聊得很，以前出席聚会都是有汪洋这个又高又帅的男友在旁作陪，现在他不在仿佛少了快乐的动力，对什么都提不起兴趣。要不是约好了的，韩娜真想临时爽约。

赶到绝色，只有顾城一个人在舞台调弄乐器，没有看见馨薇和莎莎的影子，“死女人”，韩娜自言自语骂了句，然后脱了外套，只穿吊带坐在吧台旁，玲珑有致的身材引得不少男士注目。

“娜姐，想喝什么？”吧员小棋是个 20 出头的小帅哥，嘴很甜，很会讨女人欢心。

“我要喝你们这里最贵的，今天你们老板娘请客！”韩娜点了根烟，吐出烟雾，笑嘻嘻地故意用色色的眼光打量着小棋。

“还会开玩笑，看来没有伤到筋骨！”顾城微笑着从舞台上走下来，还是他一贯的风格：黑色的唐装配灰色牛仔裤和波鞋，留很性感的胡须，另类但优雅得一塌糊涂。

“你老婆约我 9 点钟来这里，结果人影都不见一个。现在我是伤残人士，居然还欺负我！”韩娜抱怨道。

“伤残人士？伤在哪里？”顾城不解。

“这里受了重创，留下了很深的阴影，不是伤残人士是什么？”韩娜指了指心的位置，一本正经地说。顾城明白后大笑。

“看来你是完全好了，有说有笑的！”冷不防馨薇和莎莎从背后钻出来。

“你们太坏了，约好9点钟，已经晚了半小时啦！”韩娜愤愤地说。

“给你准备礼物去啦！”馨薇偎在顾城的旁边，无比甜蜜，一对璧人，幸福得刺目，韩娜又想到汪洋，心一阵抽痛。

“看你可怜兮兮的，我、馨薇、顾城准备送你一件礼物，安慰一下你这颗受伤的心灵。”莎莎搂住韩娜说，她最不知情，一直以为韩娜和汪洋的认识、相恋都是因为陈至的介绍，所以韩娜和汪洋分手，她多少有点内疚。

“神经病，我没你们想的那样脆弱！”韩娜笑着轻捶莎莎的背。

“陈至一早就说过汪洋不适合你，他这个人城府太深！”莎莎说。

“哦。”韩娜笑笑，不知道说什么。

“哪壶水不开提哪壶，你看她又触景生情了，她要是哭，你劝！”馨薇娇嗔地瞥了莎莎一眼。

“你们越这样，我越难受！”韩娜嘟着嘴说。

“好了，韩娜，看看你的礼物，保准一个惊喜！”馨薇有些神秘地对韩娜说，说完便转身走到舞台后，提了只小小的藤篮递给韩娜。

“什么东西？”韩娜莫名其妙地打开藤篮的盖子。不由得会心笑了，这份礼物实在太意外：一只灰色的小型雪拉瑞，巴掌大点，颈上还系了个粉色蝴蝶结，小小的模样，躺在藤编的小提篮里，发出咿咿呀呀的哼哼声，小圆眼睛水汪汪可怜巴巴地看着韩娜。

“哇！好可爱！怎么想送我狗？”韩娜实在费解，虽然很喜欢小动物，可平时东奔西跑的，如何照顾这个小东西。

“有狗狗会陪着你，一回家就对你奴颜媚骨的，多好！”莎莎说。

“拜托，你会不会用成语，有这么形容的吗？”韩娜捂着嘴笑。

“话丑理端，就是这个意思。”莎莎不服气地说。

“送狗是顾城的主意，我精心执行的，你带团的时候，放我家里，一切替你考虑周全了，我们这种朋友哪里找？”馨薇得意地说。

韩娜感激地看了一眼顾城，虽然和他也是四五年的朋友交情，但以前一直觉得这个人有点冷冷的，想不到关键时刻对朋友还是挺上心的，想想如果又失恋又没朋友的温情抚慰，日子不知道有多难过。韩娜有点内疚，自从跟汪洋混在一起后，同馨薇她们就疏离了，但当需要她们的时候，一个个却义不容辞，所以说交朋友不必求多，但求交心。正想着，顾城冷不丁冒了句：“狗会把你当成一切，人不见的。”韩娜一怔，话很精到，听起来却别扭。

⑩

晚上 10 点钟，是绝色的演艺时间，绝色不似其他的酒吧，只求肤浅的热闹，这里从乐队到调音师，全是专业级别的，有几个新晋火了的歌手，都是曾经在绝色当驻唱歌手被挖掘的，顾城曾经是北漂玩摇滚的，后来赚了点小钱，看着出名无望，便回来开了酒吧，没有在舞台上过足瘾，顾城退而求其次，在自己的酒吧自娱自乐，虽是玩票的态度，但也像模似样，由于以前是做摇滚的，对音乐挑剔到了固执的程度。到了绝色听什么样的音乐，完全是按照顾城的喜好来，他是个Jim Morrison迷，只要是星期二他的表演时间，他常常自顾自在台上演唱“The Doors”乐队的歌，没有情歌、没有靡靡之音，强烈的重金属撞击耳膜。

今天是星期二，不知顾城又会带来什么样奇奇怪怪的音乐。在他上台前馨薇凑在韩娜的耳边悄悄说，这首歌是送给你的。韩娜诧异地耸了耸肩膀，果然顾城一上台，就说，今天有个很好的朋友遇到一些不开心的事情，希望这首歌能带给她快乐。

轻快的音乐响起，顾城唱第一句的时候，韩娜就笑了，这首歌名叫《宠物》，歌词可爱又有趣：

“习惯了热爱从来不觉得我会被期待
你却会给我随时一个拥抱心花满开
靠在门前为我冀待　卖弄着小可爱
已令人完全　忘掉为何感慨
就算再重要　原来紧要不过抱在怀内
对你再宠爱　从来不致使我攀山涉海
世上原来除你以外　并没什么可爱
你在旁徘徊　连他都可放开

还是你比他懂得亲我
比他依恋我　什么都需要我
无奈你有多么讨好我
未可开花结果

陪着你比他简单好过

什么都听我　比我更加傻

他不必抱我　他不必爱我　他不必有我”

韩娜终于知道大家为什么想送只雪拉瑞给她当失恋礼物了，原来只是想委婉地告诉她：不爱她的男人还不如一只狗。但韩娜最想要的不是安慰，而是有个人对她说：去吧，想他就回去找他，不管将来、不管结果。人就是这点贱，越得不到的越宝贝。

第2章

一物降一物

XING FU PI WAI SHANG

❶

汪洋的电话响起时，韩娜已经喝醉，扑在馨薇的车窗外，哇哇地吐着。

手机很固执地响着，一声又一声，韩娜醉得七荤八素，根本顾不上接电话。

“电话响了，谁呀？这么晚。”馨薇边开车，边看韩娜。

韩娜慢吞吞地从包里翻出手机。一看来显，在心中默念了万多遍的电话号码——汪洋的。

她飞快瞄了眼馨薇后，忙接了电话。

“你在干吗？”汪洋语气明显有点不耐烦。

“你管我？”韩娜有点借酒发疯。

“从 11 点给你电话，一直不通。”汪洋缓了缓，很温柔地说。

“找我有什么事？我很累了，明天再说吧。”韩娜故意语气冷淡，不待汪洋做出反应就摁掉电话，熬着这么多天不与汪洋联系，就是等待他的投降，因为毕竟分手如此局促，让人不免联想也许有转圜的余地，但两个人的冷战，必先有一方做出退让，汪洋主动打来电话，就是有松动的表现，不过也不能一点矜持都不要，还是应该先冷冷汪洋，别让他太得意了。想到这里，韩娜脸上露出胜利的微笑。

“脸都笑烂了，汪洋吧？看你那样子，还口口声声说忘记了，人家一个电话就高兴成这个样子，一点出息都没有！”

“什么没出息？我是不甘心。”韩娜边合上电话边笑。

“你有什么不甘心的？你美若天仙？还是家财万贯？他必须非你不可？人家天后王菲都被甩过，你凭什么不能做弃妇？”馨薇连珠炮，字字都戳在韩娜的痛处。

“我……我是不好，你也不用这么损我吧？”

“我就是当初没有好好打击你！你看吧，让你一头栽进去。你还以为你是小青年，摔倒了拍拍屁股，爬起来就是？”馨薇没好气。

韩娜越来越激动，声音又尖又高。

“干什么，落井下石？你坐着说话不腰疼？你们都有好的归宿，莎莎不说了，老公又有钱对她又好；你最幸福，有自己的事业，而且和顾城的感情也是一帆风顺，我呢？奔三的人了，要事业没事业，要感情没感情，好不容易遇到喜欢的人了，也还这么多坎坷，我也是人，我也不比你们差多少呀？凭什么？凭什么呀？”韩娜开始耍横起来。

馨薇白了韩娜一眼，继续开她的车。

“懒得跟你扯，狗咬吕洞宾！”

“反正我不管了，只要他回来找我，我就继续同他在一起，管它妈的什么适不适合，什么结不结婚，哪怕他再甩我一次，我都不管了，在一起就是王道！”

“犯贱！”馨薇恨铁不成钢。

“我犯贱我开心！”韩娜借着酒劲越说越不像话。

馨薇转过头甩了个大大的白眼不再开腔，任她胡闹，并加大油门，飞快地把韩娜送到了她家楼下，韩娜半醉着下车，一路蹒跚，走了没多远，又想起什么，折了回来。

“我忘了，你还送了条狗给我的！”韩娜觍着脸笑。

馨薇看了看后座，小狗已经蜷在篮子里睡得呼呼作响，韩娜脸贴着玻璃，对着她傻乎乎地笑。没来由，馨薇无名火起，按下车窗玻璃说：“你根本就不需要狗来陪你，有汪洋就够了，这狗贵着呢！还不如我自己留着。”说完，开着车子绝尘而去。

❷

馨薇替韩娜担心，很明显汪洋对韩娜只是玩玩而已——韩娜年龄不小，汪洋比她小三岁，再跟汪洋耗下去纯属脑袋被门框夹了，可当局者迷旁观者清，自己当年也曾深陷泥潭过，想到过往，馨薇打了个寒噤，赶紧掐掉回忆之藤的蔓延。

车子又回到了绝色接顾城下班，馨薇每个星期二、四、六会在顾城那里过夜，其余的时间，大家新生活，各管各，馨薇一直欣赏有距离的恋爱关系。

“昨天我们喝到凌晨四点，我是喝了吐，吐了再喝，把他们全镇住了。今天头都要爆了，不过你要演出，我还是挣扎着来的，你看，黑眼圈好重！”一位二十不到，年轻妙曼的美丽女子依在音控室的玻璃隔断上，无比娇媚地对顾城说。

“好，早点回去睡！”顾城打着碟，有些心不在焉。

“下个星期我朋友过生日，我打算在这里替她庆祝，好不好？”女子扑闪扑闪大眼睛，满怀期待。

“好。”顾城抬起头，笑了笑，又专心致志开始工作。

“我替你介绍了那么多生意，你怎么谢我？”

“这样，那天酒水八折，再送两层生日蛋糕，水果拼盘和小吃。”

“我才不稀罕，又不是缺那点？你一点诚意都没有！”女子嘟着嘴，佯作生气，眼角眉梢却是诱惑的神态。

顾城笑笑没再搭腔，沉浸在音乐里。

馨薇车刚驶进角色的庭院，就看见辆红色的法拉利停在那里，不消说，又是她的情敌窦雯雯来了，这个女人追顾城有半年的时间，曾一开始，馨薇还把她作为强劲的竞争对手。

窦雯雯属于典型的富家女，偏又生得一副好皮囊，年轻貌美，性格张扬，嘴巴又甜。睁只眼闭只眼地来说，几乎挑不出什么毛病。不过馨薇也绝非善善之辈，当有竞争者出现的时候，她不像普通女人那样善妒猜疑，而是冷静理智地分析“敌情”，做到知己知彼，百战不殆。

可惜，馨薇高估了窦雯雯，在和窦女虚情假意喝过一次酒后，她就知道这女的顾城绝对打不上眼，窦女太浅了，不管是年龄、经历，还是思想层次，她关心的事情无外乎是哪个大牌又出新款了，应季到香港、巴黎去采购新品，遇到稍有些层次的谈论，窦女就扑闪着她那双漂亮的大眼睛，装纯卖乖。

这类型的女孩，用顾城的话形容就是：天使面貌，恐龙头脑。

❸

“你教我打碟好不好？”窦雯雯撒娇地说。

“你学这个干吗？”顾城打着哈哈。

“等我学会了，我也叫我爸在家给我装一套设备，没事叫朋友来玩啊！”窦女很自豪地说。

顾城一听不禁好笑，窦女见顾城笑，以为他很赞同，受到鼓舞更热情似火，竟跃跃欲试，不邀自请地进了音控间，腻在顾城怀里，撒娇着让顾城手把手教她打碟。

“亲爱的，可以走了吗？”一个甜美的声音突然响起。

窦女一看，馨薇正笑眼眯眯地看着她和顾城，脸上没有一点波澜起伏。

“可以。”顾城很自然地推开窦雯雯，走了出来。

“你等我一下。”顾城说。

“好。”馨薇微笑如花，顾城向领班安排事宜，准备离开。

“刚才顾城教我打碟！”窦女看看波澜不惊的情敌，好生气。

“是吗？”馨薇无所谓地笑笑。当情敌的面前，最忌讳气急败坏，视情敌为空气，保证比冷嘲热讽更让她抓狂。

“顾城说我很有灵性！”窦女有点接不住，出招力度又重了点。

“那好啊，免得教起来费劲。”馨薇觉得有些无聊，这样的对手简直太小儿科了，她看看顾城忙得差不多了，也懒得再和窦女作无谓的纠缠，于是转身准备离开。

“顾城还说他喜欢我。”望着馨薇款款向顾城走去，窦女已经被妒忌冲昏头，开始张嘴胡说八道。

馨薇根本没有任何表情，脸上依然是嘲讽般的微笑，顾城走过来，自然地揽住馨薇的腰，两人有说有笑地离开，连场面上的道别都没施舍给窦雯雯一个。窦雯雯睁大着眼，连吵架都找不到对象，就像蓄积所有力量，以为能给对方一记致命的无影脚，却不料在出脚的那一瞬间，失掉重心栽进臭水沟摔了个狗吃屎一般难堪。

偏一同来的男伴，没眼力见儿，端着一杯酒走了过来，豪气地拦住窦雯雯的肩，亲昵地说道：“等你半天，来，喝上！”

“滚你妈！”

馨薇明天下午要出席一个商务宴会，要求正装，住顾城家里换衣服不方便，所以接了顾城直接回自己的家。这样的机会只是偶尔，馨薇有些莫名其妙的习惯，最讨厌家里来人，尽管顾城和她在一起五年，但在她家过夜的时间却屈指可数。

馨薇的房子在城区的高尚社区里，面积不很大，刚100平方米，装修风格是不计成本地服务于主人的享受个性，房间全部打通，一览无遗，白沙发、白窗帘、白床单配以厚重的从欧洲进口的原木家具，看似不起眼随意摆放的油画、饰品，不露声色显示出主人的良好品位。

馨薇能干，年纪轻轻，没有后台，家业也是自己挣的，她从没有伸手向顾城要过钱，顾城有些小钱，但不多，大部分都砸在酒吧。女人一旦不在经济上依附某人，处理情感才有游刃有余的底气。

等顾城舒服地泡完馨薇为他调弄的薰衣草浴后，馨薇已经准备好了消夜，顾城昼伏夜出的工作性质，注定饮食没有规律，每天睡到下午6点吃第一顿饭，然后凌晨2点左右吃消夜，这顿消夜才算是正餐。

顾城看着长条餐桌上的菜点，暖暖的感动充溢心头——砂锅煲的火腿粥嘟嘟冒着热气，搭配的小菜是肉松、芥末茄羹、青椒皮蛋，外加一个他最爱的鸡蛋布丁。馨薇最擅长的是煲粥，粥品的材料层出不穷，但凡在她家里过夜，消夜一定是粥。

“你把我胃口给养刁了，我一个人的时候经常不知道吃什么消夜。”顾城端了碗，有些撒娇地说。

“养刁了好，分得清好次，免得死猫烂耗子来者不拒！”馨薇咬着筷子，吃吃地笑。

顾城最受不了馨薇这种佯装吃醋的样子，丢下碗去捏她的脸，她扭来扭去闪躲着。两人不知怎么就滚到了床上，顾城喘着粗气像剥春笋一样将馨薇的衣服褪得干干净净，白皙的馨薇如月光般溶化在他的下身。

顾城含住馨薇的嘴。

馨薇按例就要去关床头的灯，顾城制止。

“今天别关。”顾城语气有点恳求的意味。

不待顾城说完，馨薇翻起身，啪地关了灯，跟往常一样。

顾城无奈地笑笑，轻轻咬了咬馨薇嫩嫩的下巴，算是报复，馨薇呻吟一声，骑在顾城的身上，她在床上很主动，姿势五花八门，近似于浪荡，但必须是要关上灯，她才能出色发挥。

黑暗中，馨薇在顾城身上放肆地起伏，顾城低低地呻吟，终于两人达了高潮。

馨薇起身到卫生间哗哗地盥洗，然后默不作声回到床上背过身子，无声地流泪。

一年总有些日子，馨薇没有任何前兆地就情绪低落，当她暂时心智恍惚的时候，顾城不会去打扰，搂着她轻轻拍她的背算是安慰。缄默是种体贴。

❹

一连几天，汪洋的电话都没再打过来。

韩娜花痴般上哪都拿着手机，不管吃饭、睡觉、上厕所，生怕漏过汪洋的电话。终于，她忍不住给汪洋打手机，电话接通前韩娜的心像坐电梯般忽悠提了上去。

“喂……”电话那头汪洋声音懒懒的。

“那天我喝醉了，你打电话找我有事吗？”

“没什么。”

说到这里没了话头，两人都沉默。韩娜又不甘心，只得没话找话。

“最近还好吗？”

“还行，我把工作辞了。”汪洋淡淡地说。

“为什么呀？以前的工作不是好好的吗？你辞职了打算干什么？”韩娜连珠炮似的问，全然不自觉汪洋做什么干她屁事。

“我和朋友投资想开家创意设计室。”汪洋说到这里有了生气。

“开工作室也可以，但是有固定的客源吗？刚开始总要有一两个客户撑着才行呀。”

“我朋友能拉到客户，客户问题不用担心，但是……”汪洋欲言又止。

“但是什么？是不是缺钱？”韩娜知道汪洋没多少钱，顺嘴说出来，事后又觉得这样说有些伤汪洋的自尊。

“算了。”

“还缺多少？”韩娜很热忱。

“大概三五万的样子，前期的运作需要垫资。”

韩娜想着自己银行刚好有一笔5万元的定期存款到期，心头一热想都没有想就说。

“我借你！”

女人都是藏不住秘密的，明知道馨薇知道了会骂，但韩娜还是忍不住把汪洋开工作室，自己借钱给他的事情说给馨薇听。

“你爸妈辛辛苦苦供你读书，是为了你工作以后倒贴的吗？”馨薇在电话那头咆哮着。

“你骂得过了哈？”韩娜多委屈的。

“枉你在社会上混了那么多年，知不知道钱不能随便借的！你倒好主动借钱不说，一出手就是5万！你钱多了是不是？拿给我用呀？”

“汪洋又不是外人！”韩娜狡辩。

“不是外人？那请问汪洋是你韩娜的什么人？男朋友、老公？你潜意识里还是没有接受你和他已经分手的现实！”馨薇每次都能抓住问题的所在，把韩娜堵得无话可说。

“我……那朋友算是吧？朋友有困难总不能袖手旁观吧？”韩娜还嘴强。

“朋友？你真的只是把他当朋友？韩娜我告诉你：如果是爱你的男人，决计不会开口向你借钱；而不爱你的男人，你又凭什么把辛辛苦苦挣来傍身的钱借给他呢？”

馨薇这么一说，韩娜还真的犹豫了，这钱到底是借还是不借呢？

❺

韩娜仔细想想，馨薇的话相当有道理。主要是不能让汪洋把她当成自动提款机，但是答应了汪洋的事情，自己怎么好食言。

想来想去韩娜也还是没有主意。

韩娜心里想着钱还是不要随随便便地借，但又鬼使神差去银行把到期的钱取出，放在皮包里，去找汪洋。自找借口说是看看他的新办公室。

汪洋的工作室虽在市中心却很不好找，出租车司机转来拐去都没有找到汪洋说的那栋写字楼，韩娜只得在附近下了车，踩着8cm的高跟鞋，颤颤巍巍地走了几条街，终于找到了夹在三幢雄伟的现代写字楼下面的“蓝天大厦”。

房子很旧，只有9层，而且仅有的一部电梯还坏了。等韩娜爬上顶楼的时候，小腿差点抽筋。尽管韩娜知道这是汪洋的创业阶段，条件不可能好到哪里去，但心里却有点不是滋味。韩娜正要给汪洋电话，却见他挽着衣袖和工人一起在搬东西。

“电脑放到这里。”汪洋灰头土脑，韩娜看了心一揪。

“汪洋！”

汪洋抬起头来，两人相视会心一笑，这是分手近2月第一次见面。韩娜发现自己仍然对这个男人如此牵念，她甚至想冲上去抱住他。

“来了，很不好找是不是？”汪洋倒有些不好意思。

“还行。”

“你先进去坐一下，我把东西搬完就来陪你。”汪洋的语气温柔无比。

“你先忙，不用管我。”韩娜边说边环视了下四周，工作室的装潢还不错，中国红的主调，以黑、白、灰为配色，汪洋对色彩的敏感韩娜很认同。工作室的陈设极简单，韩娜找了个凳子坐下，看汪洋挥汗如雨地忙进忙出，想起馨薇说得没错，自己从心底还是放不下这段感情的。

“饿了没有，我买的有盒饭。”汪洋提了两个塑料袋进来，在小茶几上铺上报纸，把饭和菜拿出来，韩娜给汪洋找了根凳子，两人相对无言默默吃着盒饭。韩娜觉得有点患难夫妻的味道。

6

“钱凑得怎样了？”韩娜嗡嗡呜呜的，声音小得可怜。

“什么？”汪洋没听清楚，正要问，手机响了。

汪洋接电话：“喂？对，设计稿陈主任那边过了，下午我去他们公司签合同，可是他们要拿到印刷品后才付款，印刷厂那边我已经说好了，可以先付一部分，所以想请你帮个忙，看能不能先借一点给我……”汪洋边说边站起来，走到屋外去接。韩娜虽然竖起耳朵，但后半截的内容还是没有听到。

几分钟后，汪洋垂头丧气地进来，韩娜忍了忍没忍住，三八地问：“你在找人借钱？”

汪洋苦笑一下说：“嗯，要给印刷厂预付款。”

“借到了吗？”韩娜很关心，完全忘记馨薇的忠告。

“没有，不过我会再想别的办法？”汪洋没好气地说。

“预付款要多少？”韩娜包里的钱已经蠢蠢欲动。

“大概 3 万。”汪洋垂下眼，用筷子戳着饭盒。汪洋自尊心很强，借钱对他来说已经是很为难的事情了，而且还遭拒绝，心里的失落可想而知，看着爱人为难的眼神，韩娜有点小小的心痛，犹豫了几秒钟，还是把手伸向了皮包。在爱情面前理智算个屁！

“上次我不是说借给你，今天我把钱带来了。”韩娜大气凛然地从包里抽出几沓百元大钞放在汪洋面前。汪洋瞪大眼睛看着她，很是愕然。

“算了，我还是到别处想想办法。”汪洋说。

“为什么？”韩娜不解。

“我不想借你的钱，你带团也很辛苦的，再说，男的向女的要钱，有点……反正我觉得很不舒服。”汪洋怏怏的，很受挫的样子。

听到汪洋的话，韩娜又开始花痴，按照馨薇的逻辑，从借钱的态度可以判断一个男人爱不爱你，那汪洋不愿意向她借钱，是不是爱她的表现？韩娜越想越觉得是。

“钱是借给你的，要还我，另外我会收利息的，要比银行的高才行！看我这么有诚意把钱亲自给你送过来了，你就让我在你身上赚点利息钱吧？”韩娜面带傻笑，心中却打着小九九，借钱这样一来二往的，说不定又可以酝酿全新的开始。

“没见过像你这么积极借钱给别人的。”汪洋笑着说，心里却很温暖，对比几次借钱碰壁后，韩娜的古道热肠让他深刻地体察了人情冷暖，汪洋看到韩娜善良、可爱的另一面。

“我给你打张欠条吧？”汪洋站起身来找笔。

“不用，太俗了。”

“那怎么行呢？没必要让你为我担风险。”

听这话，韩娜不乐意了：“干吗把你我分得这么清楚，要是我计较，会借给你钱吗？”

一句话堵得汪洋汗颜，他看着韩娜孩子般无辜的笑。

人也见了，钱也借了，韩娜觉得自己跑这趟的目的已经达到，再待下去就有点非要人投桃报李的意思了，于是很不情愿跟汪洋告别。

“不再坐一会儿？”汪洋的语气有点不舍。

“不了，我下午还有事。”韩娜心里狂喜，嘴上却正儿八经地撒谎，女人都喜欢当猎物上钩时来点伪矜持。

“那晚上一起吃饭？”汪洋试探地问。

“好！”韩娜掩饰不住，笑得像白痴。

5万元借了，连张借条都没有，换来和汪洋共进晚餐，这饭吃得忒昂贵。

❼

女人对爱情历来都抱着莫名其妙的乐观主义。

晚餐定在时光音乐餐吧，这里的环境很适合情侣约会，室内采用大量的流水造景，配以舒缓的钢琴伴奏。韩娜心情大好，要了瓶红酒和汪洋对酌，一瓶酒她喝了大半，酒劲上来，脸蛋红扑扑的，头一晕乎，眼角眉梢流露出媚态，肢体语言也暧昧起来，堵在韩娜心里的话，这时也有了勇气有了时机说出来。

“分开了这么久，你有没有想过我？”韩娜问。

“想过。”只要是涉及感情上的事情，汪洋就惜字如金。

“那为什么一直不给我电话？”韩娜有些急切。

“你不一直也没给我打吗？”汪洋笑着说，比韩娜更冷静。

“我是女的，你是男的。男的就应该比女的主动呀！”韩娜又开始发傻了。

“我怕给你电话你不接，所以没打。”

“一点诚意都没有，你不打怎么知道我不接呢？”韩娜慵懒地用手支着下巴，秋波暗送，韩娜这种傻乎乎的人发起嗲来，万千风情谈不上，倒有点迷迷糊糊的可爱。韩娜微醺的样子，让汪洋不禁心襟荡漾，看着汪洋神往的表情，韩娜胆子更大了，把手放在汪洋的手背上，他没有拒绝，紧紧握住了她的手，两人十指交扣，汪洋的回应给了韩娜莫大的勇气。

“我们重新开始好不好？”韩娜觉得两人都还有爱，再在一起是顺理成章的事情，不料汪洋却惊讶地看着她。

“我不会再向你逼婚的，我们只是好好在一起。”韩娜表示妥协，她以为两人最大的矛盾在于对婚姻的态度上，只要在一起什么都好说，汪洋现在年纪不大，再过些年心沉稳下来，自然还是要结婚的。所以现在的妥协只是暂时的，韩娜自觉很聪明。

韩娜望眼欲穿地等着汪洋的回答，一点不掩饰自己的尿相，手机铃声在这个关键的时刻很争气地响起，韩娜超级郁闷，拿起电话一看，是旅行社的老板吴姐打来的，老板是衣食父母，韩娜没有脾气不接。

“喂，吴姐呀。”韩娜烦归烦，但语气很亲热。她除了在汪洋面前傻，其他地方倒是八面玲珑。

“在哪里呢？”吴姐软绵绵的台式普通话。

“跟朋友吃饭，有事吗?”韩娜的声音很诚恳没有丝毫不耐烦。

“上次跟你提的事情，考虑得怎样了？”

“什么事情?”韩娜不解，原来和汪洋分手后，吴姐曾经向她提过，某个酒店的经理不错，言下之意要帮韩娜做媒，韩娜以为吴姐是随意说说，当时便打哈哈，过后早就忘了这件事。

“正好明天他们的新酒店试营业有个商务聚会，你好好打扮一下，见个面互相了解一下。”吴姐说。

“见面?”韩娜这才想起相亲的事情，她没想到吴姐居然当真了，推脱也不是，见面也不是，她偷偷瞥了汪洋一眼，在爱人面前讨论和别人相亲的事情，她觉得很奇怪，人她是当然不愿见的，但也不好直接拒绝老板的关心，无奈只得撒谎。

“吴姐，明天我要回老家，对，我爸过大寿，没办法，这次只有算了，对不起，下次有机会再说吧，谢谢吴姐的关心，改天请你吃饭……好，再见。”韩娜边说边笑。

“你爸明天过生日？”汪洋关心地问。

“没有，乱说的，我老板想给我介绍对象。”韩娜得意扬扬地说。

“你们老板还挺关心你的嘛。”汪洋的语气有点酸。

韩娜看见汪洋吃醋，更得意了:“我这种大龄女青年，组织上多关心一下是正常的。你该不会吃醋吧？”

“我？吃醋？不会，不会的。”汪洋急急撇清关系。

“撒个谎，骗我开心一下都不会！”韩娜没好气地说，她有些醉了，说话的嗓门大了起来，在这安静的餐厅里显得突兀，旁桌的客人好奇地侧目。

“你喝得有点多了，我送你回家吧？”汪洋很温柔地问。

“回家？”韩娜露出色色的笑。

❽

人很难将爱和迷恋区分清楚。

很多人嘴里的爱，大多是种迷恋。迷恋是自己单方面的误会，固执地认为非他不可，管它芳草还是猪头，照样盲目投入；只有当激情退潮，彼此的残缺水落石出后，还能照单全收的，才算是爱。

而韩娜不知道，自己对汪洋也只是迷恋，最初是因为汪洋长得特别好看，其实不管男女都好色，谁说爱人就该爱他的灵魂，而后的迷恋，则是发现汪洋不属于她，得不到的就是最好的。

“真好看。”韩娜躺在床上，看着汪洋英俊的侧面轮廓，毫不掩饰贪婪的眼神。

“我发现你这个人其实挺好色的，要是我长得不好看，估计你就不会对我这么好了？”汪洋拿来一张热毛巾给韩娜擦脸，还没到家，在出租车上她就吐了，韩娜不能喝，偏偏还不知天高地厚以为自己海量，所以基本是喝一次吐一次，汪洋见她这么难受不忍心，只得留下来照顾她。

“知道……姐姐对你……好了吧？你说……你该咋个报恩？”韩娜趁着酒胆作势就要脱汪洋的衣服，汪洋手忙脚乱地躲避着，又好笑又尴尬。和醉酒的女人做爱最没劲。

“你是既没酒量又没酒德。”汪洋无奈地说。

见汪洋害了羞，韩娜像白痴一样瓜笑，捧着他的脸无限深情：“汪洋……在九寨沟第一次遇见你……的时候，你猜……我怎么想的？”

“怎么想的？”

“我在想：呀，这个人长得真他妈的帅！”原以为她会说什么触电、过目难忘之类的煽情表白，谁料竟是如此粗俗的赞美，汪洋头冒冷汗。

“你……不知道，我上学的时候……就在想，以后一定要找个帅哥当男朋友，哈哈，真的……让我遇上你了。”韩娜半眯着眼乐呵呵的表情，一派发春少女状。

“你还真早熟。”汪洋笑了，韩娜喝醉酒和平时的故作成熟完全是两个人。

“谢谢你。”韩娜幽幽地说。

“谢我什么？”汪洋不解地问。却发现韩娜已经抱着枕头熟睡，脸上像个小孩子般挂着满足的微笑。汪洋替她掖好被褥，心里很烦躁，韩娜算是个各方面都不错的恋人，更难能的是对他掏心挖肺，毫无保留，现在的女孩因为独立所以自私，韩娜真心待他应该偷笑了，道理他懂，可他就是无法完全投入，始终找不到那种感觉，有时汪洋变态地想，如果韩娜对他不理不闻，很坏很差，说不定他还会患得患失。不过反过来看，汪洋若不是这样冷着韩娜，估计韩娜这剃头挑子也热不到哪里去。

贱，是人的劣根性。

安顿好韩娜，汪洋自己煮了杯咖啡，这里的一切他都不陌生。端着咖啡他信步走到客厅的形象墙前，饶有趣味地观赏着。上面凌乱地挂着韩娜各个时期的照片，当汪洋看到她和他的合影时，不禁哑然失笑，所有合照上的他都被画成了龅牙和对眼，样子滑稽。

韩娜的恶作剧暴露出她的难以释怀，一下让汪洋心生怜爱，就当汪洋差点被软化掉的时候，“滴、滴、滴”的短信提示音响起，听到响声汪洋莫名心悸，一看，果然是“她”发来的。

“我在宽喝花雕，等你！”——短信内容简简单单，没有多余的字，却透着不容拒绝的自信。

谁都会碰上自己命里的克星，哪怕你见山翻山，见水趟水，也绝对会遇上让你翻船的阴沟，汪洋会让韩娜七上八下，同样也会有人让汪洋心甘情愿葬身火海。

❾

夜里 12 点 15 分，小酒馆的生意已经稀稀落落，低回迂转的背景音乐，早就被客人们的高声酣畅所压制，这种略带醉态的放纵，夹杂着即将散场的混乱。而此刻坐在落地窗旁、安安静静独自享受滚热花雕的柳眉，就更加地打眼。

柳眉，认识她的人都说如此纤弱、带有少女气质的名字和她严重不配。她的女人特质很突出，通俗点讲就是有女人味，浑圆的乳、挺翘的臀，过分的是，偏有盈盈一握的小蛮腰，丰腴而不油腻。她不算美女，但肌肤白皙，嘴角弧线微微上翘，很耐看。

她时不时看看手机，像在等人，但并不着急，脸上始终淡淡的表情，却有种说不出的自信。终于落地玻璃外面出现了一张年轻、英俊的脸，她婉婉地向那人招了手。

对于和柳眉的重逢，汪洋设想过很多的场景，但没想到真的见面，柳眉竟然是这样不温不火，好似她从未离开一样；他强抑制住兴奋，换成冷冷的表情，想装出无所谓的样子。

“什么时候回来的？”汪洋在柳眉对面坐下，漫不经心地问。

“老龙没跟你说吗？装蒜！”柳眉笑着说，唇边绽放两个轻浅的梨窝。

老龙是汪洋从小长大的哥们，和柳眉也是极熟的，想到柳眉回来竟然先通知的是老龙，汪洋不禁有点酸酸的。

“我跟他有段时间没联系了，他生意太忙，没想到你们倒是经常联系。”汪洋随口而出。

柳眉一听，“扑哧”一声笑了，她爱怜地捏了捏汪洋的脸颊，像哄小孩一样笑道：“小屁孩也知道什么叫吃醋了？”

汪洋不喜欢这样的称谓，别过头抗议：“已经给你说了很多次了，别在我面前倚老卖老，你不过只比我大三岁。”说完，愤愤地向服务员点了杯“bitter memory”，柳眉一看笑了，说：“我不喝这酒了，太燥，尝尝花雕。”说完，给他斟上了一杯。

“我跟你不一样，习惯了往往就很难改变。”汪洋死死盯着柳眉，那张熟悉的脸依旧温润如玉。

柳眉笑笑，不置可否，冷了场，她马上转移话题：“这么晚，叫你出来，你女朋友不会生气吧？”

“女朋友，早分了。”汪洋说。

柳眉并不知道汪洋是否有了女友，原本只是试探性地问，结果有些让她不爽，但她并不表露，开玩笑般说：“哼，是谁说的要非我不娶，我才出去多久，连女朋友都有了。”

“我当时那样留你，你都执意要走，而且一走就是一年，连个电话都没有？”汪洋的语气委屈。

“我喜欢从这个城市流浪到另一个城市的那种漂泊无依的感觉，所以不想有牵绊。”柳眉满是得意的神色。

“你给我留言，说是先去九寨沟旅游完后再到上海，我立马就去找你，我想要是在九寨沟碰上你，就算是绑我也要把你绑回来，结果没遇上你，却遇上另外一个人了。”

“遇见谁了？”柳眉很好奇。

“韩娜。”汪洋说到韩娜嘴角泛出笑意。

“你女朋友？”柳眉见汪洋如此表情，眼里迅速闪过一丝失落。

“是前女友了，我们一个多月前分的手。”汪洋黯然地说。

“分手了？为什么？”柳眉不解。

“因为她想结婚。”汪洋很沮丧地说。

出乎汪洋意料的是，柳眉听后，竟然捂着肚子哈哈大笑，不顾形象得花枝乱颤，几乎笑出了泪水，汪洋有些生气地问：“很好笑吗？”

柳眉笑出了泪水，上气不接下气：“不是……主……主要是……你的样子……好……委屈，就像被人……逼……逼婚一样，笑……笑死……我了。”

“韩娜真的不错，是我不好。”

柳眉大度地说："人家女孩想结婚是正常的，你要是觉得她好，就应该好好珍惜，结婚又不是什么天大的事情，两人到民政局一登记盖章，发个本本就成了。"

"你真的想我跟她结婚？"汪洋看柳眉的目光有点寒。

"不是我想不想的问题，主要是看你！"

"我说过，如果你不肯嫁给我，那我会等到你先结婚的。"汪洋信誓旦旦。

听到如此深情的表白，柳眉只是轻笑，娇嗔道："你怎么这么傻？"说完，用手捧住汪洋的脸，汪洋握住她的手，放肆地嗅闻她手腕处的香水味，还是他熟悉且沉醉的让·巴杜的欢悦——极女人味的香氛。

"好想你。"汪洋低低地说。

"想我干吗？"柳眉始终都是哄小孩的口气。

"想你下的葱油小面，我饿了，回去煮给我吃！"汪洋死死抓住柳眉的手说。

柳眉歪着头，佯装思考，然后俯在汪洋的耳边吐气如兰，暧昧地说："吃我。"

柳眉说完坏坏地笑着，凑上去吻住汪洋的唇，热烈地和他舌吻，柳眉离开这么久，但她对他轻车熟路得仿佛天天耳鬓厮磨从未离开过般。

外面皎洁的月光从落地窗玻璃投进来，洒在两人交缠的身影上，而此时在城市的另一个角落，深爱汪洋的韩娜，正挂着微笑酣然沉睡着。

第3章 最怕你在乎

XING FU PI WAI SHANG

❶

形式主义对女人很受用，女人的幸福感往往要通过大张旗鼓地宣扬才能证明。这就是为什么女人特别看重情人节、恋爱纪念日、结婚纪念日，男人对女人可以不必百分百真心，但若遇上纪念日之类可以借题向周遭人炫耀的日子，千万不能掉以轻心，男人的熟视无睹对她们来说，是种侮辱。

莎莎的老公陈至就很在意两人的纪念日，莎莎和陈至结婚周年，为了弥补平时工作繁忙对莎莎的冷落，陈至大手笔地筹划这次周年庆，不惜重金在全市最豪华的五星级酒店筹办酒会，邀请所有的朋友和生意上的伙伴来观礼。

韩娜和馨薇打扮得像朵花似的结伴来赴宴，门口白玫瑰造型的大拱门让韩娜心动不已，进了宴会厅，就看见两人的合照被做成很大的背景墙，宴会厅全换上了纯白的缀有缎面蝴蝶结的椅套和餐布，每桌上都是泛着暖暖烛光的香水蜡烛，过道和舞台全用白玫瑰和情人草精心造型，整个会场温馨而浪漫。

韩娜只有羡慕的份：“嫁个有钱的老公就是好，结婚纪念日比别人的结婚典礼还隆重。”

馨薇皱着眉，摇摇头说了个字：“累！”

韩娜找了个位置坐下，手贱地摘了朵桌上装饰用的粉红马蹄莲，吃不到葡萄说葡萄酸：“听莎莎说，鲜花全是空运的，简直是在扔钱。”

馨薇鄙夷她：“这年头，要找个肯为你扔钱的男人，还真不容易，你要向莎莎多学习。”

韩娜不服气辩驳：“我不学习，我觉得感情就是感情，最好不要掺杂其他的因素。”馨薇听完后，只当韩娜是二百五，连反驳她的兴趣都没有，冷笑了两下，嗤之以鼻。

酒会是西式自助餐，请乐队现场伴奏，伴随着舒缓流动的背景音乐，女主角莎莎穿了条 Chole 的小洋装，像只花蝴蝶一样穿梭于酒会间，脸上挂着养尊处优的淡定笑容，优雅地和来宾碰杯。韩娜和馨薇看见莎莎装高贵的样子，不禁相视一笑。馨薇在韩娜的耳边悄声说：“莎莎适合做演员，换了戏服立马就入戏。”

“要是谁愿意为我准备这样的道具，我也是个好演员！”韩娜恨恨地说。

“可能没人愿意冒险哦？”馨薇打趣她。

“我有这么差吗？”韩娜不服气。

“不是差的问题，你不会遇上陈至，莎莎不会遇上汪洋，就算遇上也不会爱上，这就是同人不同命。”馨薇和韩娜争论，每次都能抓住问题关键，处于上风。

“说到底，是我的命不好。”韩娜也很认同宿命论，一下子就蔫了。

“你又傻了，我同你闹着玩的。”馨薇见韩娜失落有些不忍心。

不过说者无意，听者有心，赴宴前原本还开开心心的，突然就低落起来。韩娜心里恐慌、无助的时候，就会想起汪洋，好似他是失败人生的唯一安慰，女人，往往以爱情的美满来肯定自己的成功，但就连这一点小小的安慰也是虚无缥缈的。

酒会上的莎莎扬扬得意，挽着陈至的手，脸上起了腻的甜蜜，和韩娜的无精打采形成鲜明对比。莎莎趁着空隙跑了过来，向友人炫耀。

“怎样？我今天的造型还可以吧？”莎莎的得意完全是随性流露。

“不错，相当漂亮。”馨薇微笑着说，用胳膊碰碰正在旁边发呆的韩娜，韩娜回过神，草草夸奖了几句。

“韩娜，今天来的很多都是陈至生意上的伙伴，真正的钻石王老五哦，你要是看上了谁，我帮你牵线！”莎莎拍着胸脯，很仗义地说。

“我脸上是不是写着：嫁不出去？为什么你们都想给我做媒？

再说了，我不拜金，不喜欢什么钻石王老五！”韩娜的口气充满怨气。就算再好的朋友之间，也存在忌妒和攀比，莎莎的幸福，严重刺激着韩娜的自尊，韩娜心里不爽，毫不掩饰地发泄了出来。

“算我多事。”莎莎愣了一下，脸上的笑容顿时僵了，起身离开。

“有气也不能往朋友身上撒呀？再说，莎莎也是好心。”馨薇看着莎莎离开的背影，很不满韩娜刚才的语气。

“对不起。”韩娜自言自语，不知在向谁道歉。

韩娜越想越气不过，给汪洋发了个短信：在忙吗？晚上出来见面好吗？

一分钟、两分钟、三分钟过去了，汪洋的短信都没有回过来，韩娜打电话过去，电话那头传来甜美的女声：对不起，你所拨打的用户已关机，请稍候再拨。

韩娜彻底成了霜打的茄子。

❷

幸福有很大程度是做给别人看的，正如皎洁月光的背后，却是无尽的黑洞。每段感情不可能干干净净，总会掺杂许多不愉快的因素。而任何表面幸福的伉俪，背后往往有难以启齿的隐秘。

莎莎的热心不幸被韩娜一顿抢白，她越想越觉得委屈，可怜兮兮跑到老公面前撒娇，陈至对莎莎永远都是哄小孩子的语气：

“没什么的？女孩子忌妒是正常的，别放在心上。”

“我真的是好心！”莎莎嘟着嘴，很委屈。

“没什么，说不定韩娜不是这个意思。”陈至摸着她的头，温和又有耐心。

“可是……”

“好了，今天是我们的结婚纪念日，你要高兴才对，别生气了，待会儿有惊喜。”陈至打断她。

“什么惊喜？”莎莎很好奇。

“到时候你就知道了。”陈至守口如瓶。

女人之间的矛盾，多是鸡毛蒜皮的小事，因为肤浅，所以容易化解。刚才的龃龉，没一会儿就烟消云散，莎莎又和馨薇、韩娜坐在一块儿有说有笑的。

酒会进行到一半，室内的灯光突然变暗，正在大家哗然的时候，陈至满脸通红地走上台，对着麦克风说：“老婆，今天是我们结婚一周年纪念，以后的每年我都会邀请所有的亲朋来见证我们的幸福，一直到金婚、钻石婚！”陈至顿了顿又说，“下面，我要给最爱的老婆献唱一首《Endless love》，这是她最喜欢的歌，我虽然五音不全，但我会很用心地唱给老婆听。”

陈至的话音刚落，下面就响起了雷鸣般的掌声。莎莎感动得又哭又笑。随即，温柔的伴奏响起，陈至很陶醉，不过一开口就走调，但台下没人在笑，莎莎含着泪水，走上舞台，和老公对唱起来，两人都不是美妙歌喉，但是声情并茂，众人屏住呼吸，至少在这几分钟内，他们相信人间还是有童话的。

歌毕，陈至牵着莎莎走下台来，大家目光如炬，两人都有做明星的感觉。陈至从怀里拿出一枚车钥匙，自豪地对莎莎说：“出去看看你的礼物，就停在酒店门口！”

莎莎兴奋地拿过钥匙，拉了馨薇和韩娜陪着，小跑到酒店门口的停车场，三个女人同时尖叫——停车场里一辆粉红色的macan好抢眼！

车身漆是陈至在欧洲定的，莎莎前不久去香港购物，恰好看见一当红女明星开，回来念念不忘，没想到陈至竟会当成结婚纪念日的礼物送给她。

又是情歌献唱，又是名车相赠，陈至今天是给莎莎赚足了面子，连馨薇都羡慕了。

宴会10点结束，正是夜生活开场时间，携家眷出席的差不多都散了，剩下的单身几乎是陈至生意上的伙伴，陈至得安排未尽兴的客人去打麻将或是洗桑拿，这是男人们的节目，女人不能随行也不好过问。

换往常，莎莎一定又要缠着陈至，但今天她很高兴，喝得东倒西歪大声对馨薇说：“走！去绝色继续喝！”陈至不放心，要让司机先送莎莎回家。莎莎不干，大声地反抗：“我才不会回去！你们男人有玩的，我们也有！”

馨薇见莎莎再闹下去要出丑，只得对陈至说：“你老婆今天高兴，就让她疯吧？晚上我会送她回家的。”陈至不放心，非要亲自开车送她们去，韩娜没眼力见儿地跟他客气：“你去忙你的吧，有我和馨薇照顾她。”

陈至只得小心翼翼把莎莎扶上馨薇的车，莎莎来了酒劲，跟刚才的柔情似水判若两人，恶狠狠推开陈至，醉醺醺说：“别……管我！我……我今天……高兴！”陈至不断叮嘱道：“少喝点酒。”莎莎没理他，不停吵着叫馨薇开车，馨薇看了看陈至，简单地道别，发动了车，陈至站在路边，目送她们离开。

此情此景，让韩娜心生感慨，无限羡慕地说：“莎莎，你真的嫁了个好老公！”

“嘿嘿，好老公！”莎莎神经质地重复韩娜的话。突然没有任何前兆“哇！”地一声哭出来，声音洪亮，把韩娜和馨薇吓了一大跳。

“怎么呢？”馨薇和韩娜同时脱口而出。

“他在演戏！”莎莎没有醉，此刻她的头脑异常清醒。

“演什么戏？刚才你们还好好的……”韩娜不解地问。

“他在给周围的人演戏！好像我们很恩爱，其实陈至已经半年没跟我做过爱了！”莎莎哭号着，喝了酒，壮上胆，她终于说出了堵在她心里难以启齿的郁闷。

新婚夫妇半年不做爱——只有两种答案，不是陈至性无能就是在外边有女人，无论哪种答案都是让人无法接受的。虽然生活的悲剧和喜剧总是轮番上演，可对比刚才两人的甜蜜，这幻象破灭得太快太让人措手不及，馨薇和韩娜顿时哑口无言，三人沉默着。

❸

馨薇深深叹了口气，只说了句："至少陈至愿意演戏，你该知足了。"

莎莎凄凉地微笑，除了自欺欺人还能怎样？陈至在众人面前给足了她面子，如果算补偿，也应该够了，感情的事情没有完美的，看上去幸福就已经很不错了，但越是这样地看开，才越是悲哀。

不知为什么，韩娜听了，浑身上下发冷。简直无法将眼前失魂落魄的莎莎与刚才的光鲜华丽联想起来。韩娜突然间很内疚，自己作为莎莎的好友，不但不了解她的苦楚，反而还曾因忌妒而出言不逊，她觉得应该说些什么减轻莎莎的痛苦。

"也许，也许是陈至生理上有问题。"韩娜安慰道。

"我叫他去检查过，但他总说没时间。"莎莎希望陈至仅仅是生理上的原因。女人对性事的态度很奇怪，如果在阳痿和出轨之间让她们选择，相信有 90% 的女人情愿自己的男人阳痿也不愿意他去碰别的女人。

"这种事情不要逼他，如果真是生理上的问题，陈至会觉得压力更大，这是恶性循环，他压力越大就越难面对你。"馨薇很冷静地劝解莎莎。

"可是万一，陈至不是因为生理上的原因呢？"莎莎赞同馨薇的说法，但是她最担心的就是陈至在外面有其他女人，曾经吃过爱情的亏，也被心爱的人背弃过，莎莎觉得自己选择陈至应该是万无一失的，陈至是她对爱情的唯一希望，她相信这世间总还有长情的男人，但如果连陈至都靠不住，她真不知道以后漫长的人生路还应该相信谁——女人，从来都不晓得要相信自己。

“想开点，感情这东西谁在乎谁就输。”馨薇淡淡地说。

“馨薇说得没错，至少陈至给你婚姻和名分，在外人面前你们也是很幸福的一对。再看看我，好不容易以为找到真爱，结果人家把我完全当空气。就算你再不济，也还有我给你垫背。”说起汪洋，韩娜就有无限的挫败感。

莎莎深深叹了口气，并不觉得自己就比韩娜幸福多少。由于晚上酒喝得多，所以头开始痛了，先前说要去绝色的兴致也荡然无存。莎莎扶着头，皱着眉，没有再说什么。

馨薇看到莎莎不舒服的样子，体贴地说：“算了，我还是送你回去吧？没有心情，就不要勉强开心，早点回去睡。”

莎莎顺从地点点头，说实话，她故意兴致很高说去绝色纯属只是为了让陈至担心，想陈至放下客户，晚上好好地陪她，但她的伎俩并未得逞。这种小把戏如同孩子和大人耍赖，明知道结局不可逆转，却总要来点无谓的挣扎。

馨薇和韩娜把莎莎送到家门口，看着莎莎瘦弱的身影独自消失在黑暗里，韩娜觉得莎莎真的好可怜，她身上的孤独感是名车和盛宴无法填补的。

“莎莎真可怜！”韩娜感慨道。

“你不可怜？”馨薇没好气地问。

韩娜想辩驳，但确实底气不足，只有冲馨薇做了个恶狠狠的怪脸以示不满。

有时候，老天爷也要犯贱，你左等右等的东西，他偏偏不来，当你快要忘记的时候，他偏又来了，就在韩娜以为联系不上汪洋，准备和馨薇去绝色度过无聊夜晚的时候，汪洋的电话却打来了。

“喂，刚才给你电话，手机怎么关机了？”韩娜狂兴奋，突然觉得很安慰。

“刚才手机没电了，我才充好电，就看见你的短信，马上给你打过来。”汪洋的语气很诚恳。

“哦，你现在在哪里？”韩娜看了看馨薇问。

“还在工作室赶稿子，吃饭了吗？晚上一起吃吧？”汪洋邀请她。

“都十一点了，我早吃过了，你还没吃晚饭呀？”韩娜属于典型的给点阳光就灿烂。

“忙起来都忘了，没想到都这么晚了，稿子还有一点才完工。”

“那这样吧，我给你带点消夜过来。”

“好，那我等你！”

接完汪洋的电话，韩娜感觉全身穴位都通泰了，世界一下子又充满了希望。她是典型喜怒不藏的人，甜蜜的微笑在脸上乱窜。

“汪洋的电话？你们又好上了？”馨薇问。

“不知道，算是吧。”韩娜尽量说得低调一些，但满脸灿烂，像朵开盛的菊花。

“长点脑子，别还像以前掏心挖肺的。”馨薇对于韩娜已经到了无语的地步，只有由她自生自灭。

“知道，放心吧。我这次学乖了。”

韩娜学乖了？学乖什么了？韩娜自己都说不清。

在爱情的对决里，真正的强者是不露声色，杀人于无形，而那些叫嚣着吃准了对方、有十足把握地看似游戏的赢家，往往连怎么惨死的都不知道。

❹

韩娜同汪洋约好后，简直是一分钟都等不下去，急忙下车，自己拦了辆出租车，向蓝天大厦赶去。馨薇看着韩娜的迫不及待，无奈地摇了摇头，所谓观者自清，韩娜无疑是在玩火自焚，不过，就算再多的大道理讲与韩娜听，她要想去找死，谁拦都没用。

韩娜想着汪洋工作辛苦，专门跑去24小时营业的粤菜馆给他打包了猪脚莲藕汤，然后怕汤凉又马不停蹄地赶到工作室，再粗线条的女人一旦爱上谁，都会像母亲照顾孩子般细心。

待韩娜气喘吁吁地推开工作室门，汪洋已经躺在沙发上睡着了，她轻手轻脚地将东西放好，汪洋像小狗一样蜷在沙发里，满脸的疲倦，睡得很香。韩娜微笑着吻了吻汪洋的嘴唇，像个花痴般无限深情地凝视着她爱着的这个男人，突然有种感动，她觉得汪洋也相当不易，像所有普通人一样没有显赫的家世，一切全要靠自己，往日对汪洋的不满与芥蒂瞬间冰雪消融。

韩娜想起馨薇常说的一段话：女人最容易产生孔雀情节，总觉得男人的奋发是为了两人的将来，但实际上男人的努力只是为了他们自己，所以当一个男人信誓旦旦对你说，他想为你创造美好的物质基础因而要全身心投入事业中请你无条件支持他的时候，鬼才要相信，你有钱有时间请投资在自己身上，再不济投资房产、股票之类的不动产，再有潜力的男人都不是绩优股，因为一旦升值，持有人易主是早晚的事情。但韩娜对此不以为然。

韩娜看着熟睡的汪洋，心中升腾起暖意，不忍心打扰他，自己蹑手蹑脚坐到电脑前想玩会儿联机游戏，汪洋的电脑没关，QQ还挂在线上，她很自然地点开，但汪洋的好友全不在线上，随即她点开 QQ 空间，尽管两人在一起的时间不短，但对于汪洋她还是很不了解，汪洋的朋友她也只见过一两个，所以她很好奇，迫切想知道汪洋会在空间上写些什么。

空间的打开速度有点慢，韩娜在等的时候看了看汪洋，觉得自己有点不道德，但不道德她也要看，等了半天，空间终于打开了，汪洋的品位韩娜总是认可，毫无意外，空间做得很别致，只是空间名字韩娜觉得很土——柳在心中的香。

汪洋是个很自恋的人，空间里有很多照片，从学生时期到最近几年，看照片的时候，韩娜努力寻找，上面有没有自己和汪洋的合影，结果让她失望的是，一张都没有。而且汪洋并没有在空间上记录只字片语关于她的事情，好像在汪洋的感情经历中，从来就没有韩娜这一页，韩娜不甘心，又在汪洋的个人文集中，找到一篇题目叫《她》的小诗，这下她心想总算跟她有点关系了，微微松口气，可细细看下去，越看越不是滋味：

“她”

她走，她来，
像孩子般耍赖，
在心墙上涂抹斑驳的油彩，
带着伤感的意外，
是她故意地坏。

她哭，她笑，
她无理取闹地要，
让人沉迷歇斯底里的味道，
她曾推开的怀抱，
是谁在慢慢地碎掉。

她停，她留，
像不知疲倦的鱼在游，
心甘情愿桎梏的自由，
只为终其一生遥望的相守，
她，长生河边永远的柳。

只最后一个“柳”字，韩娜立马联想到空间名“柳在心中的香”，所以这首诗的女主角很不幸地不是她，“柳”是谁？谁是“柳”？她长什么样子，值得汪洋如此地迷恋？而正当韩娜忌妒得要死的时候，放在电脑旁边的手机信息提示音，很赶时机地响起。

韩娜尚存一点理智，清楚知道现在和汪洋的身份并没确定，随便偷看汪洋的手机对人很不尊重，但是一想到夜半三更的，究竟会是谁发来短信，韩娜就不住地好奇，潜意识里她猜肯定是“柳”。最终理智向冲动投降，韩娜急不可耐地打开了短信。

果然没有让韩娜失望，短信显示：“我在宽喝花雕，来否？”韩娜一看落款，差点背过气——“柳”。

韩娜头一下子炸开，拿着手机的手不自觉地在颤抖，“柳”知道宽，而宽是在认识她之前，汪洋就常去的地方，那“柳”就是在汪洋认识韩娜前认识的。那汪洋既然心中有“柳”，还为什么要和她开始，但韩娜随即又联想到汪洋对她若即若离，以至于不愿结婚，到后来的分手，甚至汪洋最后自己出来组建公司的一系列事情，她突然明白为什么和汪洋永远都有距离的真正缘由。有时候，爱情像多米诺骨牌一样，不出状况你觉得坚不可摧，但只要一点破绽，立马噼里啪啦全线崩塌。

韩娜心一沉。

❺

韩娜拿着手机呆住了，开始就已经输了，她只是某个人的替代品，所以任凭她怎么努力，汪洋仍是她到达不了的终点，韩娜大脑一片空白，四周顿时安静，只有心抽搐的声音，原来心碎是能听见的。

汪洋翻了翻身，醒来看见韩娜拿着他的手机在发愣，正要问，却瞥见茶几上的炖品外卖，汪洋心底突然有种说不出的温柔弥漫上来，汪洋有些愧疚地说："太困了，我本来想在沙发上休息一下，没想到睡着了，等久了吧？"

"我买了炖汤，你快喝吧，免得凉了。"韩娜将手机放下，没有回答他。

"不开心？"汪洋注视着韩娜的眼睛问。

如果是平常，汪洋这么深情的眼神，韩娜肯定又要晕掉，可是现在韩娜觉得汪洋所有的温柔都是种施舍，让她更难受。

"快喝吧，汤冷了。"韩娜淡淡地说。

"谢谢！"汪洋喝了一口依旧温暖的热汤，突然有股冲动，让他紧紧握住韩娜的手，没想到却被韩娜冷冷地甩开。韩娜的反常让汪洋有些意外，他来不及细问，手机信息提示音响了，这个时候肯定只有柳眉会发信息，汪洋很不正常地瞥了眼韩娜，然后打开信息，果然是柳眉发来的：我在宽等你很久了，今晚不来吗？

柳眉跟他的联系多是靠短信，她不喜欢打电话，柳眉常说文字比声音更有回旋的余地。柳眉回旋的余地是给自己留的，她发短信总是寥寥几个字，吃准汪洋不会拒绝。可是汪洋也会厌倦这种招之即来，挥之即去的霸道。

"我……"汪洋看了短信正要向韩娜解释，却料韩娜立马打断了他的话。

"不要走，留下来陪我好不好？"韩娜死死抱住汪洋，心里无比地绝望，从短信息响她就知道是谁发来的，如果这是她和汪洋的最后一晚，她拼了所有的自尊也要把汪洋留下，不让他去见那个叫"柳"的女人。

抱住汪洋的韩娜眼泪“唰唰”地流，两人相拥的温暖，让汪洋突然像回到第一次相遇的九寨沟，那个喝醉的带着迷离而暧昧眼神的韩娜，有他说不出来的心动。汪洋转过身捧着韩娜的脸，她因哭泣而通红的鼻头，像小孩子般可怜，汪洋觉得很可爱，笑着吻住韩娜的嘴唇。

韩娜热烈地回应着，久违的温存，让她贪婪。她轻咬汪洋的舌，汪洋发出沉重的喘息，韩娜牵着汪洋的手来到沙发边，慢慢褪去衣衫，躺在沙发上，凄楚地对汪洋笑笑，用肉体留住一个男人，她感到自己很可怜。汪洋不能自已，压在韩娜的身上，疯狂地在她雪白的脖颈和乳峰上留下吻痕，当汪洋最终进入身体的那刻，她很幸福。这一次做爱，两人同时达到高潮。

“我爱你！”韩娜用尽全力地说。

“我——也——爱——你！”汪洋脱口而出，他自己大惊，完全是没有意识，不像是从嗓子里说出来的，倒像是发自内心的声音。

韩娜哑口无言，这句话好似等了一个世纪。

错误的爱恋就像偏离目标的马拉松，当我们竭尽全力，仍看不到结果；本能的那一点点不甘心，让我们以为幸福还差一步，于是奋不顾身透支所有的力气，却发现走得太远，连回头的机会都输掉。

❻

深夜1点35分，柳眉还在宽，酒壶里的花雕冷了热，热了冷，汪洋没有回短信也没有出现，柳眉认识汪洋5年，这是从来就没有过的事情。她不自觉地拿起手机，拨出汪洋的号，正要按接通键的时候，柳眉顿了顿，又把电话掐掉了。

她笑笑，估计汪洋今晚不会来了，埋单起身离开。

柳眉沉默着回家，将所有的灯全部打开，房间顿时明亮如昼，她扫视了四周，床头上有张和汪洋的合影，那是两人四年前在阳朔照的，四年前，她才24岁，汪洋也不过20出头，当时汪洋拿着珀金戒指在阳朔街头单腿跪下向她求婚，柳眉觉得这纯属小屁孩儿一时冲动，她除了好笑外，并没有特别的感动，她告诉汪洋做爱并不代表爱，在一起并不一定能结婚。

从阳朔回来，她就飞去上海供职，经历了一段轰轰烈烈的恋爱后，再回来，她却发现汪洋还在原地，于是柳眉和汪洋又开始不明不白的暧昧，她始终没有给汪洋明确的答案。虽然明知汪洋很爱她，但两个人的关系好比跷跷板，你多一点，对方就会少一点，动了感情，就会痛，柳眉不想让自己陷得太深。

但汪洋的温存还是可以照单全收，每次在外面奔波打拼，想到远处还有个人在默默地守候，这种感觉很暖心，柳眉习惯了汪洋无条件的等待。在两人关系低谷的时候，汪洋也发展过其他恋情，但她并不担心汪洋会变心，因为每次回来，只需一个短信，汪洋就会马上跑来陪她，无一爽约。

可这次连发两条短信，汪洋都没有反应，汪洋曾经说过，为了让她随时都能找到他，手机永不换号，24 小时不会关机，所以绝不会是因为手机没电或是关机，一定是被某件事情牵绊住了，柳眉突然想到上次汪洋提到韩娜时微微带笑的表情，柳眉第一次有了危机感。人就是这样：得到的永远都没有跟人抢来的有意思。

柳眉越想越不舒服，跑到卫生间将浴缸放满水，泡在里面，这是她放松的方式，可今天却失效了，柳眉深呼吸一口气，告诫不要多想汪洋的失约。她匆匆洗完澡，站在落地大穿衣镜前仔细凝视着自己：依旧还是让男人发疯的身体：白晰的皮肤，挺翘的臀部、丰满浑圆的胸围，但最近一段时间，柳眉对自己的身体越来越不自信。总是挑剔有赘肉，不够玲珑。她很清楚 28 岁的女人，纵还是漂亮，也时日不多了。

柳眉突然间对韩娜充满了好奇，一时兴起，她也不管夜很深了，忙披上浴袍到客厅给老龙打电话，他一定知道韩娜的情况。电话响了很久，老龙才接，接通前柳眉听到老龙睡眼惺忪地骂了句粗口。

“这么早就睡了，不是你的风格哦？”柳眉不忘开玩笑。

“靠，都 3 点了，还早？这么晚，有什么事情吗？”

“想问你一个人。”柳眉神秘兮兮地说。

“谁呀？柳眉，你明天问不行吗？非要这么晚打电话？”老龙很无辜地说。

“睡不着，我想知道韩娜是谁？”

“噢，韩娜，导游！”老龙瞌睡已经醒了。

“她和汪洋在一起多久？”柳眉兴致越来越高。

“不是分了吗？他们好像不到半年的时间。你回来前就分了。”

“半年的时间？汪洋这次的时间可够长的。”柳眉酸溜溜地说。

“还不是怪你，老不给名分。”

“别扯到我身上，我和汪洋什么关系都没有。”柳眉有些得意。

“你可别这样说，汪洋对你的心可昭日月，5年的时间哪，一个男人多好的青春就这样白白蹉跎了。”老龙彻底醒了，和柳眉打趣道。

“他们怎么认识的？”

“柳眉，别告诉我你吃醋了。要不是你上次不辞而别，汪洋追你到九寨沟，他们也不会认识。”

“认识就好上了，看来这个可昭日月的心也不怎么的。”柳眉说。

“没有，没有，汪洋后来受了你的重创才投入别人的怀抱的。”老龙急急辩解。

“受了我的重创？”柳眉不解。

“你去了上海没多久不是说要结婚吗？”

柳眉恍然大悟，那是在上海刚上班不多久，闪电般爱上一个男人，两人的感情迅速升温，几乎到了谈婚论嫁的地步，可惜感情是有限的，来得快的注定消退得也快，不到两个月，就从顶峰荡到低谷，没想到自己一场不成功的恋爱，却促成了汪洋和韩娜的开始，柳眉有些不甘心。

“她漂亮吗？”柳眉问，女人对容貌的敏感，正如男人对钱欲的敏感一样。

“还行，算得上漂亮。”

“跟我比？”

“两人的风格不一样，没有可比性，但就我来看，汪洋还是更迷你这样的多一些。”老龙很会说话。

老龙的话，犹如一颗定心丸，柳眉拨开云雾见明月。

“好了，早点睡吧？别告诉汪洋今晚上我给你打了电话。”柳眉说。

“柳眉，占着茅坑不拉屎是犯罪，我是话丑理端，作为好朋友我得劝你，珍惜眼前人是亘古不变的真理！”老龙最爱贫嘴。

“我知道，放心。”柳眉笑着挂了电话，和汪洋该怎么继续，她心里有数。

风筝飞得太高，就要适当地收一收，聪明的柳眉怎会不知道呢？

❼

漂亮女人一定要将时间浪费在美好的事物上，莎莎、韩娜、馨薇就在这点上很有共识，所以三人常常在天气很好的下午到仁和春天的楼上喝咖啡。

三个女人都是购物狂，一般都是先到楼下春天百货采购完，然后再到楼上喝咖啡，咖啡地不地道没关系，主要是环境好，在市中心，大大的露台，放眼望去满目的绿树造景，再配合原木风格的欧式乡村桌椅，很有点法国南部小镇的味道。懒懒的下午，悠闲的时光，每当这个时候，她们才会觉得其实男人真的不重要，只有手上有足够的钱，女人照样也可以让自己心情愉悦。

所以说鸡鸭多的地方屎多，女人多的地方话多，三个女人一台戏，坐在一起喝咖啡、聊天，内容从天南海北到吃、喝、玩、乐呈跳跃性发散，但转来转去最后依旧是回到爱情的古老命题上，女人呀，输就输在这一点。

“陈至最近对我很好，很少出去应酬了，每天下班就回来陪我。”莎莎斜斜躺在吊床上，很满足的表情。

“那你们夫妻生活呢？”韩娜问。

“色女，就知道关心这个！反正比以前好一点，不过频率也才一个多月有一次的样子，而且每次都是草草结束。”莎莎有些失望的样子。

“太少了吧？”韩娜睁大眼睛。

“那估计就是生理上的原因，陈至去看医生了吗？”馨薇问。

“没有，我不想给他压力，老实说我对那些事情也不是很感兴趣，只要他的心在我身上，做不做都无所谓。”莎莎淡淡地说。

馨薇和韩娜心有灵犀地对望一眼，两人都不相信莎莎说的是真心话。

大家聊得正欢，谁都没发现隔桌有位男士频频对莎莎注目，他终于忍不住站起来，给莎莎打招呼。

“李丽莎！”男士很有礼貌，风度翩翩的样子。

韩娜和馨薇闻声一看，一位三十左右、体格魁梧，穿黑色风衣的男子笑眯眯地看着莎莎。

而莎莎瞬间呆住，空白了几秒钟，这才认出来：“哦，教练呀，你不穿运动服，我都认不出你来了。”莎莎微笑着，小脸绯红。

“太巧了，我约了朋友在这里谈事情，没想到会遇上你。”男士始终都满怀笑意地看着莎莎。

“就是，世界太小了。”莎莎嘴上敷衍着，用余光瞥了眼韩娜、馨薇，两人正用无比八卦的眼神打量着面前的男子。

“你很久没来健身房了，再忙也要注意锻炼哦。”男士依旧是迷死人不偿命的温柔语气。

“哈哈，前段时间忙，没空，下星期我一定去。”莎莎只想赶快打发他走。

“那好，去了记得来找我，我就不打扰你了，你们慢慢聊。”男子这才同韩娜、馨薇打招呼作别。望着男子远去的背影，韩娜和馨薇开始刨根问底。

“是谁呀？老情人？怎么看你的眼神这么深情呢？”韩娜三八地问。

“好像叫什么……罗……伟吧？是我健身房的教练。”莎莎轻描淡写地说。

“我看他和你有戏。”馨薇断定。

“神经病！”莎莎嗤之以鼻。

“我的直觉向来很准，等着瞧！”馨薇很有把握地说。

“你要去法国？怎么才回来就又要走？”汪洋被柳眉约出来吃饭，没想到一见面，柳眉就给他一个意外。

“半年前我就在筹划了，今天约你出来就是为这事。”柳眉看到汪洋满脸落寞，很高兴。

“你都考虑好了，何必跟我商量，哪次你要走，我能把你留住？”汪洋听说柳眉要出去已成定局，说不出地灰心丧气。

“笨蛋，叫你出来，就是跟你有关，我要你跟我一起走！”柳眉笑着说。

“我跟你一起走？”汪洋不解。

“对，跟我一起去法国！”柳眉很正经的表情。

“我去法国干吗？”汪洋晕菜了。

“所以叫你出来吃饭，带你见个人，见了你就明白了。”柳眉神秘兮兮地说。

“见谁啊？”汪洋的头越来越晕。

“你怎么这么啰唆，跟我上去吧？反正不会把你卖了。”柳眉挽着汪洋走向电梯间，准备上 3 楼的西餐厅。

“叮。”电梯门打开，走出三个衣香鬓影的窈窕女子。汪洋突然惊住 —— 靠！韩娜就在其中，并用无比诧异的眼神看着他和依在身边的柳眉。

8

当时的气氛那是相当凝重。除了柳眉以外，莎莎、馨薇知内情的人都感到尴尬，想装作视而不见，但又有点欲盖弥彰的味道，毕竟是面对面的错身，电梯间的门口那么小，不彼此打个招呼好像有点说不过去。

韩娜更是晕乎乎的，想打量柳眉的样子，又怕看到，她的直觉告诉她，汪洋身边那个身材姣好、气质出众的女子就是“柳”，虽然提前有心理准备，知道有这么个女人存在她和汪洋之间，但看着“柳”亲密地依偎在汪洋的身边，韩娜心里的酸水还是忍不住直冒。这下看清楚了情敌的实力，韩娜更觉得和汪洋前途一片惨淡。

“韩娜。”还是汪洋先打招呼。

“哦，我和莎莎、馨薇她们在楼上喝咖啡，这会儿准备去绝色。”韩娜很慌张，六神无主，答非所问。

莎莎和馨薇知趣地先走一步，韩娜的确是够倒霉的，这样的事情都会让她碰见，不过馨薇始终觉得韩娜是自找的。

“哦，我和朋友去吃饭，谈点事情。”汪洋不知怎么的，也有点慌。不知为什么，和韩娜虽然已经不再是恋人关系，但是他还是不愿意让韩娜知道有柳眉的存在。

冰雪聪明的柳眉，看见汪洋不自然的表情，立马迅速从汪洋身上挪开，保持一定的距离，她认真地打量韩娜，果真是汪洋喜欢的那种类型——白皙的皮肤、乌黑的长发、穿衣打扮时尚而有韵味。

柳眉毫不掩饰地冲着韩娜笑笑，大方地和她打招呼：“你好，我叫柳眉。”

“柳眉？”果真是她。

“经常听汪洋提起你，今天见了，比我想象中还漂亮。”柳眉真诚地表扬韩娜。这是柳眉大气的地方，爱都是独占欲极强的，虽然她爱汪洋不及汪洋爱她，但是她也不愿意和汪洋的默契有其他的女人来分享，所以她也忌妒韩娜，但是忌妒归忌妒，对方的优点，她也会不吝啬地赞扬。

“是吗？”韩娜虚伪地笑笑，不由自主地瞥了一眼汪洋，心想：他在你面前经常提起我干吗？而汪洋除了打了个招呼以外，就没再说过话，站在那里木讷的表情，韩娜一看气就不打一处来。

“我和汪洋要去3楼西餐厅谈点事情，不介意吧？”柳眉问。

“不介意！不介意！你们慢慢聊，我还有点事情，先走了。”韩娜慌忙作别。她急急地向外走去，匆匆和汪洋交换了眼神，汪洋的表情像是要说些什么，又像是什么都没有说的。

汪洋把她摆在不清不楚的位置，若不是柳眉主动打招呼，汪洋看来也不会主动介绍两人认识，韩娜这样想，更觉得无比心寒，她目无表情地转身离开。

“人都走了，我们上去吧？”汪洋呆呆地望着韩娜的背影，柳眉冷冷地说。

韩娜去停车场找馨薇她们，没走几步，手机信息音响了，韩娜打开一看，是汪洋发过来的，只有寥寥的三个字：对不起。

“对不起？”韩娜冷笑，自己都还没有追究，汪洋发来这三个字就已经承认和柳眉有问题，想着自己全心全意地付出，一步一步地委曲求全，可最后汪洋连撒个谎的功夫都不肯，真是个绝好的讽刺，韩娜顿然心灰意冷，愤愤然地合上电话，不去理睬，她真的需要好好地想一想。

9

汪洋跟着柳眉到了餐厅，柳眉将他引向一位 50 岁左右的男子面前，汪洋并不认识，感到很好奇，柳眉见了男子很是热情地打招呼："古伯伯，这个就是我给你提过的汪洋。汪洋，这位是古伯伯。"

汪洋丈二和尚摸不着头，不知柳眉带他见长辈干吗，他敷衍着跟男子打了个招呼。

"古伯伯跟我爸是战友，他看着我长大的，后来古伯伯移民里昂，在那里开了家画廊，生意还不错。"柳眉很乖巧地介绍道。

"是呀，多少年都没回来了。你爸上次还约我去以前当兵的地方故地重游呢！"古伯伯说。

"好啊，到时候我和汪洋陪着你们一起去？"柳眉兴致看上去颇高。

"好啊。"古伯伯狐疑地打量了下汪洋。正好汪洋和他的目光相视，他漫不经心地打量了下眼前的大叔：穿简单的套头衫，戴一副金边老花镜，头发灰白有些微秃，柳眉不说，一点都看不出来是开画廊的，可是古大叔开画廊，关他什么事情，柳眉干吗要介绍他们认识。

"古伯伯，你上次不是说你画廊想找个人吗？我今天专门把汪洋带给您看看。"柳眉冷不丁说出这样一句话，差点让汪洋闭气。

"我什么时候说过要去画……"汪洋满腹的疑问，他又惊讶又懊恼，柳眉没跟他商量，就帮他安排。

"古伯伯，汪洋是正规的美术学院毕业的，学了 8 年的油画，而且一直在做平面设计，他去您画廊帮忙应该没有什么问题。”柳眉打断汪洋。

古伯伯笑着点了点头，透过老花镜打量了汪洋一番，皮笑肉不笑的神情让汪洋觉得很寒，他不愿意去法国，至少现在，设计工作室慢慢地上了正规，虽然赚钱不多，但毕竟是自己的事业，而且以后还有发展的空间。现在说走就走，还要去语言完全不通的法国当二等公民，汪洋打心里不愿意。

“其实我一直不相信国内的教学水平，再说，在中国学油画就像在国外学国画一样，水平终是有限的。”古伯伯笑着说，慢慢地喝了口水，他的仪态是养尊处优的优雅，但透露着一股冷冰冰的距离感。

“不过话又说回来了，学过油画当然是最好的，没学也没关系，我画廊有专门的经纪人，专业上的事务有人打理，我就需要个帮我记记订单、收发一下传真，联络下客户的，说白了主要是行政方面的工作，但因为要保管客户和画家的资料，所以我必须要找个放心的。哦，对了汪洋的法语如何？”

“没问题，古伯伯您放心好了。”柳眉抢先替汪洋回答了，她偷偷瞥了眼汪洋，汪洋脸色铁青。

“你有病呀！都差不多谈成的事情，你干吗推了？”一出餐厅柳眉忍不住愤愤地抱怨，她原以为会给汪洋一个惊喜，谁知，汪洋一点都不领情，就在事情快要谈成的时候，毫不留余地地推了。

“柳眉，你怎么不给我商量一下呢？”汪洋没好气地问。

“商量什么？难道你不想出去？”柳眉感到好笑。

“我出去干吗？一句法语都不会说。”

“不会，学呀！你又不笨。”

“我好好的工作室不做，漂洋过海的去寄人篱下，为什么呀，我？”

“为什么？因为我要去法国呀！难道你不想跟我一起走？你真的就想在国内这样一个小地方待一辈子？”柳眉越来越搞不清楚汪洋在想什么呢。

“我不觉得这里是小地方，再说了，你也可以不走的呀，在国内你发展得也不错，干吗要出去做二等公民呢？”

“汪洋你什么时候变得这样庸庸碌碌的？开工作室能有多大前途？”柳眉激动地问。

“去那老头的画廊做个秘书就有出息？”汪洋有点生气。

“你先去画廊熟悉一下情况，再慢慢地发展，古伯伯没有子女，他一直都希望我能帮他打理生意。”柳眉苦口婆心。

“那是你的事情，干吗非要拖上我呢？”汪洋很有些艺术家的清高，反感靠女人的男人，柳眉的话严重挫伤了他的自尊心。

“对！对！是我自己的事，我才是吃饱了撑的，一人去法国，无牵无挂的，我干吗还想着把你也弄出去！我活该，指不定你为了谁还不想走呢？”柳眉忍了半天，还是没忍住，脱口而出。

汪洋愣住了，沉默了半天，蹦出几个字：“我他妈的谁也不为！”

第4章 总会有人为你留灯

XING FU PI WAI SHANG

❶

爱人的心就像弹簧，如果受到的创伤超过弹簧的承受能力，弹性就会消失。汪洋的种种举动让韩娜没法再自欺欺人下去，可是也没勇气彻底说放弃，她采用鸵鸟战术，把自己包裹起来，以为回避就能解决问题。她懒得再去想他，给他打电话，汪洋倒是打来几次电话，韩娜都没接。

感情生活再一塌糊涂，也要生存吃饭，韩娜的房子的月供还得按时还，她是做导游的，带团才有钱，郁闷完了还是得出去挣钱，所以感情这东西还是要有钱、有时间才耗得起。

旅行社的计调琳琳打来几次电话催她了，前段时间懒，韩娜推了好几个团，这对导游来说是大忌，导游和旅行社也有潜规则，旅行社虽然不给导游发工资，但是和旅社行关系搞得好，配团的时候才会把容易赚钱的团分给你，因为不是所有的团都赚钱，团也分好坏，拿地接团来说，最好是坡团（新加坡），其次是台湾团，再其次是欧美团，最次是以色列团——几乎不购物和加景点，导游只能赚点小费，搞不好还来投诉。

一般来说，旅行社派给你什么团你就得接什么团，导游不能挑团，更不能推团，这是信誉问题，这次团不好，还有下次。但如果推团，渐渐没人会找你，久而久之就没活儿可做。

韩娜去旅行社，看看还有什么团可以接，正好老板吴姐也在。韩娜见她在打电话，不便打扰她，自己先去计调那里拿行程表。

琳琳从文件夹里抽出一张，有些不好意思地递给她："韩娜姐，你看一下行程，常规线路，下星期三接团。"

韩娜笑着说了声谢谢，她有些内疚，自从上次九寨沟她狠狠抢白了一次琳琳后，琳琳每次见她都有些不自然，韩娜笑嘻嘻地拿过行程表一看，倒吸一口气——11 天——以色列团——团员 4 人，韩娜几乎要疯掉。这个团一带，这个月就算报废，而且还是以色列的 4 人团，一天每人 50 元的小费，11 天下来才 2200 元，相当于没挣钱。韩娜亏大了，觍着脸让琳琳帮她换团。

"这是吴姐安排的，不能换。她说你有什么不满意的地方，直接去找她。"琳琳无奈地说。

韩娜屋漏偏逢连夜雨，她气不打一处来，径直进了办公室。

"吴姐，这种团一般都是给实习导游的，怎么派给我？"韩娜很是激动。

吴姐剪着沙宣式短发，永远雷厉风行的样子。她刚接完电话，白了韩娜一眼，淡淡地说：“现在知道紧张啦？早干吗去了？”

“吴姐，我最近手头紧，能不能给我换个团呀？”韩娜可怜巴巴地说。

“前几次给你安排的7天豪华团你不是都推了吗？”吴姐反问道。

韩娜郁闷地想撞墙，真是祸不单行，啥叫“人财两空”，她这都占齐了。

“这是给你点教训，来不来就闹情绪，跟钱过不去的人最傻！”吴姐很不留情面地批评韩娜。

除了自认倒霉以外，韩娜还能说什么，她轻叹口气，拿了行程表要离开。

“坐一会儿呀，聊聊天，多久没见了，你也太现实了吧？办完事情就走人。”吴姐叫住韩娜，开玩笑地说。

“吴姐，我都够郁闷了，还有什么心情聊天。”韩娜很泄气。

“有什么好郁闷的？不就是谈个破恋爱，至于吗你？你说你，一毕业就在我这里上班，带你8年了，怎么我身上的洒脱一点没学到？”吴姐恨铁不成钢。

“算了，不说了，现在好好带团，把银行按揭早点还完，才是正经事！”韩娜终于说了句人话。

“对！”吴姐潇洒地打了个响指，她特行独立惯了，最见不得小女人的软软弱弱。

“就是要现实一点，感情都是你骗我我骗你的把戏，有时间你还不如回去哄哄你老爸、老妈开心，倒还能落下个孝顺的名，把青春耗在你那个小男朋友身上，又没钱又没名的，你图什么呀？”吴姐噼里啪啦说完一大堆话，韩娜顿时有如醍醐灌顶。

“吴姐教导有方，所以你看我想多挣点钱，就别安排这种团给我了。”韩娜撒娇卖乖。

“你第一天带团我就告诉过你，别的旅行社我不管，只要你在我这儿当导游，安排什么就是什么，你连推我 3 个团，再不给你点惩戒，坏了规矩，我还怎么管其他导游呢？”吴姐话说到这份上，已经是在给韩娜敲警钟了。

“行，我认罚！”韩娜嘴上说了，心里还是不顺气。

“这个团好好带，下个月 P&O 会有个大的购物团，到时候你来带。”吴姐公私分明，韩娜是她的手下爱将，两人之间的合作已经升华成了默契，虽然是上下属的关系，但也融入了朋友间的信任在里面，遇到重要的贵宾团，她第一个考虑的人选还是韩娜。

“陪我出去洗洗头，顺便你把也头发弄弄，晚上我和几个朋友吃饭，你也一起去。”吴姐边说边拿包，不容商量的口吻。

“我也去？”韩娜不解，突然想起上次吴姐打电话给她，说是给她介绍男朋友的事情。

“吴姐，你不会是让我相亲吧？”

“对，怎么，不想去？”吴姐停下来问她。

韩娜犹豫了一会儿，像是下定决心，斩钉截铁地说：“去！就当多认识个朋友也好！”

对，她韩娜也要自救！天下三条腿的蛤蟆不好找，两条腿的男人满大街都是，除了汪洋还有李洋、张洋，她凭什么要在一棵树上吊死？

❷

真不知是谁发明的相亲，太损了，两个恨嫁的男女，像待沽的牲口一样，由双方亲友“牵”出来，几分钟前还八辈子聚不到一起的两个人，几分钟后就得和人亲戚朋友齐刷刷地围坐一大桌子，接受心理、智力的考验，别看笑脸相迎地和你聊家常，说不定一句不经意的话，就在转着弯刨你祖宗十八代的底。

双方表面上客气热情，其实私下各自打着小九九，都想着一拍即合、一劳永逸的好事。可怜的男女主角还不能做出猴急的样子——跌身价，虽然来相亲本身就已经带点“老大难”的意味在里面。

韩娜越想越觉得傻，怎奈已经答应了吴姐，要反悔也来不及了，只得硬着头皮上。偏偏吴姐是守时的人，提前到了餐厅，韩娜心里叫苦不迭，相亲已经够丢脸了，女方还早到，更显出急不可耐的劲儿，吴姐没想到这层，可怜韩娜留也不是，走也不是，怎么都觉得自己脸上写着巨大的几个字“嫁不出去”！

“放轻松点，就当是参加朋友聚会。”吴姐看着韩娜坐立不安的样子，劝慰她道。韩娜笑得很僵硬，心想以后谁要是叫她再去相亲，哪怕对方貌似潘安，她也打死都不干了。

“我这个朋友很能干，自己开了家 IT 公司，而且家庭条件也不错，是结婚的对象。”吴姐开始提前洗脑。

“人家条件这么好，凭什么看上我？”韩娜很老实地问。

“你也不错呀，人漂亮，会处事，主要你是我一手培养起来的，肥水不流外人田！”

“吴姐，我哪儿有那么好？”韩娜最是听不得这些赞美的话，嘴里谦虚着，心里那个美呀！

“反正我把你的情况给我朋友一说，人家就很感兴趣，而且他看过你的照片，很满意。”吴姐神秘兮兮的。

“吴姐，你怎么把我的照片都给别人看了，多不好意思。”韩娜有些害臊，发起老嗲来。

“上次他来办公室找我，正好导游栏里有你的照片。”吴姐解释道。

韩娜一听，虚荣心又被慰安了，原来自己外表还是挺有魅力的。女人虽口口声声地说内涵很重要，但若美貌与头脑只能选择一样，相信 99% 的女人都会选择当白痴美女。汪洋给韩娜带来的的挫败，在这里得到了点弥补。

“来了。”吴姐抬起头，不动声色地对正在发呆的韩娜说。

韩娜循着吴姐的目光看去，走过来两个一高一矮的三十岁的男子，两个都很儒雅的样子，但相貌一般，韩娜刚刚燃起的希望有瞬间破灭，这两个男子无论是谁都不是她的那杯茶。

“对不起，让两位美女久等了，路上塞车。”高个子满脸带笑，说话的时候，瞥了韩娜一眼。

韩娜接到讯号，估计高个男应该就是相亲主角，她不由自主地打量高个男——黑色风衣配灰色休闲毛衣，不时尚但透着成熟男子应有的稳重气质，高个男感应到韩娜的目光，很友好地对她笑笑，韩娜马上回以得体的微笑。

“韩娜，这就是温文，我的好友，给你提过的。”吴姐笑着给韩娜眨了眨眼睛，无比暧昧。韩娜证实了自己的想法。

“不公平哦，怎么不给美女介绍下我，当我是隐形人呀。”个子稍矮的男子抱怨道。

“谁叫你不开腔不出气的，来晚了也不道歉！”吴姐笑着说完，转过头这才给韩娜介绍道。

“等久了吧？不好意思，来，女士先点菜。”温文很有绅士风度地将菜单递给韩娜。

韩娜不经意地打量了下温文的手，爱上汪洋以后，她就很在意男人的手是否漂亮，因为手最能暴露出一个人的工作环境和生活品质，韩娜最喜欢男人有一双通透、干净、修长的手，而温文虽然没有修长的手指，但手很白净，指甲剪得短短的，说明他是个爱干净的男人。

韩娜是个很感性的女人，往往一个细节就能将她击败，这一点上让她对温文产生了些许的好感。

❸

韩娜拿过菜单，点了份花雕鸡、泡椒鹅掌、乡村鱼头、冰镇芦荟、蜜合南瓜，她做导游，点菜是强项。

“很会吃呀。”温文笑着称赞。

“职业病，每次和朋友出去吃饭，习惯把什么都安排好，搞得就像老妈子一样。时间一久，点菜的能力就培养出来了。”韩娜边说边瞥了眼吴姐，她这是在不动声色地表功。

“听到了没有，吴玲，你看你还不给人韩娜加工资，多敬业呀！”矮个男打趣道。

“你就外行了，导游不是靠工资吃饭的。”温文纠正道。

“就是，当说客还是专业一点。你与其叫我给韩娜涨工资，还不如叫我多安排些赚钱的团给她。”吴姐笑呵呵地说。

“吴姐够照顾我了，每次都是安排好团给我带。”韩娜很诚恳的样子，吴姐听得心花怒放。

“你还挺会拍马屁的，一点不着痕迹。”温文对着韩娜悄声说。

“没办法呀，讨口生活不容易。”韩娜也会贫嘴。

温文一听，不禁哈哈大笑。

“很好笑吗？”

“你把自己说得太惨，女孩子还好，如果实在嫌辛苦，找个老公。”温文解释道。

韩娜振振有词地反驳道：“弱国无外交，女人要手心向上，脖子就得朝下。”

“弱国无外交？”温文又被逗乐了。

温文笑起来有种成熟男人独有的沧桑感，令人觉得舒服妥帖。相比较汪洋的自我，温文随时随刻都保持着谦谦君子的优雅，正如他的名字那样温文尔雅。不管韩娜说什么，都报以极大的兴趣聆听。

两人良好的互动，让吴姐看到希望，她提议饭后一起K歌，在温文的热烈邀约下，韩娜只得同意。说实话，与温文相处很舒服，但没有心动的感觉。在感情面前，韩娜向来忠于自我，绝不会为世俗的标准所妥协。

所以，她早已做好决定，同温文就当普通朋友相处。

饭后离开，只有韩娜一人没开车，温文顺势邀请韩娜坐他的车，两人一前一后，有说有笑地来到停车场，温文在一辆黑色的辉腾前停住，很绅士地先替韩娜打开车门，又很大方地帮韩娜系上安全带。很久没有和陌生的男人约会过了，被人重视的感觉还是挺美好的。

享受着温文体贴地照顾，韩娜想起吴姐悄悄在她耳边说过：温文是个结婚的对象。

可惜，他不是她想要嫁的对象。

❹

对一个女人最大的羞辱是什么？是当她无比淫荡的诱惑你时，你却对她视而不见。这样的冷漠保证会让每一个女人抓狂。

莎莎有一本日历，专门用来纪录她和陈至的恩爱次数，这是她的一个小怪癖，她觉得可以从性爱的次数分析出两人的恩爱指数。不幸的是，单从上面的记录来看，两人的关系似乎到了岌岌可危的地步，从最初认识的一星期 2 次到后来的两星期 1 次，到最后的两个月都很难有 1 次。

陈至 36 岁，正值旺年，精力不是给了莎莎就是给了外面的女人。莎莎虽然不停地自我安慰，只要陈至对自己好，至于他在外面有什么她都可以睁一只眼，闭一只眼，毕竟陈至的条件和工作环境，要不出轨太难了。但一想到自己的男人趴在别的女人身上欲生欲死，莎莎还是要抓狂。

陈至出差回来的当天，莎莎精心打扮，离上次的恩爱已经快两个月了，小别胜新婚，陈至回来再怎么也应该“敷衍”一下吧？抓紧这难得的机会，说不定就能扭转两人的僵局，莎莎换上特意准备的性感内衣，全黑色的蕾丝，配以玫瑰红的丝绒蝴蝶结，既有少女的情节，又有少妇的放荡，莎莎在镜子面前，很满意地打量着自己：在内衣烘托下丰满的双峰呼之欲出，透过蕾丝的小底裤隐约还能看见下面的毛发茂盛的三角地带。

莎莎绾了个松松的发髻，在外面套了件白色的束腰风衣，别有风情，她静止的时候端庄淑雅，但只要轻轻动一下，深V领的衣口就隐约露出内衣的蕾丝边，可谓风光无限。最后，再抹上一点点香水，只要似有若无的一点点，就能达到催情的作用。

万事俱备只欠东风，莎莎把为陈至炖的汤端出来，然后只点了盏暧昧的小灯营造氛围，她把自己能想到的地方都做得滴水不漏。她有些紧张地等待陈至的归来，毕竟第一次在陈至面前这么大胆，但为了幸福，她决定搏一把。

终于听到开门的声音，莎莎的心像坐过山车一样，一下子升到了最高处，莎莎忙迎向老公，陈至习惯性地亲了亲莎莎，然后坐在沙发上翻起了报纸，好像并没有看出她有什么特别。莎莎不甘心，将热汤端过来，故意面对着陈至弯下腰，透过大大的领口，里面的黑色风情一览无余。

陈至看到好像有了点反应："老婆，内衣很漂亮。"

莎莎很开心地坐在陈至的腿上，用手挽住他的颈圈，凑在他耳边吹气如兰地说："我特意为你选的，你走的这几天，人家天天晚上都在想你。"

陈至笑笑，把腿上的莎莎让到了旁边的沙发上，又从公文包里拿出一个礼盒，递给莎莎："我出差给你带的礼物，你一定喜欢。"

莎莎亲了亲陈至的脸颊，拆开了礼盒，不由得惊呼："哇！BLV 的手链，老公你太好了，每次送我的礼物我喜欢得不得了的。"

陈至像哄小孩子一样拍了拍莎莎的头，爱昵地说："只要你喜欢就好，老公挣钱就是为了让老婆开心的。"

任何女人听到这些的话，都会感动到无以复加，莎莎顿时觉得陈至的爱又那么真实、可靠，她更觉得自己也要做点什么，她像只慵懒的小猫，趴在陈至的脚边，脸上是洛丽塔般诱人犯罪的娇俏，痴痴地说："老公，你买了礼物送我，我应该怎么报答你呢？要不，肉偿好不好？"莎莎边说边解开风衣的腰带，穿黑色胸衣的美好身线展现在了陈至面前。

陈至笑了笑，有些慌乱地推开莎莎说："傻孩子，我给你买礼物是应该的，怎么会要你回报呢？你……你要回报也好，帮我放放洗澡水，我有点累了，想泡个澡。"

没想到陈至竟然丝毫不为所动，简直就是打击，但莎莎不死心，她双手滑向陈至的下身，眼神迷蒙轻轻解开了陈至的皮带。

陈至突然像被电击，一下子站起来，拿上公文包，急急地说："我想起来了，公司还有点很重要的事情没有处理完，我得马上出去一趟，晚上你自己睡，不用等我了。"

莎莎顿时像被人扇了一耳光般地屈辱，她红着眼圈死死地看着陈至，嘴唇一直颤抖，想说什么却发不出声来，做女人到这份上算是失败透顶。终于她冷冷地近乎是乞求地挽留陈至："老公，有什么明天处理好不好？求你了。"

陈至手足无措的样子，两人沉默了一会儿，他说："乖，事情真的很急。"陈至说完头也不回地离开。莎莎含着的眼泪终于决堤，门被关上的那刻，她再也忍不住，扑在沙发上号啕大哭！

陈至出了门，坐在车里，深深地松了口气，他点燃一支烟，不抽，让它静静地燃着。

半个小时后，陈至开车离开。

5

莎莎不知哭了多久，终于累了。

她哆嗦着站起来，眼睛干涩，胀痛难忍，浑身冰凉。

脸上的妆花得乱七八糟，发髻也散了，形色憔悴得像色衰的风尘女子。

莎莎拿来手机一看，已经快 12 点了，才发现自己光着身子在客厅里哭了近 3 个小时。陈至今天是不会回来过夜了。莎莎勉强着走回了卧室，将窗帘拉开，倒在床上，呆呆地看着窗外，等待天色渐渐亮起来。

陈至不回来的晚上，她只能等待。

凌晨 2 点，从绝色出来，温文送韩娜回家。

两个人在车里，韩娜一声不吭，跟刚才的疯玩形成鲜明的对比。她心情失落，热闹过后，要独自回家面对空荡荡的房间，被窝里的温度不足以抵御黑夜带来的孤独。

“你家住哪儿？”温文打破尴尬的沉默。

韩娜愣了一会儿，答非所问地回答：“家就是当你晚归的时候，会有个人为你留盏灯的地方。”

温文一愣，问道：“那你有没有为你留灯的人？”

“我有我为他留灯的人。”韩娜苦笑地说。

“那个人一定很幸福。”温文的语气中充满羡慕的成分。

“他不幸福，因为我不是他爱的人。”韩娜故作轻松地笑了。

女人不经意流露出的脆弱是征服男人最无敌的利器。

温文听后，伸出了手，紧紧地牵住韩娜。

韩娜短短惊诧后，并没有拒绝，从陌生人指尖传来的温暖，无关情爱。

福尔摩斯私家侦探社，憔悴的莎莎脸色惨白。

“我们调查过了，您先生在清波名居有套产业，一星期他会在那里住 3—4 次。”

清波名居？莎莎从不知道陈至在那里还有一套房子，而且陈至每星期的确有三四天不在家过夜，他总说要陪客户不能回家，原来另有地方过夜。陈至向他隐瞒这一切，无非就是不想让她知道更可怕的事实 —— 他在外面还有其他的女人。

莎莎浑身颤抖，有几秒大脑处于一片空白。来私家侦探社之前，她仔细想过，若是结果同她猜想的一样又该怎么办？但她深知自己是情愿清醒地痛苦，也不要糊涂地开心；但真正证实后她却撕心挖肺地疼痛，她比想象中还要爱陈至，根本无法想象陈至会像对她一样对待另一个女人。莎莎不停地冷笑，脸严重变形，她已经处在歇斯底里的状态。

工作人员见莎莎的脸色不对，急忙安慰道："但光凭这一点，很难说您先生就一定出轨了。"

莎莎没有答话，也没有哭，痛到极致是不会有眼泪的。而这种痛还只能是哑巴亏，她不可能跑去质问陈至，告诉他她找了私家侦探查他，发现他有外遇。纸一旦捅破，维系夫妻关系最后一点情谊也将消失尽矣。

"我建议，再追查一段时间，拿到他有外遇的确切证据，这样即或是以后离婚，在财产分割上对你相当有利！"工作人员从专业角度替莎莎分析。

他的话犹如当头棒喝，莎莎一下子缓过神来，对，她来这里的真正目的绝对不是想离婚。所以追查得越清楚，无疑让创伤越深。

"够了！我不想查！我不想离婚！"莎莎终于爆发，咆哮完后，扔下私家侦探的费用，逃也似的离开。

保全爱的尊严还是维持目前丰裕的物质生活？莎莎遇到人生中最难的选题。

❻

从私家侦探社出来，莎莎走进地下停车场取车，自己的那辆粉红色的小跑车，在停车场中显得特别突出，这是陈至给她的结婚纪念礼物，不过才多久的事情，两人的关系已经到了迫在眉睫的关头。

这世上的哪个男子靠得住？陈至感情上辜负她，但至少物质上没有亏欠她。倘若再换个男子，谁又能担保为她守身如玉呢？到最后说不准感情、物质两头都没着落。可是，爱，又让她的眼里容不下丝毫的沙子，若换个不爱的男子，她也就认了，但她爱陈至，爱是占有，是无法和别人共享的，所以对陈至的背叛，她无法做出视而不见。

莎莎烦躁地打开车门，余光瞥见不远处有个时髦的取车女子，正用近乎于忌妒的眼光打量着她和车。陈至的品位和大方，为她赚足了面子。莎莎心里很清楚，早已习惯旁人艳羡的目光，失去陈至也就意味着要和光鲜的生活说再见，他的呵护和宠爱是剂慢性毒药，令她丧失勇敢离开的能力。

汽车发动的同时，莎莎做好了决定。

“就当我是为了钱忍下去！”莎莎自言自语，笑得凄凉。

冬季的九寨沟，被冰雪穿上一层玻璃纸般的外衣，玲珑剔透，好似沉睡的仙境。

韩娜带团到了九寨沟，住香巴拉，她患了严重的感冒，咳嗽不止。吃药完全不见效，把她折磨得要死。早早安排了客人，她去找扎布罗措喝酒，扎布很热情，又是烤羊肉，又是青稞酒。藏族人喝酒实在，没有强人所难的劝酒，往往是自己先干为尽。韩娜借酒浇愁，和扎布你一杯我一杯的，喝下去不少。青稞酒后劲大，韩娜头痛欲裂，呼吸也不畅顺，忙跑到大院透气。

外面的篝火正旺，客人们正围着火堆跳锅庄，众人的热闹和快乐，越发衬托出韩娜内心的孤寂。这里是她和汪洋初次见面的地方，旧地重游感慨良多，两个陌生的人兜兜转转一圈后，回到原点，依旧是陌生人。

5百多公里外的酒吧——“宽”里，柳眉和汪洋坐在落地窗边，她喝温热的花雕，他喝刺辣的bitter memory，两人相对无言。

“什么时候走？”过了很久，汪洋终于抬起头。

“手续办得差不多了，随时可以走。”柳眉委婉一笑，长长的睫毛风情流动。

“还回来吗？”汪洋问。

“不回来了。”柳眉口气淡漠，却是不容置疑。

汪洋陷入沉思，两人又是沉默。

“你会跟我走吗？”

“我想考虑一下。”汪洋很为难。

“考虑多久？”

汪洋突然想到韩娜，竟然很心慌，猛灌了一杯酒，被呛得不住咳嗽。

“我等你一个月。”柳眉微弱地笑。

汪洋十分惊诧，习惯了等待，冷不丁的角色转换，他有点适应不了。

“你等我这么多年，我等你一个月不过分。”汪洋的迟疑，让柳眉清醒地意识到她和他再也回不去当初。那个曾经毫无条件等她的人已经不在了。濒临失去的边缘，心中的点点不舍都可被放大 100 倍，柳眉终于放下了矜持。

高原的夜很冷，院里的篝火，游人三三两两地散去。韩娜站在院里，浑身直哆嗦，却自虐地不愿回房间，在香巴拉，她觉得和汪洋很近，此情此景，思念越发地沉重，她有了面对汪洋的勇气。

同样的瞬间，手机铃声先响起，韩娜万分惊喜，一看，却是温文打来的，胸口提起的那股气顿时像潮水退去。

“九寨沟很冷吧？”温文的口吻永远温柔。

“还好。这么晚找我，有事吗？”

“没什么，刚忙完，给你打个电话，多穿点衣服，别感冒了。”

“谢谢。”韩娜有点小小的感动，但随即被巨大的失落打败。人就是这点贱，温文的关心再温暖，也代替不了汪洋的只言片语。

“不打扰你了，早点睡。”温文适可而止地道晚安。

要等的那个人始终没等到。

挂了温文的电话，韩娜没有来由，扶着墙边，像小孩子般，扎扎实实地哭了一场。

7

晚上在外面受了寒，第二天韩娜的感冒更加重了。头痛欲裂，胸口就像挨了计重拳般难受，但再辛苦也要挣扎起来工作，游客高高兴兴出来旅游，总不能因为你不舒服就扫兴。

韩娜吃了点药，勉强能够起来。待到团员收拾好行李，上了车，向黄龙出发。一路上，韩娜不停地吸氧，胸口却越来越闷。

“小韩，行不行啊你？脸都青了。”司机冷不丁转过脸，看到韩娜吓了一跳。

韩娜摇了摇头，连说话的力气都没有。

“你感冒没好，上黄龙不怕有危险？”

“我……没事。”

好不容易挨到了黄龙，游客兴奋地下了车，韩娜猛吸了点氧气，咬牙下了车。脚刚沾地，竟然软绵绵的，韩娜在倒视镜里看到自己的嘴唇开始发紫，这是高原缺氧的表现，可能是感冒引起的缺氧，黄龙她来过上百次，应该没什么问题。

摇着队旗，吃力地走着，肺部依然疼痛得厉害，她不敢多讲话，草草说了遍导游词，就再也没力气了，好在客人们都忙着拍照去了，倒也不需要她怎么照顾。

人生病的时候最脆弱，韩娜的失落症又发作了：奔三的人了，要啥没啥。而周围的朋友，馨薇、莎莎，不说幸不幸福，至少不用像她这么辛苦地赚钱。人比人气死人，韩娜越想越心越堵。并不是每个人都有直面惨淡现实的勇气。

霉运的兄弟姐妹很多，来拜访你的时候，最喜欢拖家带口。

韩娜走了一小会儿，胸口越来越痛，头昏脑涨，气短乏力，总之电视里形容病入膏肓的词语，全都被她遇上了，她扶着头，眼发黑，一时分不清东南西北。

“啊！”站在韩娜旁边的中年妇女突然惊叫了起来。众人的目光随着声源循了过去。

就在众人齐刷刷的目光中，韩娜面无人色地倒了下去。

在倒地那一刻，韩娜没有感觉到痛苦，她真的以为解脱了。

接下来，就是漫长的黑暗，没有任何的声响。

她像睁着眼，又像是睡了过去。

生命突然变得没有重量，感知不到身体的存在。

恍惚中，很多人的脸交叠着，很眼熟，却一个都不认识。

再后来，耳边有一点的声音，细微。

黑暗也不再是那么绝对，有时会透进来一点光线。

这样不知身在何处的感觉很好，没有牵挂，不用努力，像尘埃悬浮在空气里。

慢慢地，感觉多了，但身体沉重起来。

后来，回忆开始复苏，一张张的影像清晰起来，能分明地感觉到疼痛。

周围的感觉逐渐强烈，韩娜才勉强地睁开眼睛，一片白，白得很冷清；而梦中黑暗却有种舒适的温暖。

“你醒了。”朦朦胧胧间，一个男子拿着一束花站在床头。

❽

汪洋？

韩娜第一反应是他，明知可能性很小，但还是挣扎着起来，想看清楚一点。

刚一动，胸口就撕裂般地痛，韩娜在氧气罩下难受地喘着气。

“别动，小心躺着。”男子将花插在花瓶中，飞快地走了过来。

韩娜转过头去，并非期待的容颜。

“终于醒了。”温文说完，轻轻吐了一口气，他有些憔悴，下巴上冒出青色的胡楂，看上去像是守了她一夜。韩娜暖暖地心动，和温文连朋友都谈不上，想不到睁开眼睛看到的第一个人居然是他。韩娜是真的感激温文，对他来说自己顶多算是有好感的普通朋友，再何况温文还是个生意人，在付出前更计较值不值得，他都能放下手头的工作，衣不解带地照顾她，相比较，汪洋对她做的简直是少之又少，连“我爱你”记忆里都只说过一次。

爱如果变成了独角戏，坚持下去还有何意义？韩娜第一次有了怀疑。

“要不要我通知你家里的人？”

韩娜摇摇头，出门在外打拼多年，习惯报喜不报忧，再说，住院也不是什么大不了的事情，病了就医，反正总会好的，没必要让父母担心一场。

“你整整昏睡了两天，急性肺水肿，吴玲给你什么好处，这么卖命？感冒还要冒险上高原。”温文打趣道，伸了个懒腰站起来，拉开窗帘，阳光夹着温暖倾斜进来，冬日的晴朗，带了春天的暗示。

想不到，梦里一瞬间的样子，竟然就是死去再活来。以前的韩娜死了，此刻醒来的韩娜是崭新的，并不是每个深陷爱情囹圄的人都有这样的经历。也许就是上天给她机会，让她重新做回自己。

最难的决定，往往是最好的决定。

在重见阳光的那刻，韩娜知道彻底转身的时候到了，她突然觉得异常地轻松。

认输并不代表真的输。

柳眉给汪洋一个月的时间，其实是给她自己的。

女人靠直觉梳理爱情的逻辑关系，她从第一眼看到韩娜，就预料到可能会输给她。

尔后，力邀汪洋出国，汪洋的大力反对，到后来以永远离开作威胁，汪洋居然都还不为所动，她悲哀地看到在汪洋心中的大势已去。但将曾是属于自己的东西拱手相送绝不是她的作风。

短短一个月时间，其实是缓冲期，她自信可以重新找回汪洋的心。

有两三天没见汪洋了，她买了蛋挞去工作室找汪洋。工作室的门虚掩着，她蹑手蹑脚地进去，想给汪洋惊喜。

“哎呀！他妈的，又是个通宵，把老命都要累没了！我得回家睡睡。”柳眉听出是汪洋合作伙伴的声音。又通宵加班，柳眉蹙着眉，摇了摇头，站在那里不出声，听他们继续说下去。

“你先回去休息吧？我把剩下的图做完。”汪洋的声音。

“靠！你不要命了？连续干了3天，你连眼都没合过！”

“早点把设计方案拿出来，好早点拿钱。”汪洋异常疲倦。

柳眉暗自吃了一惊，汪洋何时这么爱钱了，跟他的性格不符，难道等着钱用？

“人家又没叫你还，你这么拼命干吗？再说了，人喜欢你，别说是借你钱了，就是给你她也心甘情愿。”

“我就是不想欠她多了，我知道她对我好。”汪洋叹了口气说。

她？不用猜，柳眉想一定是韩娜。难道汪洋欠韩娜的钱？柳眉好奇心，让她继续不道德地偷听下去。

“妈的，这年头真是不公平，旱的旱死，涝的涝死，我3毛2的人，年纪一大把，女朋友敢情还没被他妈生出来呢；你呢？倒有两个漂亮女人争着要你，让你是举棋不定，举步维艰，真是忌妒死我了！”

“你都知道是举棋不定，还有什么好忌妒的？”汪洋泄气地说。

“老拖着也不是办法。是我就选择韩娜，人对你多好呀？要不然柳眉也不错，事业上能帮你。”

“你他妈说了等于不说。”汪洋很烦恼。

“那你到底喜欢谁呀？”

汪洋皱着眉头，默然。

“我教你一个办法，闭上眼，深呼吸一口，想象森林里有一座很漂亮的木头房子，房子的门缓缓打开，第一个出现在房子里的人，就是你的最爱。”

四周静下来，柳眉听到汪洋吐气的声音。

“是谁？”汪洋的同事问，柳眉也迫切地想知道答案。

“关你屁事！”汪洋语气突然变得很开心。

❾

“卖什么关子？说呀？看到的是谁？柳眉？”

“不是。”汪洋很平淡地说。

柳眉顿感心凉，手不禁一松，蛋挞“啪”地掉在地上。

办公室的两人同时朝大门望去。

“哎哟！”柳眉心慌，怕汪洋知道她在偷听。忙灵机一动，顺势坐在地上。

听到是柳眉的声音，汪洋忙走了过去，见柳眉跌坐在地上，他急忙去扶她。

“怎么了？”

“买了蛋挞来看你，刚走到门口，没看清脚下，滑了一跤。”柳眉坦荡荡的表情。

“伤着没有？”倒是汪洋很不自然，因为心存内疚，言行上不免显露出过分的关心。柳眉不动声色地应付着，但巨大的失落却让她有点措手不及，她不安地享受着汪洋的呵护，心里却担心如若有一天汪洋的爱不在了，她能否习惯。

一直握在手里的东西，理所当然地被忽视，只有经历失去才能客观地看到它的价值。

仗着年轻，韩娜恢复得很快。不过一个星期的时间，她就能在温文的陪伴下，可以到医院的花园里走走了。生病的这段时间，她彻底关机，包括连莎莎和馨薇都没告诉，只想静静地休养，算是闭关养性，好好考虑日后的出路。

这样安心的日子过得还不错，每天可以睡到自然醒，然后到花园走走，看看书、听听音乐，时间很容易打发。温文每天都来陪她，每次都带来一束包装精美的鲜花，有时是天堂鸟、有时是粉百合，韩娜找护士要空了的葡萄糖液瓶，把花插进去，七七八八地放在病房的每个角落，每天睁开眼，都是醒在花丛中，心情竟然是出奇地好。

温文很幽默，通过这一段的时间，韩娜对他有了更进一步的了解：温文稳重但不乏幽默，有心计但没有很深的城府，是个很优秀的男人。但爱人之间最重要是对味，并非优秀就一定会动心。虽然韩娜没有心思把他往恋人的方向发展，但温文这个朋友却很值得交。

终于等到出院，韩娜人间蒸发快半个月了。短短的半月，心态已是脱胎换骨后的轻松。什么时候最轻松？就是心上无爱，没有牵挂的时候最轻松！

温文接韩娜出院，作为答谢韩娜请他吃晚饭，同时也是庆祝自己重获新生。

吃完饭，温文送韩娜回家。到了楼下，温文绅士地要将行李提上楼，韩娜有些犹豫，出于礼节应该邀请温文上去坐坐，但又怕让他引起歧义，正想着她不经意地瞥了眼楼上，吃了一惊，客厅里的灯居然亮着。

谁在家里？难道许多天不在家，梁上君子登门造访，想想又不太可能。心里急于想揭开这个谜，韩娜也没怎么拒绝温文的好心，让他跟在身后上了楼。

扭开房门一看，千载难逢的情景会在她身上发生，素不相识的汪洋和老妈竟然坐在客厅的沙发上有说有笑地聊着家常。

“妈，你们……”韩娜怔在那里。

汪洋看到韩娜，正要微笑，突然温文也进了门，看到陌生的男人，大包小包提着韩娜的东西，很是暧昧的样子。汪洋喜悦的表情瞬间变成吃惊，然后从吃惊又变成怀疑。

韩娜乱作一团，不知道该怎么介绍，更何况还有个好管闲事的老妈夹在中间。

“你跑到哪里去了？手机老是关机，家里电话又不通，担心死我了！今天下午我过来的，刚进屋就碰上汪洋找你。”老妈边说边瞥了眼温文，继而又看了看温文手上拿的行李包。

“我找你有点事情，打你电话老是不通，只好看看你在不在家，正好伯母在。”汪洋解释道。

“噢，我……我去了外地一趟。那……手机不通。”韩娜飞快地从温文手里拿过行李包。

温文看出韩娜和汪洋的尴尬，顿时明白了两人大致的关系，为了不让韩娜难堪，他主动打招呼，撇清关系："伯母好，我是韩娜的朋友，她的行李太多了，我帮她送回来。"

"谢谢你。"韩妈妈客气道。

"韩娜，没什么事情，我就先走了。"温文说。

"喝杯水再走吧？"韩娜挺不好意思。

"不用了，我还有点事情，改天吧。伯母您慢慢坐，我先走了。"温文礼貌地和韩妈妈告别，也对不认识的汪洋微笑着挥了挥手。

温文一走，韩妈妈就用狐疑的眼神审视着韩娜，韩娜猜她又在乱想。

"韩娜，我找你有点事情。"汪洋沉默了半天终于开腔了。

"什么事情？"韩娜好奇。

"我们……出去说好吗？"汪洋说完，很不好意思地看了看韩妈妈。

"你们慢慢聊，我困了，洗澡去了。"韩妈妈打着呵欠，很知趣地躲开了。

"行。"韩娜拿了件外套，不知道汪洋会对她说什么。

⑩

下了楼，韩娜和汪洋懒拖拖地走着。

经历了重生，韩娜再次见到汪洋，心里有很多的话想说，但不知从何说起，转念一想，再说什么都是多余且毫无意义，她也懒得开腔，只跟在汪洋的身后，心里疑惑着他这么郑重其事地找到她究竟是为何事。

汪洋的背影还是修长得好看，韩娜不敢多看，生怕好不容易下定的决心又动摇。

“给你。”两人短短的沉默以后，汪洋拿出一个厚厚的大文件袋给韩娜。

“什么？”

“还你的钱。”

“哦，你的工作室刚上正轨，很多地方都需要钱，不用这么急着还我。”

“你收下吧，我不想用你的钱。”汪洋非把钱塞给韩娜。

韩娜怕伤了汪洋的自尊心，只得收下。

“刚才那男的……”汪洋遮遮掩掩地问。

“哦，你说温文呀。是我老板的朋友。”韩娜故意很低调地说。

“对你挺好的，你怎么不留人家多坐一会儿？”汪洋说完，自己都想扇自己一巴掌。

汪洋的阴阳怪气，让韩娜一时摸不着北，不知他什么意思。

“对不起，我不该过问你的事情，你跟谁交往是你的自由。”汪洋淡定地说。

韩娜最看不惯汪洋这种假惺惺的漠然，明明在乎，嘴上还要装出无所谓的样子，好似吃她韩娜的醋很丢脸一样，她立马反击：“那就别过问呀！我就从来不问你和柳眉的事情。”

“我和柳眉本来也没什么事情！”汪洋有些带气，想不到平时大不咧咧的韩娜也有小肚鸡肠的时候。

韩娜心想，骗鬼呢？矢志不渝的情诗都写了，还没什么，侮辱她的智商是不是?

"有什么没什么自己心里清楚，你也不用狡辩。"韩娜越说越生气。

"狡辩？我狡辩什么?"

"你爱柳眉、杨眉的跟我没关系！我们只是炮友。"韩娜没好气。

"炮友?"汪洋瞪着韩娜，诧异地问。

"不然你以为?"韩娜斩钉截铁，破罐子破摔，今天就来个彻彻底底地了断。

"好！那没什么说的了。"汪洋说完，径直拦了辆出租车，头也不回地走了。

面对汪洋的大冷脸，韩娜气不过，踩着高跟鞋追了几步，对着远去的出租车愤愤地骂道："神经病!"

真是丢脸，再怎么也应该是她留给汪洋一个华丽的转身呀，可恨的汪洋连让她先走的机会都没给她。说再见都要落人一步，韩娜好憋屈。

"你这样脚踏两只船不好!"韩妈妈两腿盘坐在沙发上，振振有词。

"妈，你胡说什么了?"韩娜很是无辜。

"你以为你妈是老不开化的？傻瓜都看得出来你们在谈三角恋爱。"韩妈妈很是为自己的火眼金睛感到得意。

"妈，你看走眼了，这两个男人跟我都没关系!"

韩妈妈自动过滤韩娜的话，继续滔滔不绝地发表自己的高论:

“我女儿，人见人爱，多几个追求者也是正常的，不过，我觉得汪洋比温文好，一看就是个感情专一的人；那温文面带桃花，肯定很风流。”

“汪洋？专一？”韩娜一听头都大了。

“我看人很准的，人家一来就听我唠叨半天，看得出是个孝顺孩子，孝顺的孩子一般都顾家，对女朋友好。”

“那你又凭什么说温文花呢？”

“那人眼角上挑，就是所说的桃花眼，一生桃花运不断，跟这种男人在一起，够你操心的。”

“你瞎说吧？人家温文30岁的人了，事业有成，但连个女朋友都没有，你居然咬死别人花心。”

“没女朋友并不代表没女人，说不定就是他有钱，心花玩呢，所以才不想找个固定的女朋友来拴住自己。”

“妈，我是服了你！”韩娜对她妈的自以为是彻底无语。

“还有，下个月，你奶奶办80大寿，家里亲戚都在，你必须带个男的回家，让亲戚朋友们看看。”韩妈妈下打死命令。

剩女最怕过节、红白喜事，面对一群跟你有关系没关系的七大姑八大舅的围攻，永远都是那个话题：你什么时候结婚？

想到这里，韩娜头都大了。

第5章 谁都有秘密

XING FU PI WAI SHANG

❶

对馨薇来说，每天开着银色跑车去公司的时候，是她一天中最满足的时光。

馨薇在市中心的高档写字楼里，有家300平方米的公关策划公司，这里是她的小王国。工作中的她，跟平时的风情万种截然不同。只要到了办公室，领袖的风范就会包裹她身上靓丽的闪光点，有了不可侵犯的凛然。

她微笑却保持安全的距离，在她的领地里，她和颜悦色并不代表没有威慑力，她对每个员工都客气，但奖惩分明，大家都怕她，知道这个老板不好糊弄且说一不二。

工作中的馨薇仍旧美丽，但正因为带了霸气的美丽所以更加咄咄逼人。

馨薇的办公室很大，采光良好，按着自己的性子放着宽大、舒适的沙发、丹麦原装进口的音响，世界各地收集来的奇奇怪怪的画，甚至还有一个小酒柜，她喜欢享受，也懂得享受。她也精明，很会做生意，却没有生意人的呆板。

她的桌上摆放着两个相框，一张是和韩娜当年在三亚实习的酒店门口；一张是在三亚的海滩上，照片上的两人都二八年华，青涩可爱。馨薇是个不喜欢回忆的人，这是唯一一点关于过去的痕迹。

有一种人：鼓足劲地往前走，从来不回头，只专注于走自己的路，每一步都计算精准且牢牢掌控，馨薇就是这样的人。

在馨薇的世界里，只有一个主角，就是她自己。

馨薇每天 9 点准时出现在公司，无论刮风下雨，到办公室吃点简单的早餐，然后一杯咖啡。每个月会有一两次给老家打个电话，馨薇的父母很早就过世了，跟着离异的姑妈长大，这是她唯一的亲人。

馨薇每月都会汇一笔钱给她，馨薇只是寄钱，从不回去，也没有叫姑妈上来陪她一起住的意思，顾城隐约知道馨薇有个姑妈，但五年来从来没有见过面，馨薇没有透露过带他见这个唯一亲人的念头，顾城体贴，也不过问。

照例，每月的 15 号，馨薇会寄钱并打电话回去。

“姑妈，钱收到了没？”

“收到了。”姑妈60岁，声音慈祥。

“天气越来越冷了，你要注意身体。”馨薇的声音还是很温柔。

“你也一样，多吃点东西，长胖点。”在长辈眼里，自家的孩子永远都是最瘦弱最放不下心的。

“知道了，前段时间我给你寄的药吃了有没有效果？”姑妈有冠心病，到冬天便很难挨，馨薇最放心不下的就是她的老毛病。

“吃了好多了。”

“……”电话说到这里，没有了话头，馨薇沉默着。

“对了，我叫囡囡跟你说话。”姑妈想起什么，放下电话，轻声地呼喊了下，囡囡乖，姨的电话。随即那头传来窸窸窣窣细碎的跑步声。

“……小姨……”小女孩5岁多，奶声奶气。

“囡囡乖。”馨薇瞥了眼桌上的照片。

“小姨好。”小女孩和馨薇显然很生疏，说话怯生生的。

“乖，叫婆婆接电话。”馨薇这样说，小女孩像得到大赦，忙将电话递给旁边的大人。

姑妈接过电话继续说：“囡囡说她过6岁生日的时候，想去动物园。这么大的孩子连一次动物园也没去过，我跟她说你待的那个地方，有动物园和很多好玩的地方，她很想去又不敢给你说。”

馨薇沉默了下，没接话，像往常一样草草地说再见：“我忙去了，没其他事情我先挂了。”

姑妈来不及道别，就听到对方匆匆地挂断。

她叹了口气，馨薇的脾气和她当年一样倔，她始终没有原谅她。

而两人之间的心结，在她有生之年不知还有没有机会解开。

❷

馨薇挂了电话，心情很糟。

办公桌上的照片，她拿起来看了看，照片上的她还有点小小的婴儿肥。

记忆常常像不速之客，你不想见它的时候，它不请自来。

她那时刚从学校毕业出来实习，除了青春一无所有。

曾经无数次地设想未来的可能，因为无知所以无畏，且莫名其妙地盲目自信，以为别人经历的惨痛教训，换了自己就会侥幸躲过。

而心碎则是幼稚向成熟交的税。

成熟是个无奈的过程：最初心是柔软的，然后被伤得鲜血淋淋，继而结疤；尔后又被撕裂，再结疤，最后坚硬的伤疤包裹心房，就是所谓的百毒不侵。

只有一辈子有幸不被伤害的人，才有资格无知。

否则除此之外，每个人都会为曾经的无知付出沉重的代价。

馨薇也不例外。

“咚……咚……咚。”敲门声打乱了馨薇的沉思。

“请进。”她急忙轻吐口气，稍稍调整了下。

市场部主管拿着一份招标书走了进来。

“谢总，北方的文成集团要在这里开发一个房产项目，前期的商务推广，想找本地的公关公司来做，所以给我们也发了份招标函。”

“文成集团？我们好像从来没有跟他们合作过？”馨薇质疑地问。

“我也觉得奇怪，以前从来没有打过交道，怎么会给我们发邀请函。”

“这家公司的底细清楚吗？”

“据说是相当有背景的，有北京那边的背景做臂膀。”

“这个项目总投资多少？”

“据说是20多个亿。”

“20多个亿？”馨薇吃了惊，觉得蹊跷。

“这个文成集团既然这么有实力，怎么不找大公司做？”凭着女性的直觉，馨薇认为事情不简单。

“我们的口碑在业内还不错，可能是别人引荐的。”

“我不这么看，这么好的机会。若是同行引荐，谁愿意多找一个竞争对手？若是别的客户引荐，谁会做了好事不留名呢？”馨薇分析得头头是道。

“谢总，那我们去竞标吗？”市场部主管不放心地问。

“去，怎么不去？这么好的机会去见识一下也好。”馨薇自信地说。

“那行，我们先出去收集资料，做方案。”主管招标书准备出去。

馨薇瞥了眼招标书，上面红色的“文成集团”几个字特别的醒目。她突然联想起什么。急忙叫住主管。

“等等！文成集团的老总姓什么？”

“姓文。”

馨薇微微一颤，赶紧又问。

“男的？女的？”

主管站住仔细地想了想：“好像是个男的。”

一张熟悉且陌生的脸，顿时浮现在馨薇的脑海里，她最不愿见也是最想见的脸。

馨薇脸色发白，好不容易控制住了自己，她挥挥手，示意主管可以出去。

主管好奇地离开，这是第一次看到馨薇失控。

姓文、男的、北方的、高官的背景……种种条件，完全符合“那个人”。

“不可能，绝对不可能是他，怎么会？”馨薇也有束手无措的时候。

这样的情绪快把她折磨疯，必须要找个人倾诉。

馨薇抬起头，看了看桌上的照片，韩娜的笑容很亲切。

好朋友也是讲缘分的，最好的朋友一定是分享过人生中最难忘的一段回忆。

而馨薇的回忆，韩娜也有幸参与过。

❸

馨薇百般无聊地等着韩娜，脑海里组织着语言，要怎样说这件事情。

她甚至有点后悔，冒冒失失地叫韩娜出来。

杯中的饮料，五彩缤纷，很有亚热带的风情，馨薇不禁想起，大学刚毕业那年，和韩娜一起在三亚实习的日子，那时的快乐不掺一点水分，两个蜜桃般鲜嫩的女孩，怀揣憧憬，来到三亚的一家五星级酒店实习，因为外形姣好，她和韩娜被分配在前台。

酒店的工作虽不轻松，但对涉世不深的两个女孩来讲，分外地有趣。每天面对形形色色来自世界各地不同肤色、不同语言的人，世界像是打开了另一扇门，原来还有意想不到的精彩。

对女孩来说，青春和容貌是上帝赐予的最慷慨的礼物，到酒店不久，馨薇就体会到了美丽给她带来的财富，工作得心应手自不必说，不少年轻有为或大腹便便的成功人士如苍蝇般在她面前挥之不去，不招自来，开出种种丰厚的条件，只为她能委身。

而人之初，对情感都是怀着某种神圣的虔诚，馨薇心目中的爱，也纯粹得可笑，许是被异性宠坏了的缘故，她心仪的对象，要爱她不如她爱他深，对她不迁就，不顺从，韩娜理解不了，骂她是被虐狂。

想到这里，阳光一下暗淡，馨薇立刻打住了顺势而涌的记忆源头。

最近越来越爱回忆了，她很讨厌。

付出的努力，只为了忘记，重新开始，决不能够前功尽弃。

“怎么呢？出什么事了，这么急找我？”韩娜风风火火地赶来。

馨薇淡淡一笑，问道：“喝点什么？”

韩娜是急性子，最怕别人吊她胃口："说呀，什么事？"

"没什么，就是有点想你了，想看看你。"

韩娜长舒了口气："吓死我了，电话里又不说清楚，还以为你出什么事儿呢！"

"没什么，只是好像文天明回来了。"馨薇尽量平静地说。

"他回来了？他不是去加拿大定居了吗？他……"韩娜看着馨薇脸色忽红忽白，虽然没有言语，但平静的表面像是某种压抑！

"你见过他吧？"韩娜不放心地问。

"没有，只是今天有家集团来找我做宣传，我怀疑老总可能是他。"馨薇不敢看韩娜的眼睛。

"馨薇，你别告诉我你还想着他吧？"

"可能吗？"馨薇声音小得像是自言自语。

"男女之间的事情，一切皆有可能；只是他不行，他……他，总之天下男人死光了，还有我陪你做尼姑，他是绝对不能想的。"韩娜一激动，站了起来，忘了自己的大嗓门，引得周围的客人纷纷侧目。

"傻瓜，你给我坐下来，你比我还激动。"馨薇看见韩娜的样子，不禁笑了。

"同样的火坑可不能再跳一次。"

"行了，我清醒得很，先管管你自己吧，跟汪洋还是老样子？"馨薇扭转话题。

"彻底断了，老娘从此两袖清风，无须牵肠挂肚。"韩娜大大咧咧地说。

"断了就好，趁年轻，找个不错的嫁了，感情也就那么回事。"

“结婚？找谁？别说我，你什么时候和顾城结婚？”韩娜又把话题转移回来。

“不知道，起码我觉得我们得坦诚相对了以后，才能谈得上婚姻吧？”

“你们是坦诚相对的呀！在一起五年了，大家彼此相爱，彼此了解。”韩娜不解馨薇何以这样说。

“你说的彼此了解是指现在，那我以前的事情呢？”

“这个……”韩娜语塞。

“韩娜，你说，以前的事情我怎么去对顾城开口？”馨薇冷笑了下。

“也是，这种事情是不好启齿的……”

❹

两人沉默了片刻。

“今天跟姑妈通了电话，囡囡长期放在她那儿也不是办法，她的意思，叫我去看看孩子。”

馨薇说。她努力忘记，现在才明白，躲避只是延缓面对的时间，该发生的迟早会发生。

“囡囡……”韩娜喃喃道，好熟悉，好可爱的名字。

多久了？差不多快 6 年，韩娜没有再听到这个名字。

都差点忘了这个小生命，那粉嘟嘟的面庞，当她第一次小心翼翼从医院护士手里抱她的时候，母爱的力量，竟然让她感动得眼泪唰唰流下来，也为孩子一出生就受到的不公平待遇委屈。

孩子的出生表，父亲那栏是空白。

而病床上躺着的满脸憔悴，绝望如灰的人，就是孩子的母亲——馨薇。

韩娜抱着孩子给病床上的馨薇看，她厌恶地转过头。

“把她抱开！”馨薇愤怒地咆哮。

女人才能体会女人的苦，韩娜知道馨薇把对孩子父亲的恨转嫁到了孩子身上。

孩子的出生本身就是错误，她的母亲以为她能够成为婚姻的砝码。

可惜，馨薇输了。

孩子的父亲没有娶她，远走高飞。

丢下烂摊子，让当时刚满二十的馨薇独自面对流言蜚语。

韩娜看着馨薇一步一步走入绝境，她却无力，馨薇太过自信，不达目的不甘心，以为凭着青春和美貌，一定会抓住那个年轻男人的心，谁料强中自有强中手，馨薇输了不说，连带被男人的家人侮辱。

像蹩脚电视剧的情节一样，韩娜陪着大肚子的馨薇千里迢迢赶到男人家里，希望对方的父母能给个名分。

“名分？你算什么东西？一个酒店女，想嫁到我们家里来？在做梦！”男人的母亲——养尊处优的名媛，在她的眼里，馨薇跟妓女没什么区别。

“我们话说得很明了，你是不可能成为我们文家的人，请你自重，孩子我们是肯定不会承认的，如果你现在放弃，我们会赔给你一笔不错的损失费，要是你执意要把孩子生下来，对不起，一分钱都休想！”男人的父亲，威严庄重的某高官，用冷冰冰的语气居高临下地像和馨薇谈买卖，骨子透着深深的瞧不起。

那扇厚重的朱门，馨薇一辈子也别想踏进去，那时两个 20 岁的女孩子懂什么，独身在异地，没有背景、没有亲人，她抱着馨薇哭，真是心痛。

而馨薇连哭都哭不出来，怪谁？明知故犯，咎由自取。

再后来，男人结了婚，飞去加拿大定居。馨薇的肚子已经很大，不能流产，只得生下来，坐月子的时候，只有韩娜陪在身边。最终，还是瞒不过，姑妈知道了，从老家赶来，冲进病房，一句话没说，甩了馨薇一耳光：“下贱！”

姑妈不是厉害的角色，馨薇是她一手带大，她是痛心至极。

那一刻，馨薇所有的委屈终于爆发，在病房里像疯子一样狂号，声音凄厉，眼里没有一点泪光，她接受不了这么彻底的失败。

如果她不爆发，也许已经崩溃。

满了月，姑妈将孩子带回老家。整整五年的时间，馨薇都没有回去看过姑妈，也没看过孩子。

韩娜知道，馨薇不回去不是因为恨，而是怕。

怕见到孩子，怕回忆过去的丝毫怕看到所有关于那个男人的一切。

想到这里，韩娜打量了番眼前的馨薇，仍是肤如凝脂、身材苗条，可能除了她以外，谁能猜想馨薇早已是一个 5 岁女孩的妈。

命运就是常常乱开玩笑，情商颇高的馨薇，也有不堪的过去。

❺

年轻，就是用来犯错的。

没有过失、保守的青春是缺憾的。

馨薇也犯错，聪明的人往往犯的错误很低级。

她对以前的事情讳忌莫深，不单单因为往事不堪回首。最重要的是，馨薇一开始的确是站不住脚的，这也是为日后文家父母羞辱她埋下了伏笔。

韩娜还记得，刚刚和馨薇到三亚的时候，每月挣 600 元工资，学校还要扣 150 元的管理费，这样算下来，一个月不过才 450 元。初开始，对从学校才毕业的她俩来说，算是不错的待遇。馨薇是孤儿，从小跟着姑妈长大，她对姑妈很孝顺，每月只留下 50 元的零花钱，其余全给姑妈寄回去，反正酒店管吃管住，用不了多少钱，韩娜看不过，就把工资平分了，俩人合着用，坚固的友谊就是在那个时候打下基础的。

宿舍里的姐妹中，就数她和馨薇长得最好看，但也数两人过得最拮据。韩娜搞不懂，拿着同样的工资，为什么别的姐妹就可以好吃、好喝、好穿，自己就得和馨薇紧巴巴地过着。后来馨薇教她好生观察，休息日里，宿舍里的姐妹几乎都有男人来接，英俊的、年老的、有钱的，各色纷杂，没个固定的主。馨薇笑称她们为吃大户。

都是花样的年纪，都对诱惑没有免疫能力。

“找个男人来养就好了！”韩娜有时也会说这样不争气的话，不过基本上属于说过就忘。

“要找也要找个人上人，别把自己当萝卜、青菜一样贱卖了。”馨薇狠狠地说。

后来，韩娜才知道，馨薇不是开玩笑。

馨薇是好强而决绝的人，来酒店不久，就打消了以前在学校的美好憧憬：从基层慢慢做起，然后升领班、升大堂，最后到经理。她对前途比韩娜更有规划，来酒店上班不到半年，就大致看清了即或是做到管理层，也达不到自己理想的目标。所以她早早就调整了努力的方向。

追求她的人多，她统统回绝，韩娜以为是她视金钱如粪土，视爱情为黄金。

其实不然，她是静待良机，小输小赢的不是她的性格，她要的是押对宝一次翻身。

馨薇若是男儿，恐怕早就做出一番事业。她最大的优点也是最大的缺点，就是想要的东西不管付出多大的代价，一定要得到。

在酒店实习的第 7 个月的一个黄昏，馨薇对韩娜说：“我辞职了，准备搬出去住。”语气淡定地好似在商量明天的早餐。

韩娜一下子蒙了，事先没有任何征兆，馨薇突然说要离开酒店，要知道两人为了这个实习机会付出了多大的努力。“辞职了，那你干什么呀？还有，你一个女的，人生地不熟的，住哪儿呢？”韩娜想馨薇是在开玩笑。

“不，我和一个男人同住。”馨薇说出这话时，韩娜以为她疯了，不，她是觉得自己要被馨薇搞疯了，完全不知道她在唱什么戏。

没过多久，馨薇就辞掉了酒店的工作，搬去和刚认识不到一个星期的文天明同居。

不，准确地说是馨薇被包养了。

❻

文天明，家世自不必啰唆，一般的官宦子女是够不上这个称谓的。

两人的邂逅并不浪漫，文天明是馨薇实习酒店的熟客，人温文尔雅、气质出众，举手投足都有着来自良好家境熏陶的范儿。酒店前台八卦的女同事，没事就八卦他，个个把自己幻想成等待王子召唤的灰姑娘。

馨薇没那么弱智，只有没能力的人才幻想，她要是觉得好，就会主动出击。文天明住店的时候，喜欢在下午到酒店后面的沙滩上坐着发呆，这是馨薇偷偷观察的结果。

三亚毕竟不是产美女的地方，当馨薇故意和同事换了班，特意换上一条出尘飘逸的白色纱裙，缓缓漫步在沙滩的时候，文天明的心还是扑通扑通地狂跳了一会儿。他是调情的高手，面对心动的美女，自是不会袖手旁观，立马就上去搭讪。

馨薇开始并不爱他，可是希望他注意她，文天明的条件是她满意的；而文天明是花丛中飞惯了的人，对花花草草的免疫力，比凡人强上许多，馨薇他欣赏，但没上升到爱的层次，可这并不影响他对她肉体探索上的兴趣，更何况在无聊的异乡，有个美丽的情人也是件赏心悦目的事情。

两人都不是怀着谈一场纯洁恋爱的主儿，所以就索性开门见山，各取所需。

当文天明提出每月 1 万元包养她时，馨薇面若桃花，心里却不住地冷笑，心想这男子太小瞧她了，她不是鼠目寸光的人，攀上他，她绝不会是为了月薪 1 万的卖肉钱。自小父母双亡，饱受生活的冷遇，她要做人上人，文天明就是最好的捷径。

开始馨薇的确是这样想的，小鸟依人般哄得文天明开心不已。

可是后来，莫名其妙的，馨薇竟然爱上了文天明。

应该说是，换了任何女人，都会爱上文天明，出身不凡、品位卓越况且也不是好吃懒做的子弟，自己有着辉煌的事业。文天明是馨薇的老师，教她生意场上的处事原则、精致生活的品位、对艺术的鉴赏能力。

文天明的个人魅力在馨薇预料之外，和在社会浮浮沉沉多年的文天明相比，馨薇太嫩了，两人过招没多久，她就已经完全臣服，已然忘了最初接近文天明的目的。而世间的女子，输就输在多了一点情。

客观来说，文天明对馨薇还是很大方的，两人在一起没多久，他就在西海岸的海口园给她买了套 90 平方米的房子，毕竟馨薇也有她的过人之处，她特别聪明，文天明就喜欢智商与相貌成正比的漂亮女子。

文天明把馨薇当成璞玉，稍加雕琢就美轮美奂。文天明带着她出席各类的上流聚会，全世界各地地旅行，介绍不同的风土人情，馨薇像块海绵，迅速地、贪婪地吸收，若未遇上文天明，这样的精彩她今生都未必有机会尝试，所以她很珍惜。

文天明给馨薇打开了世界的另一扇门，馨薇对他的感情也从最初的利用转升至崇拜，这种崇拜说到底就是依赖。而文天明身上有种不安全的因素，具体是什么馨薇说不清楚，她觉得自己的每一步都像踩在云雾里，稍不留神就会摔得粉身碎骨。

婚姻不仅是男人给女人最好的赞美，也是最踏实的保障。

馨薇常常在想，也许和文天明结婚，这种不安定的感觉就会消失，而且她也很有信心，自己会成为拿得出手的文太太。而当她流露出这样的念头，文天明不容商量地回绝了她。

“不要再想这样幼稚的事情好吗？”

“幼稚？我不觉得。”

“我们开始不是以结婚为目的，当然也不可能以婚姻为结局。”

“可我觉得我们相处得不错呀？”

“那你觉得我会和你结婚吗？”文天明含笑着问馨薇，话里的意味夹带着嘲讽。

馨薇愣住了，原来自始至终文天明还是分得很清楚的，馨薇从一开始就是情人身份，自然也不可能修成正果，成为众人瞩目、贤良淑德的文太太。

❼

馨薇想要做的事情，不择手段、不达目的，决不罢休。

文天明一年中会有3个月是在海南同馨薇在一起，文天明经常应酬，肠胃不好，馨薇从不屑下厨房，到精通烹饪，她学会熬各式各样的粥，给文天明保肠胃，每次文天明应酬完，夜深归家时，温顺的馨薇会体贴地呈上一碗冒着热气的暖粥，哪怕文天明没有胃口，只要想到馨薇在厨房里忙上忙下的那份心，经历过风风雨雨、波澜不惊的文天明多少也有点感动。

这是馨薇温柔的进攻，她想用事实证明，除了美丽的外表、聪慧的头脑，她也可以为了他食人间烟火，愿意默默站在他的身后，做个贤妻良母。

可惜，文天明在她身上一掷千金，但就在婚姻问题上决不松口。

馨薇渐渐沉不住气，几次很不明智的逼婚，文天明一烦，干脆连着几个月不来找她，最后还是馨薇放低姿态，给文天明打了认错的电话，好言好语地将文天明哄了回来。

这一变故，让馨薇更加有了紧迫感，若是和文天明继续这样纠缠下去，两人迟早一天会玩儿完，馨薇不能眼睁睁看着文天明离开她，一时头热心急，聪明的馨薇做出愚蠢的选择，不仅加速文天明的离开，也差点让她落入万劫不复的地狱。

两人一直采用药物避孕，馨薇自愿的，她想带给文天明完全没有隔阂的性爱享受。

自从这件事情以后，馨薇不再在文天明面前任性，变着法子地讨好文天明，两人又恢复到最初亲密无间的状态。不动声色的馨薇在酝酿更大的计划，她偷偷将避孕药换成了维他命丸，终于怀上了文天明的骨肉，这个孩子是她母凭子贵的翻身棋子。

馨薇并不急于告诉文天明，而是等到第三个月的时候，孩子在身体里发育良好，一切都已成定局，正好文天明要去欧洲考察市场 2 个月，馨薇才趁着这难得的机会，告诉文天明怀孕的事情，文天明很惊讶，但随即镇静下来，这点小事情倒还不至于让他束手无策。

“乖，这孩子不能要。”

馨薇笑了笑，不置可否，她心里的主意已定，而文天明以为她这就是默认了。

因为急着要出差，文没有时间去陪馨薇做流产手术，而是派司机送馨薇去医院，一是全程照顾她，二是怕馨薇中途变卦。而馨薇更绝，交了钱，进了手术室，对医生说不做手术，在病床上躺了半个小时满脸憔悴地走出来，司机没有看出异样，马上给文天明电话交了差。

文天明的态度多少让馨薇寒心，越是这样她越是要把孩子生下来，理直气壮地进文家的门。

就这样馨薇一边安心养胎，一边在电话里和文天明周旋着。

待文天明 2 个月以后从欧洲回来的时候，馨薇的肚子已经显山露水了。

文天明看着大腹便便的馨薇，立马傻眼了，但聪明的他马上明白是怎么一回事，他又气又恼，觉得馨薇在阴他。其实，文天明曾经也想过，如果几年以后，对馨薇的热情不减的话，倒是可以花点钱送她去国外的名校深造，镀层金回来，再进他们文家的门也就容易了，可是表面上看起来言听计从的馨薇竟然打起了小算盘，文天明欣赏馨薇的聪明，但决不允许馨薇将聪明用在他的身上。

“去把孩子打了。”文天明冷冷地说，这是最后的通牒。

“这是我第一个孩子，我想把他留下来，这也是你们文家的孩子。”馨薇也铆上劲了。

“你给我记住，不是我文天明明媒正娶的合法妻子生的孩子，是永远不可能姓文的！”

文天明的话狠狠扇了馨薇一巴掌，她高估了孩子的作用和自己在文天明心目中的地位，她突然对文天明产生恨意，恨意让她气急败坏，她固执地想，孩子是长在她身体里的，除非是她想，否则没有谁可以让她放弃。

8

馨薇就这样和文天明执拗着，坚决不上医院，文天明的性格哪里受得了别人的威胁，扔下一笔钱，什么也没交代，转身飞回了北京。馨薇最初以为文天明是在赌气，等他气消过了，还是会回来举手投降的，毕竟孩子是他的。

谁知，文这一去，连着几个月都没有音讯，打手机也是关机，眼看就要临盆了，馨薇这才慌了神，到处寻找文天明，在海南她除了韩娜以外，别无亲友，两人商量来没有好的解决办法，只得去北京，找文天明的父母。

到这一步，馨薇已经不奢望文天明的父母，只是希望安安静静生下孩子，馨薇对文天明还是存有侥幸，最后一刻相信他会出现的。谁知，和文天明的父母一交手，才明白原来自己连谈判的资格都没有，文天明的父母完全看不起她，坚决不认她肚子里的孩子。另外，文天明在离开她的几个月内，迅速办好了出国的一切手续，等她找上门的时候，文天明已经在加拿大的温哥华定居了。

文天明父母在百般刻薄地羞辱了馨薇后，将她扫地出门。

孩子已经成型，馨薇只得生下。

这样的打击，若换了其他女子，多半一蹶不振，但馨薇是记仇的人。

爱让人柔软，恨让人变得刚硬。

正因为有恨，所以馨薇决不允许自己堕落下去，文天明的家人戳着鼻子诋毁她，把她骄傲的自尊心伤得一无是处，她不能让他们的羞辱成为对她的盖棺定论，她要证明给文天明看，当初放弃她会是多大的损失。

孩子满月后，馨薇的姑妈就将孩子抱回小县城抚养，20 岁的未婚妈妈要面对太多的流言蜚语，姑妈这是在默默地保护她。

馨薇下定主意就说一不二，回了海南立马将文天明给她买的房子卖了，带着一笔还算可观的青春损失费，回到原来的城市，洗心革面，过往的事情决不再提，这是她的雷区。

馨薇的狠劲，淋漓尽致地运用在了事业上，回来没多久，她就开了家公关咨询公司，专门承办各类的商务会议、新品的发布会，几年来生意经营得风生水起，感情上也是瓜熟蒂落。和顾城恋爱长跑了五年，眼看就要最终修成正果。

韩娜料想经历了这么多事情，馨薇应该看透，但此刻的馨薇表现出的彷徨，和当年被文天明抛弃时一样，韩娜不禁担心。

“馨薇……馨薇。”韩娜呼唤发神的馨薇。

“什么？”

“过去已经过去了，顾城会给你幸福的。”

“我知道。”馨薇满是自信的微笑，她恢复了往日的精明。脸上有了点神采，她和韩娜简单地道别后，匆匆离开了咖啡厅，看着她的背影，削弱的肩膀，不成比例的坚强。

女人最懂女人，馨薇对文天明，正如韩娜对汪洋一样，都带着遗憾。

只是馨薇比她更决绝，处理得比她更果断。

隐藏了六年，将往事封存，咬紧牙关重新来过，却料一点风吹草动，立马手足无措。

馨薇真的如她所说的全然释怀了吗？

韩娜不知道，因为自己的感情也经营得一塌糊涂。

第6章 没有非谁不可

XING FU PI WAI SHANG

❶

世纪华年俱乐部坐落在城市的黄金口岸，四周却又被苍郁的大树所掩隐，于繁华中的宁静，讨好的位置和顶级的设施，吸引了不少的商界人士和名流争相成为其会员。

陈至给莎莎办了白金卡，让她无聊时来打发时间。俱乐部涵盖餐饮、休闲娱乐、美发美容、健身等。最近陈至回来的次数越来越少，莎莎几乎都泡在这里。

晚8点，莎莎在俱乐部门口刚下车，陌生的男声在背后叫住她。

“Lisa！”

莎莎疑惑着转过头，叫她的是位皮肤黝黑，身材魁梧的英俊男子，迟疑了几秒钟，莎莎这才想起是俱乐部健身房的教练——TONY。

“你好，罗教练。”莎莎笑脸明媚。

“怎么有段时间没来了？”TONY穿纯白的运动服，走到身边时，莎莎闻到淡淡的男人味，这是属于雄性荷尔蒙分泌旺盛的男人特有的味道，带着不经意的性的挑逗，陈至身上就没有这种味道。

“变黑了。”莎莎有些分心，文不对题。

“特意晒的，平时多来做做运动，出出汗，很舒服。”TONY微笑灿烂，看得莎莎心慌乱。

“一起走吧？”没等莎莎反应过来，TONY很自然地搭着她肩朝健身房走。莎莎有些错愕，TONY表情坦然，搭在肩上的手掌微微的力度，很舒服，莎莎没有拒绝，这样的亲昵竟然让她有些享受。

“妈，行了，我知道，我正在长途汽车站，好了……挤死了，上车再给你打电话。”韩娜大包小包，还要腾出手慌忙不迭挂手机。明天是奶奶的生日，韩娜除了给她带礼物外，大半年没回老家，三姑六婆七叔八婶的礼物也不能落下。

韩娜斯斯文文的时髦女子提着几大包行李，在鱼龙混杂的长途汽车站挤大巴，偏手机又不屈不挠地响起来，她气急败坏地将行李扔在地上，从包里翻出手机。

“喂！我都说了，一上车就给你电话，太多人了，皮都要挤掉了！”

“哈哈，有这么夸张吗？”电话那头不是韩老妈的声音。

“温文，我还以为是我妈。”韩娜吐了口气说。

“你那边很吵，赶着去哪？”

“回阆苑老家，我奶明儿八十大寿。”

“等着，我马上过来。”温文不容商量地说。

“你过来干吗？”

“送你回阆苑呗！”

“送我？”韩娜意外。

❷

桑拿房里，温度线不断上扬。

莎莎满脸通红，气喘吁吁，不知是气温还是别的原因，她感到口干舌燥。

她轻轻吐了口气，耳边老是回响起TONY的话。

“腰要放松，否则会拉伤。”

“小心点，我扶着你。”

“Lisa，你的身材保持得很好……”

在健身房，作为私人教练的TONY贴身地指导着她训练，两人不免有身体上接触，汗流浃背的TONY，男性的味道分外浓重，他每次靠近，莎莎心跳都狂乱不止，完全不敢和他对视，但身体又蠢蠢欲动，渴望着TONY的亲密接触。

莎莎觉得小腹窜上来一团火，炙热得难受，仿佛呼吸都能喷出火来，她立马逃离了桑拿房，赶紧去冲凉。

刷刷的水声掩盖了莎莎的哭声。

情欲，让她觉得自己可耻又可怜。

“小温，平时和韩娜多回来玩，奶奶给你做好吃的！”韩奶奶戴着老花眼镜，含着笑握住温文的手，完全一家人般的熟络。

“行，有空我们就回来。”温文不住点头，斯斯文文，脾气很好的样子。

“小温，我们韩娜人虽然脑袋不好使，但心眼好，她犯傻的时候，你多提点她哈！”

温文忍住笑，斜眼瞥了韩娜，指着脑袋嗤嗤地笑，韩娜恼得挥动拳头，故意做出张牙舞爪的狠样。

“奶奶，礼物还喜欢吗？”温文问。

想着第一次去韩娜家，而且又是她奶奶过生，所以赶着去商场买了套按摩仪，韩奶奶喜欢得紧，连夸温文有礼貌、懂事。

“喜欢、喜欢，以后回来别破费，都是一家人。”

韩娜脑门顿时发晕，她只想着坐温文的车回老家便当，没想到还闹出这么一出误会，当左邻右舍、亲戚老表看她从温文车上下来那个又惊讶又羡慕的表情，她就知道坏了。尽管她一再申明和温文是朋友关系，但大家都一厢情愿地认为温文和韩娜关系绝对不一般。也是，说是朋友谁信？哪个朋友会这么好，开五六个小时的车专程送她回老家。

“奶奶，你不要乱说，什么一家人？温文是我的朋友！”韩娜又开始徒劳地辩解。

奶奶撇撇嘴，很是明白地用力握了握温文的手。

“我知道，你们年轻人不兴说什么爱人、对象的，觉得老土，说是朋友其实就是谈恋爱的意思，朋友只是个代号，就像韩剧里处对象，女的称男的叫什么……什么‘屙吧’一样！”

“哈哈……”温文再也忍不住，大笑。

“奶奶太可爱了。”

奶奶见温文笑，以为自己说得很对，也摇头晃脑起来，唯独韩娜很郁闷，家里人一副她没人要的样子，看见个男的就捧得跟个宝似的，生怕他突然想通，不要她，跑了一样。

“奶奶，准备吃晚饭，我好饿。”面对老年人的穷追不舍，韩娜举手投降，绕开话题。

“我也饿了，听说阆苑的家乡菜很好吃。”温文说。

“那是，你尝下我们这里的豆花还有豆豉鱼，好吃得很啦。”

一说到吃，众人忙开始张罗起来，端菜、摆酒，一大家子又围绕着吃扯开来。

饭桌上敬酒的敬酒，布菜的布菜，也没提起尴尬的话题，韩娜松了口气。

就在韩娜放松警惕，奶奶突然想起来，冷不丁地问。

“噢，对了，小温，你和韩娜什么时候结婚？你们办酒一定要回来办，我们韩家是大家族，嫁孙女不办得隆重的话，会被亲戚看不起的。”

韩娜一听，彻底晕菜。

❸

阆苑是古镇，又是旅游景区，建筑物的格局保持得很好，镇上全是青石板铺就的小路，路的两边几乎都是有着精美雕饰的木楼，镇上稍好的人家则是带有天井、花园的四合院。

韩家是一座古香古色的两进四合院，韩娜将温文安置在自家的客房。

当温文走进韩娜家时，开玩笑说："你们家原来还是地主。"

韩娜冲温文笑，两人无心地对笑，正好被韩妈妈捕捉到。

晚上，两母女躺在床上夜谈。

"这么快就定下来了？"韩妈妈问。

"没有，不是都说了是朋友吗？"

"朋友？你会带回来参加奶奶的八十大寿？"

"不是我带他回来，是他送我回来。"韩娜觉得越描越黑。

"如果只是谈恋爱倒无所谓，如果是结婚一定要慎重，女人结错一次婚，后悔一辈子。"

韩娜突然心里乱乱的："现在还说不到那儿去。"

她翻了个身，打着哈欠，想睡了。

"温文这个人身上，我总觉得有什么地方不对劲。"韩妈妈幽幽地说。

第二天大早，门口就支起灶台，镇上办红白喜事，照例是九大碗，买好料请厨子在家里做。给韩奶奶拜寿的人络绎不绝，韩奶奶坐在红楠木的太师椅上，等着晚辈们的朝贺，又很得意地将温文介绍给众亲戚。

“老四，这是温文，韩娜的男朋友。”

“温文，快过来，看看你大姑！”

“这按摩仪是温文特意送给我的，效果好得很，只用了一晚上，肩膀就松活多了，六叔你也去整一台？”

韩娜抄了手，笑嘻嘻地看着奶奶好不得意的样子，也懒得解释，看着温文彬彬有礼地和自家人周旋，两人时不时相视一笑，脸上有点恶作剧的神态。

众亲戚看见温文一表人才，都不住夸奖，又叫韩娜要把握机会，像温文这样的男人现在很少了，韩娜被说得满脸通红，温文不避嫌，还很大方地揽住韩娜，撒娇地说：“就是，我这么优秀，你小心我会跑噢！”害得韩娜笑也不是，恼也不是。

吃完饭，众人各自组队打麻将，温文自然被安排陪奶奶打。

众星捧月惯了的奶奶把骄纵的脾气带到了牌桌上，赢得输不得，牌品相当差。上家还没出牌，就要先摸牌了，偏偏对家坐的是韩娜，打牌够老实，有牌必碰，碰飞了奶奶几张好牌都还全然不知，韩奶奶坐对面脸气得绯红。

“你会碰牌不会？我的精 7 万又被你碰飞了，真讨厌！”韩奶奶抱怨道。

“都后对了，再不碰就没牌碰了。”韩娜满腹委屈。

“后对就更不该碰！坐你对家简直倒霉，韩老五，你上来打，你们家韩娜笨得伤心！”韩奶奶倒好，扯着嗓子大呼韩娜的老爸来代替韩娜，一点不给孙女留面子。

韩娜斜眼瞥了下温文，在家里没地位让她觉得很丢脸。

温文看着韩娜撇着嘴，可怜兮兮让位的样子，忍不住握住她的手，将她拉到身边。

“过来，坐我旁边，帮我看牌。”温文语气软软地说。

韩娜心里一暖，总算有人帮她，于是乖乖地坐在温文的身边，两人相亲相爱的样子，让老辈很是欣慰。

“明年的年份很好，你们两个也老大不小的，干脆办了，趁年轻早点要小孩，我和韩娜他妈还能帮你们带呢！”韩奶奶是小孩子脾气，不记仇，立马忘了刚才的龃龉。

韩娜翻了个白眼，越发觉得没趣，家里人老是缠着温文娶她，平白让温文笑话。

“看韩娜呢？她说什么时候就什么时候？”温文像哄小孩子般摸了摸韩娜的头。

“什么？我说什么时候就什么时候？”韩娜不解地反问道。

“对啊，你说什么时候就是什么时候！”温文再次肯定地说。

她有点晕眩，不知温文这话意味着什么。

❹

阆苑的石栈桥上很适合看日落。

每次回老家，太阳落山时韩娜都会去那里，看漫天啡色的晚霞一点点被日暮吞噬。

韩娜生于斯长于斯，如果没有从镇上走出去，那么至今她也会像镇上普通女人一样，开间铺子，找个不算体面的镇上男人嫁了，然后生孩子，孩子长大，然后衰老，然后周而复始，好像这世上多她一个不多，少她一个不少。

受不了命运的惯性，想方设法要走出去看看，体验另种可能：于是打拼，受磨折，削尖脑袋往上爬，虽然在大城市买了房子，但回到那小小的房间，却怎么也感觉不像家。注定平凡的人生，就连坎坷都是平凡的坎坷。

只有爱情，是她认为在这个世界唯一能拯救平凡人生的奇迹。

“想什么出神了？”温文问。

韩娜站在栈桥上，沉浸在自我的思绪中，忘了旁边的温文。

“自怨自艾呢！”

“为什么？”

“不为什么，觉得人生彻底的失败！”韩娜语气酸酸。

“我怎么觉得你挺幸福呢？”

“别安慰我，我都失败得习惯了。”

“真的，你看你们一大家子，相亲相爱的，我很喜欢这种家庭氛围，不像我们家，我跟我父母关系一直不好。”温文叹了口气，有些黯然。

韩娜有些意外，温文会对她说这些。

“所以到你家，看你们一家人，奶奶、叔叔、爸爸、妈妈，就挺羡慕你的，看他们对我那么热情，好几次我都真以为是你们家女婿了。”温文的口气深情起来，韩娜有点吃不消。

“这……这没什么，老年人最爱自作多情……”韩娜说完后才觉得语法有问题，容易产生歧义。

“不过，娶了你也挺好的，你们韩家是大户，我还算娶到大户人家的闺女。”温文很少开这样的玩笑。

韩娜哑口，从没想过会和温文发展得这么快，以前至多算彼此有好感的异性朋友，阴差阳错带他回了次老家，就提上结婚议程。对于温文，她完全不了解，甚至连爱都说不上，只是很享受温文的关照。被优秀的异性倾慕，让她从和汪洋失败的恋情中找到点成就感。

韩娜很矛盾，一方面内心里汪洋的影子还忽隐忽现，在清空情感记忆库之前，很难腾出位置，再接纳新人入驻，但另一方面温文让她有种被重视的呵护感，而这种自信是汪洋永远不可能给她的。

两人沉默着，桥头传来“哐啷、哐啷”的声音，一个10来岁的小男孩，骑着自行车像是新手，歪歪扭扭地冲过来，两人忙躲闪，在狭窄的栈桥上让出一条道，温文很自然地将韩娜拥入怀中，久久没有放开，韩娜闻到他身上淡淡的香水味，成熟男人宽厚的胸膛让她觉得很安全。

桥下一条小木船悄悄地划过，泛起细碎的涟漪，夕阳西下，这对不是情侣的两人此刻看上去却很情侣。

5

“谢总，我们的标书居然过了！”市场部肖主管满脸兴奋地走进来。

“哦，是吗？”馨薇微微一震，又惊又喜，这次中标，她有预感。

“文成集团叫我们明天过去谈具体的合作事宜。”

“那明天你和李经理一块去，把资料准备齐。”馨薇埋头处理文件，吩咐道。

“行！我这就去准备。”

“等一下……”馨薇抬起头来，思考了半会儿。

“算了，还是我和你一起去。”说完，馨薇轻吐了口气。

文成集团位于高新区的一幢气派的写字楼内，从10层到14层，全被租用作公司办公。馨薇在踏进大门的时候，又有点疑惑了，文成集团看上去的确像是臂膀雄厚的大公司，而文天明早在几年前就已经移民，他又如何能将公司发展成如此规模？

心怀重重不解的馨薇被礼数周全的行政人员径直带到了老总办公室。

“文总，轻扬文化传播公司的谢总来了。”文秘轻轻敲了下门说道。

一位穿白色马球衫的中年男子背了身在打电话，挥挥手，示意秘书可以离开。

馨薇脸上泛起一股潮红，竟是初恋女子才有的羞涩，她使劲压抑了下去，那背影是馨薇熟悉且陌生的，打一进办公室她就知道，和文天明重逢的日子终于来了。他喜欢享受、对细节追求到完美的脾气还是没变，只有他才会像这样把办公室布置得品位不凡，且还能兼有家的舒适感。

其实，说忘记，那不过是挽回颜面的伎俩，馨薇自己知道，仅仅就是为了再见的那天，看到文天明眼里的后悔。很好，没让她等太久。这样的重逢，在她顺风顺水、红颜正娇的时候。

文天明挂了电话，转过身，看见馨薇，丝毫没有生疏感，他大大咧咧地张开双臂，半开玩笑半认真地说："怎么？不给我个拥抱算是见面礼吗？"

馨薇微笑不语，仔细观察文双眼流露出来的讯息，有惊喜、赞叹和爱昵，但就是没有后悔。

文天明还是这样洒脱自如，像从前一样。再交手，馨薇还是没有占到上风，尽管她已不似当年的青涩女子，尽管她现在如此优秀。

"没想到会是你。"馨薇淡淡地说。

"我还以为你能猜到，太让我失望了。"文天明走到吧台前，给馨薇和肖主管倒咖啡。

馨薇低下头抿了口咖啡，道地的Kopi Luwak，文天明就是这样，在享受上花钱从来不心痛。

老肖看着老总和文成集团的大老板你一言我一句，完全不怯生的光景，惊讶地回不过神，在此之前他从未听过老板和文成集团有什么交道。

"你们老总是我的老朋友。"文天明简单应付着老肖。

"我还以为是凭能力拿到这项目，原来是在走后门。"馨薇装得很冷，避开文天明的熟络，只谈工作，只有这样她才能稍稍平复。

文天明耸耸肩，不置可否。

"既然你文总这么看得起我们，我们也会竭尽全力做好，您先看看整个营销思路及推广计划，文总，有幻灯仪吗？我们带的有PPT，您边看我边详细讲给您听。”馨薇完全公事公办，把厚厚一沓资料递给文天明。

“晚上一起吃饭？”文天明凑在馨薇耳边小声说。

“再说吧。”馨薇面无表情。

6

周末，莎莎从健身房出来，心情莫名地好，突然间想晚上到酒吧坐坐，享受久违的happy hour时光。打电话约韩娜，她晚上和温文有饭局；馨薇晚上要宴请客户，好不容易有了兴致却无人附和，莎莎怏怏地上车，思忖着怎样打发无聊的时间。

“莎莎。”

听到熟悉的声音，莎莎忽地心跳加速，果然TONY站在车窗笑嘻嘻地看她，他休闲打扮，修身皮夹克配白色头像体恤，既阳光又俊朗。

“还没走？”TONY问。

“正准备走，你上哪儿？”莎莎问。

“约了朋友去彩虹吧喝酒，晚上有安排吗？一起玩吧？”TONY邀请道。

“我？”莎莎有些意外。

“去吧，我那群朋友都很疯，全部自来熟。”TONY很恳切。

莎莎心里求之不得，略略矜持了下就同意了。

“哟！美女，欢迎欢迎！”

莎莎在昏黑的光线下跟着TONY摸索着上了二楼的卡座，还不待TONY介绍，他的那帮朋友就主动跟莎莎套近乎。

“啊？……你好。”莎莎大着嗓门，彩虹吧震耳欲聋的音乐，让她很不习惯。她这才看到红色的环形皮沙发上，坐着四男两女，全是和TONY差不多打扮的型男潮女。

“TONY，行啊，掩得挺深的，什么时候泡上的漂亮妹妹？”在座的一位画烟熏装的美女打趣地问道。

莎莎一怔，有些尴尬地看了看身旁的TONY。

“秘密！”TONY很自然地揽住莎莎，两人坐了下来。

“美女，第一次见面，来，给个拥抱算是见面礼！”穿粉色体恤的年轻男子笑得像朵花似的张开双臂朝莎莎扑来。看那阵仗不像是开玩笑，莎莎还不习惯和陌生人见面拥抱，顿时呆在那里。

“干什么呀？朋友妻不可欺！”TONY笑咧咧地推开了粉衣男。

“朋友妻？”莎莎吃惊地看着TONY。

“我跟他们开玩笑的，你越是扭扭捏捏的，他们就越发疯。”TONY凑在耳边低语，有意无意，他的嘴唇轻轻触碰莎莎的耳垂，随即一阵酥麻袭来，莎莎不自觉地颤动。

TONY那群朋友果真很疯，豪放地喝酒、讲荤段子、大跳贴面舞。自从和陈至结婚，就很少来夜店，乖乖在家做贤惠太太，今天出来莎莎明显感觉自己不上道，便独自站在栏杆边面朝舞池跟着音乐随性地摆动身躯。

“无聊了。”TONY走上来，两手趁在栏杆上，将莎莎围在怀中。

两人面对面，靠得很近，TONY 喝了不少酒，脸红红的，莎莎的心扑通扑通跳，她看见 TONY 眼中闪烁的欲望，好几次她都差点忍不住要迎合 TONY 凑上来的热唇。她觉得再这样很危险，赶紧避开了他的亲热，她很矛盾，一方面很享受 TONY 的暧昧，但另一方面毕竟是已婚人士，这样放纵于她很不妥。

“走啦！走啦！换场子了！”TONY 那帮喝高了的朋友收拾东西，准备换个地方再玩。

“美女，我们换个地方玩，保证让你 high 到不行。”刚才那位画烟熏装的女子很是亲热地上来拉住莎莎的手。

莎莎预感到今晚要出事，想就此离开，她求助似的看了看 TONY，他冲她眨了眨眼，满脸微笑，示意她一块。本不想去的莎莎，双脚像中了魔似的，不听使唤，乖乖地跟着 TONY 走了。

❼

众人又辗转到另一家夜总会。

粉衣男像是常客，熟络地定了包房。

莎莎很是纳闷，这里并无特别之处，但众人却都是兴致勃勃的样子。而 TONY 一直牵着她的手，将她揽在身边，她无力也不想拒绝，两人暧昧的神态不亚于情侣。

一进包间，粉衣男也不点酒，急急按了服务键，唤来了领班，两人一阵耳语，隔了几分钟，一个穿皮衣的中年男子走了进来，神神秘秘递给粉衣男一小包东西，粉衣男快速给了钱，那男子也不点，径直把钱揣在怀里，拍了拍粉衣男的肩膀，笑着说了声，谢谢老板，就迅速离开了。

粉衣男拿出个透明的小塑料包，里面装了半袋白色粉末，他小心翼翼地将白色粉末倒在盘子里，然后又从钱包里拿出一张崭新的百元大钞，用钱将白色粉末铺出薄薄的一层，众人饶有趣味地看着粉衣男的动作。

“毒品？”莎莎感觉不妙。

“傻瓜，是K粉。”TONY淡淡地说。

“你也要吃？”莎莎惊讶，外形阳光的TONY竟然会碰软性毒品。

“没什么的，不会上瘾的，而且吃了以后整个人都很轻松，想什么来什么。”TONY很无所谓的样子。

那位烟熏妆女子见药粉收拾停当，麻利地从包里拿出一包彩色吸管，分发给众人，到莎莎这里，莎莎笑着摇头拒绝了。

“你不要？”那女子看着莎莎的眼神，好似看外星人。

“放心，很high，不会害你的。”TONY说。

“对啊，保证让你一试忘不了！”女子笑嘻嘻地又再次把吸管递给她。

“对不起，我不喜欢这些东西。”莎莎突然很反感，仍是不去接。

两次被拒绝，烟熏妆女子面子上有些挂不住，她很尴尬地站在那里，冲着莎莎，翻了翻白眼，恶狠狠地说道：“靠，出来玩，装B的纯情。”

莎莎哪里受得了这样的气，立马站起身来，冲出包间，TONY措手不及，也忙跟着一路追到了走廊上。

“莎莎。”TONY 从背后拉住她的手。

莎莎拼命地挣脱，没有缘由地万种委屈突然涌上心头，哭了起来。

“对不起，我朋友是直性子，她不是故意的。”TONY 看见莎莎哭，慌忙不迭地道歉。

“没关系，不是因为她，我……我今天……就不该跟你出来。”

“没有，只是一点小误会，别放在心上。”TONY 语气软软的。

“不是，不是，我不是因为你朋友才……而是……反正我说不清楚……你让我回去就好了……”莎莎带泪梨花的样子楚楚可怜，TONY 索性把她霸道地抱在怀中，低下头就去强吻她。

软软的挣扎以后，莎莎便热烈地回应，TONY 很擅长接吻，柔柔的嘴唇，让她差点化在他怀中，原来肌肤也有爱抚饥渴症，长时间缺乏异性抚慰的身体，一旦爆发，便会天雷地火。两人纠缠得越来越紧，TONY 隔着衣服抚摸了莎莎浑圆的胸脯，莎莎压抑着低声呻吟。

“我要你！”TONY 喘气声越来越重。

莎莎突然想到陈至，随即有种负罪感，但 TONY 温暖的怀抱，她舍不得放开，沉沦还是恪守，莎莎矛盾地反复挣扎。想着回去空无一人的房间和漫漫长夜，莎莎解甲投降。

如果放纵，这是第一次也是最后一次，心底有个声音悄悄对莎莎说。

“我们去酒店？”莎莎扬起头，脸上也是渴求的表情。

“不，我一分钟都等不及，就在这里！”TONY 忍耐得很痛苦。

“这里？”

“对，包房的卫生间里。”

❽

莎莎差点以为自己也high了药，这一切虚幻得有点荒唐，完全超越她的道德底线。

包房卫生间宽大的镜子里，倒映出那个予取予求，淫荡无比的女人怎么会是她自己？

她高雅、有品位、养尊处优、懂得克制，爱丈夫，以家庭为全部。

怎么会像条发情的母兽，与健身教练纠缠在一起？

甚至连去酒店开房的时间都等不及，居然躲在卫生间里就地解决生理问题。

莎莎，有点搞不懂自己，尽管内疚，但她没想过要拒绝，她以为能够收放自如，所以对TONY的求欢，她抱着第一次也是最后一次的心态，就当玩了场游戏。

其实每个人，内心深处都对未知的世界充满饱胀的猎奇心态，人生苦短，并不是随时都有放纵的机会。

完事后，她匆匆回家，泡在圆形的大浴缸里，心里觉得对不起陈至，但转念一想，陈至背叛在先，而且冷落她多时，她的出轨好像并非如此地不堪。

只是这样的游戏一次足已，她不敢再玩下去。

莎莎怕还有不必要的纠缠，忙翻出手机，将TONY的号码删去，决心再也不去健身俱乐部。

她以为自己理智，万事周全，可却不知道，很多事情，一旦迈出去一步，回头已太难。

“奶奶后来有没有提我？”餐厅里，温文冷不丁地问。从阆苑回来，两人之间的关系亲密不少，他几乎每天都来找韩娜。

“提你干吗？”韩娜反问。

“表扬我呀，她不是说我很优秀，叫你要把握机会。”温文戏谑道。

“你还挺自信的。”韩娜又好气又好笑，以前自己觍着脸去讨好汪洋，现在也轮着她被恭维，她享受这种优待，虽然对温文谈不上爱，但也不讨厌，至少跟他在一起轻松。

“那我们什么时候结婚？”温文一本正经地问。

“结婚？”韩娜蒙了。眨巴眼睛看着温文，跟他不过是比普通朋友交清深一点，但也还不到谈婚论嫁的地步，看温文的表情又不像是在开玩笑，她有点摸不着北了。

“我先上趟洗手间，你好好考虑下，回来答复我。”温文强忍住笑，他最喜欢韩娜被戏弄时白痴的表情。

温文刚走，手机就响了，一遍又一遍，不屈不挠，手机虽调成振动，但在安静的西餐厅里，“嗡嗡嗡”的声音还是有点刺耳，韩娜拿起一看是个座机号码，正想要不要帮他接，温文就回来了。

“你的手机一直在响，好像很急。”韩娜说。

“哦，是吗？”温文拿起手机察看。

“是不是找你有事？有事你先走吧？”韩娜大度地说。

“没什么，是客户让我陪他喝酒。我不想去，今晚上就陪你，你比客户重要。”温文边温柔地说边悄悄关了机。

韩娜撇了撇嘴，表示肉麻，内心里却很受用。

“对了，结婚的事情你考虑得怎样了？”温文恢复正经，不苟言笑。

“结婚？不会吧，我们才认识多久，根……根本都不了解对方……还有，你连我朋友都……都……”韩娜彻底晕了。

“就那么不想嫁给我？”看韩娜信以为真，迷茫的样子，温文再也忍不住，笑起来。

明白温文不过是在开玩笑，韩娜松了口气。

从韩娜内心来说，温文的确是结婚最好的对象，成熟、风趣、有经济基础，如若没有遇上汪洋，韩娜也许会义无反顾地爱上他，可惜，爱情也有先来后到，内心的回忆未清除干净前，很难再腾出空余迎接新的主人。

❾

柳眉给汪洋的30天期限已到，两人相约来“宽”。

“宽”的店址要拆迁，这是最后一晚的营业，尽管很多熟客纷纷前来留下最后的纪念，酒馆远比往常热闹许多，但这觥筹交错中却隐隐透露离别的哀伤。

柳眉和汪洋仍坐在靠窗的位置，相对无言。

“一个月的时间到了，决定好了吗？”柳眉先打破沉寂。

汪洋沉默着，半晌抬起头，柳眉死死盯住他的眼睛，汪洋有些慌乱，目光转向别处。

“其实……”

“行了，你不用说了，我明白。”柳眉挥挥手，打断汪洋，“如果真想走，就不需要我给你一个月时间考虑了。”

“对不起。”汪洋握住柳眉的手。

“对不起什么？你觉得不跟我走，对我是很大的伤害吗？”柳眉苦笑道。

“我知道你安排的一切都是为了我好。”汪洋满怀歉意。

“没人逼我，心甘情愿的，所以不用道歉。”柳眉自嘲。

汪洋不说话了，每次在面临选择的时候，他总是缺乏勇气。

“是因为韩娜吗？”柳眉问。

“不是，去或留不是因为任何人，你知道我不喜欢仰人鼻息的生活。”

“叔叔将画廊交给我打理，你来帮我也是仰人鼻息？”

汪洋语塞，怔怔看着柳眉。

“汪洋，问个很无趣的问题，你爱我还是韩娜？”

面对柳眉期盼的目光，汪洋有些不忍。

“爱……你……多一点。”汪洋淡淡地说。

柳眉听后微微一笑，唇边两个浅浅的梨窝绽放，她别过头去，脸上却怅然。

“给你讲个故事，有个人有棵梨树和棵桃树，他很想吃梨，于是天天就盼着梨树快点结果，就这么盼呀盼，夏天到了，桃树开花结果了，他忍不住吃了个桃子，觉得味道还不错，但是他心里还是想着吃梨子，结果等梨树结果，他吃完梨子以后，发现其实桃子要比梨子好吃点，但不知怎么，他心里却仍觉得喜欢梨子超过了桃子。”

“你想说什么？”汪洋不解。

“我就是梨树，韩娜是桃树，你心里的感情天平已经倾向了韩娜，而你不自觉；我曾经让你等待过，所以你觉得我比韩娜珍贵，其实你并非真的喜欢我，你只是喜欢我们曾经那段遥不可及的距离。”柳眉说完，松了口气。

“……”汪洋暗暗一惊，一语中的，一边是追寻多年的梦想，一边是舍弃不下的温柔，他终于知道自己两难的原因，柳眉不愧让他曾经痴迷多年，心思缜密而又胸怀大度，绝大多数的女人很难像她一样坦然承认自己并非爱人心中的最爱。

“既然喜欢桃子就要勇敢地承认，换句俗话：珍惜眼前人。”柳眉说。

“韩娜……她可能有别的男朋友了，我不想去打搅她新的生活。”想到上次在韩娜家里遇上那位温文尔雅的男士，汪洋有些灰心。

“既然放不下，就去找她，要拿出锲而不舍的精神，哪里跌倒从哪里爬起来，你曾经不是也追了我四年吗？”柳眉开玩笑，轻松地讪笑道。

“找她？”

“对，而且还是马上去，别打电话，直接去她家，可惜，现在太晚，花店都关门了，要不然买 999 朵玫瑰，一大捧地给她送去，保管让她感动！”

“999 朵玫瑰？太矫情了点吧？”汪洋笑。

“不矫情，表白心迹还非玫瑰花不可，快点去吧？再晚人家万一睡觉了呢？快点走！快点走！”柳眉甩着手，赶汪洋。

“那我先送你回家？”汪洋突然觉得很轻松。

“不用，宽明天就关门了，我还想多坐一会儿，别管我，你赶紧去办正事！”柳眉大大咧咧地说。

看着柳眉的脸无异色，汪洋这才放心地离开。柳眉保持微笑，直到汪洋的背影消失在酒吧门口。

真正放不下的是她，很多习以为常的东西，当他在身边的时候，你觉得理所当然，而当要真正失去的时候，才发现这种习惯已经深入骨髓，要把他拿去，竟是切肤般的痛。

珍惜眼前人，是柳眉对自己说的话，把它转赠给汪洋，算是她对他最后的感激。

柳眉是骄傲的女子，就算是输，也是输得高姿态。

⑩

深夜十二点，温文和韩娜看完电影，温文开车将韩娜送到她家楼下。

“真不想放你走。”温文注视着韩娜，目光忒深情。

韩娜有些招受不住他的热情，捂着嘴笑。

“可惜，家里咖啡喝完了，要不然可以请你上去喝杯咖啡。”韩娜装傻，委婉地拒绝他。弱智都知道，要是真邀请温文上去，孤男寡女共处一室，鱼水欢爱顺理成章，可她觉得和温文还没到那一步。

“我看见你们小区超市是24小时营业，你要想请我喝咖啡，可以上那儿买，雀巢呀、麦斯威尔都可以，我无所谓。”温文说。

“啊？”韩娜没想到温文还来这么一出，愣在那里。心想这才是搬起石头砸自己的脚，温文保准误会她是欲拒还迎。

“哈哈，开玩笑的，这么晚了，明天再请我喝吧？”温文瞧见韩娜郁闷的表情，不由好笑。

“那好，再见了，回去开车小心点。”韩娜松了口气，忙开门下车，跟他道别。

“不请我喝咖啡，吻别一下总可以吧？”温文强忍住笑，说道。

原本是句开玩笑的话，韩娜却当真，她有些为难，愣在那里。

“开玩笑的！”

韩娜长松了口气，温文觉得有点失望，不忍再见她为难的样子，简单告别后，便开车离开。

韩娜转身准备上楼，突然发现电梯口闪过一个黑影。

“啊！”韩娜没准备尖叫了声。

“是我。”汪洋低低地说。

听到熟悉的声音，韩娜心里一暖：“找我有事？”

“没有，我朋友住附近，从他那里出来，路过你这里。”汪洋明明是来挽回这段感情的，谁知临到关键时刻，他却言不由衷。

其实刚才韩娜从温文的车上下来，两人有说有笑，汪洋在暗处看得一清二楚，韩娜无疑已经开始新的恋情，对方还貌似成功人士，男人和情敌的较量与女人不同，女人比的是相貌，而男人比的是财力。

汪洋自尊心很强，过分自尊就会变成自卑。失落感顿时袭上他心头，他觉得此刻自己很像小丑，浑身不自在。

“刚才那个是你男朋友？”汪洋故作轻松地问。

韩娜听出汪洋语气里含着淡淡的醋味，好不高兴。从未听过汪洋有哪个朋友住在附近，而且就算拜访完朋友，也不需要故意“路过”她家楼下，所有的种种，只能说明汪洋想她了，今晚是专门来找她的，只是看到佳人有约，他为了掩饰失落，故意找的借口。

“还不算。”想到这里，韩娜脸上笑开了花。

汪洋看到韩娜得意的神情，俨然就是沉溺在爱河中小女人的模样，突然觉得自己是多余的人，他想立即转身离开。

“你和柳眉还好吧？”韩娜故意这样问，旁敲侧击地打听他和柳眉的进展。

“嗯，还好。”汪洋没识破韩娜的小算盘，略带报复性地回答。

投石问路的一句话，汪洋的回答犹如一桶冷水浇下来，韩娜心想自己又自作多情了。不禁好气：你和柳眉好好的，还来找我干吗？

韩娜抄着手等汪洋说话，谁料，汪洋却是快快不快的样子，两人尴尬地沉默了几分钟，韩娜打破了沉静。

“很晚了，我想休息了。”韩娜不耐烦地说。

“那行，再见。”汪洋边说边转身大步离开。

看着汪洋一点也不留恋大步离去的背影，韩娜觉得这个人简直太匪夷所思，明明是找她有事，却硬要找借口来搪塞，见了面也说不到几句话，好歹两人曾经爱过，此刻却比陌生人还生疏。真是时间越久，她越搞不懂汪洋。她甚至有点庆幸，没有在这棵树上吊死，否则光是猜他的心思，就会把她累死。

韩娜很觉无趣，自嘲地笑笑，准备上楼。

冷不丁看见电梯旁的垃圾桶里，塞着一大束包扎精美的红玫瑰，在灯光下衬得颜色浓烈似火。

第7章 对的感情不让人流泪

XING FU PI WAI SHANG

1

最近，韩娜、莎莎、馨薇各自忙着各自的事情，姐妹们的聚会明显少了，于是三人相约出来坐坐，莎莎和馨薇到了好一阵，韩娜才姗姗来迟。

莎莎对服饰最敏感，韩娜一来，就发现她新买了个白色的链条包，急忙拿过来看。

“哟，香家的，这 A 货仿得不错，哪儿买的？”莎莎饶有兴趣地问。

“什么 A 货？正版的！”韩娜得意地说。

“中彩票了？舍得买正版，这可是今年的新款。”馨薇问。

“温文送的。”说到温文，韩娜笑了。

“温文？你那相亲对象？他还挺大方的，品位也还不错嘛。”莎莎说。

“物质！”馨薇打击道。

“跟物质没关系，我开心不是因为这包贵，而是他愿意花时间、花心思、花金钱逗我开心，让我有种备受重视的感觉。”韩娜辩解道。

“虚伪！要是他精心挑选一盆鲜花送你，你还能像现在这么开心？”馨薇取笑她。

“那我也开心，不过一个男人是否舍得为你花钱，说明你的魅力程度。有句广告词不是这样说来着，自己付账值得自豪，男人买单那才叫骄傲。”韩娜摇头晃脑，好不得意。

“好像说反了吧？”莎莎不解。

“她呀，是以前倒贴惯了，现好不容易有人肯在她身上花钱了，立马忘了当年劳苦人民的本色，穷人乍富似的，典型的市井妇女！”馨薇笑着数落韩娜，尖牙利齿，一席话，倒把韩娜逗笑了。

“我的神，我这是交的哪门子损友，那股冷嘲热讽的劲儿，一副见不得我好的酸样。”韩娜捶胸顿足埋怨道。

“以前汪洋那个死也焐不热的冷屁股，你却把他当个宝，为他要死不活的。现在终于知道天涯何处无芳草了吧？”馨薇笑话她。

提到汪洋，韩娜立马像朵枯萎的花，黯淡下去。

顾城最近心绪不宁，总有不好的预感，第六感并非女人独有，当两人的感情升华到某种程度，一个眼神一处细节，也能察觉对方微妙的变化。

馨薇仿佛接手了项大业务，每天加班至很晚，而且从未见她对客户如此卖力和用心，事事亲力亲为，每晚回了家，都还要处理一大堆计划书和资料，几乎可以用卖命来形容。其实馨薇懂得用人，手下几乎全是业内的精英，很多事情完全可以交由下属做，顾城有些不明白。

不明白归不明白，他却是完全支持她，每晚酒吧关门后，买了清粥小菜到她的住处，陪她一起熬夜。

馨薇以前间歇性地歇斯底里，仿似完全康复，已经很长时间，没有暗自哭泣，但她又总是神不守舍，常常对着电脑发神，满腹心事的样子，几次顾城忍不住想问，可他不想为难馨薇，因为她不主动说的事情，一定是有苦衷。

顾城不是小肚鸡肠的男人，尽管馨薇优秀，但他从不猜疑，大度的男人是女人的避风港，应该给她全世界，而不是禁锢在自己的世界里。

馨薇要去青山风景区考察一个星期，顾城突然之间有些不舍。

“跟谁一起去？”顾城问。

“公司就我和项目部的老王。”馨薇愣了下说。

“那我开车送你？”顾城说。

“不用了，公司有车，你晚上还有演出，趁现在再补会儿觉。”馨薇收拾好行李，急急忙忙出门，临别前的一吻也是草草的。

馨薇走后，顾城踱步到窗前，等待她的车从车库出来，远远注视那辆银色轿车离开。

❷

青山风景区，离城市并不太远，只需半小时车程，且青山绿水，景色宜人，很多房地产开发商对此都深感兴趣，可惜若要进行开发，投资浩大，同时政府的批文相当难拿，所以尽管青山风景区占尽天时、地利的优势，但还犹如处女地般无人问津。

文天明此次回国，信心勃勃，他的投资眼光很独到，并没有放在房地产开发相对成熟的深圳、上海，而是聚焦在内陆经济发达的城市，这次他以华侨的身份回国大展拳脚，一来就相中了青山风景区，作为自己打响地产业的第一炮，最令他惊喜的是馨薇居然也在这个城市，并且自己还开了家公司，经营得风生水起，他很好奇，迫切想知道馨薇的现状，而且还要不着痕迹，于是动用人脉关系，让馨薇参加他新项目的招标。

这个女人果真没有让他后悔自己的眼光，再次见面，愈加成熟与娇艳，更令他意外是馨薇的商业头脑，她提供的推广计划书以及营销方案，很多地方与他不谋而合，并且不乏令人刮目相看的奇思妙想。

文天明自觉小看了她的能力，不过这种情愫并非遗憾而是感慨。

夕阳西下，文天明坐在酒店后花园的藤椅上，面对着青山风景区，很有君临天下的感觉，是的，他要把这里建成自己的王国，这一切势在必行，想着自己的宏伟大计，脸上满是得意的神情。

花园建在种满杜鹃花的山坡上，现在已是春天，满山的杜鹃开得粉灿灿的。山坡下便是绿水盈盈的翠寒湖，馨薇穿了件白色的长毛衣，信步走在翠寒湖边，看到优美的身影，文天明不仅心旷神怡。

“美景配美人。”文天明冲着馨薇大声赞叹着。

馨薇停住脚步，转身莞尔一笑，风情兼惊艳，她不说话，仍继续漫步。文天明笑着起身，顺着花园的楼梯下了山坡，走到馨薇的身边，轻柔却又捻熟地揽住馨薇的细腰。

“知道我回来最大的收获是什么吗？”文天明在她耳边低语。

“你的收获多了，事业发展的机遇，颇有前景的投资项目。”馨薇很是了解文天明。

“不对，是你。”文天明轻轻吻了吻馨薇的脸颊。

面对文天明的亲热，馨薇并不拒绝。

“我很意外，我的馨薇几年不见，居然是成功的女商人，美貌加头脑，几近完美。”文天明语气像鉴赏一件价值连城的艺术品般。

“你的？”明明是暖心窝的一句话，可馨薇听了却很辛酸，当年文天明说走就走，连后路都不留，弃如敝屣，不闻不问，她满腹的委屈顿时倾泻。

“你的那个，六年前就已经跟你分手了。”馨薇冷冷地否定。

“你一直都是我的女人，不管以前还是现在。”

“不好意思，忘了告诉你，我和未婚夫的婚期快到了。”馨薇挑着眉毛，挣脱文天明的怀抱，她不愿意让文天明觉得吃定了她。

“你不会嫁给他，我敢肯定。”文天明霸道地又将她拉进怀里，紧紧地抱住她。

“我们在一起五年，彼此很爱对方，你凭什么肯定我不会嫁给他？”馨薇软软地辩白，她扬起脸，离文天明的唇边，只有一公分的距离，此刻尽管余愤未平，但她感觉自己马上就要被文天明的温情所融化。

“时间不能代表什么，只要有我在，你心里那个最重要的人，永远是我。”文天明的口气淡定却又不容置疑，说完他埋下头，温柔地含住馨薇粉红色的樱唇。

所有的辜负就被这样一吻轻轻带过，馨薇暗暗恨自己太不争气，他再次轻易地捕获了她，她却配合得连本能的挣扎都没有。

而每个人都有软肋，再强大的人也不例外，不是吗？

❸

接连一个星期，莎莎的内心都在剧烈翻腾着。

健身俱乐部她是不敢再去了，闷闷地待在家里。她既害怕TONY来找她，但又隐隐期待他的电话，期间TONY来过几次电话，莎莎不是不接就是摁掉，两人原本是单纯的雇主关系，却由于一夜情，把一切都搞复杂了，她不能再和他有瓜葛。她很怕因为自己的放纵而危及家庭的稳定，毕竟她很清楚对TONY的迷恋，仅仅只是肉体上的。

清早8点钟，莎莎被手机的信息音吵醒，一看是TONY发的：“我不知道哪里惹你不开心，如果有，我真诚地道歉，我现在很想你，能回个电话给我吗？”

字字情深意切，莎莎心里一暖，想着英武的TONY，为她牵肠挂肚的样子，竟有些不忍，握住电话，思忖了半天，反反复复地内心斗争，终于还是放不下，拨通了 TONY 的电话。

女人的原则，通常在情感考验面前，溃不成军。

“不是说请我吃饭的吗？怎么到你家了？”韩娜坐在车上，看着温文把车缓缓驶进水景花园社区里。

“你不是说我们缺乏了解吗？今天就是让你来了解我的另一面的。”温文神秘兮兮。

温文独居，家不算大，100 平方米的两室两厅，收拾得干干净净、清清爽爽，全然没有单身汉的邋遢与随意，韩娜喜欢爱干净的男子，这点很合她意。

“来，你穿这双拖鞋。”温文说完，弯下腰，将拖鞋工工整整地摆放在韩娜的脚下。

韩娜低头一看，是双女士拖鞋，正觉得费解，温文立马解释道：“我请的有阿姨，会过来帮我打理下房间，这双是她的。”

“噢，你不用给我解释。”温文的小心翼翼倒让韩娜觉得挺不好意思。

“你不介意？”温文挑着眉头，故意刁钻地问。

“我干吗要介意？”韩娜笑了。

“你这种态度让我内心备受挫折，你不重视我！”温文捂着胸口，表情夸张。

“房间不错，井井有条，很有家的感觉。”韩娜打哈哈，把话题转向一边。

“没办法，我还是喜欢大房子，可我一个人，住大房子太空旷了，孤零零的。而两个人就不一样了，房间再大也有生气，怎么样，让我早点住上大房子？”

韩娜终于发现其实温文也挺油嘴滑舌，自己掰不过他，索性也跟他学——胡扯。

“你还挺恨嫁的吗？随时都准备着把自己推销出去，看在朋友分上，明儿我帮你去婚介所登个记。”韩娜说。

“肥水不流外人田，你奶奶不是说让我照顾你吗？”温文讪笑。

“你还说，上次我奶奶误会你也不辩解，跟着起哄，讨厌！”韩娜作势要去打他。

温文笑着躲开，两人颇有点打情骂俏的味道，闹够了，温文将韩娜安排在客厅看影碟，自己挽起袖子叮叮咚咚在厨房忙活起来。韩娜舒服地斜倚在沙发上，边吃零食，边享受一位优秀的男人为她忙前忙后，女人的虚荣心被惬意地慰安了遍。

不到 1 小时，温文就准备好热腾腾的饭菜，番茄炒蛋、甜椒肉丝、清炒菜心、火腿煎蘑菇外加一个素菜汤，简简单单的家常菜，却令韩娜食指大动。

“好久没下过厨了，手艺怕是回潮了。”

“好吃，好吃。”韩娜吃得很香，发自内心地称赞。

“晚上我朋友有个聚会，一起去吧？”温文说。

“怎么不早说，我一点准备都没有。”韩娜看了看自己的打扮，牛仔裤、白衬衫，完全不搭。她习惯去夜场前，打扮得光鲜耀眼，如果不然，宁可不去。

“吃完饭，我陪你去买衣服。”温文给韩娜夹菜。

“我陪你去见你朋友，是帮你挣面子，置装费算你的。”韩娜嘴里包着菜，含混不清地说。

“算我的！算我的！”温文像在哄小孩子。

“这还差不多。”韩娜得意地仰起头说道，吃得正高兴的她全然不知嘴角沾上了点汤汁。

温文看见，不禁好笑，忙拿了张纸巾，像慈父照顾无知的顽童，小心将她嘴角的菜汁擦去。无论男人、女人都抵挡不住温柔的攻势，韩娜被温文小心的呵护感动了把。

“干吗对我这么好？我可没有什么好回报的。”韩娜说。

“喜欢一个人如果要求回报，那就不是真的喜欢了。”温文回答得很认真。

❹

要想真正了解一个人，最便捷、最有效的途径就是看他（她）的朋友圈子。

所谓近朱者赤，近墨者黑就是这个理。

从伴侣朋友的品位中，可以管中窥豹略知伴侣的品格。

在这点上，温文又给了韩娜个惊喜。

原本韩娜以为温文的朋友，应该都是跟他年纪相仿，三四十岁，大腹便便的生意人，没想到，见面后全是性格开朗、举止风度、事业有成的钻石王老五。

韩娜打扮得花枝招展，伴随着温文翩翩而来，众人的焦点自然锁在她身上，再加之她不怯生，一落座就和大家打得火热，在场的男士众星捧月般不停地恭维她。而难得的是，温文并不吃醋，脸上笑盈盈，一直不离韩娜左右，体贴入微地照顾她。

韩娜好不得意，正如馨薇说得没错，在汪洋那里当惯了被人使唤、看人冷脸的宫女，冷不丁享受到公主的待遇，这幸福来得太突然，真让她有些飘飘然了。

从聚会出来，韩娜陪温文去取车，初春的凌晨，气温还是很低，她穿了条薄裙子，一出门就很丢脸地打了个响亮的喷嚏。温文连忙脱下外套给她穿上，并像照顾小孩子一样，将她搂在怀里。

“今天让你见了我最好的朋友，什么时候让我见见你的朋友？”温文问。

韩娜淘气地从温文怀里挣脱，向前跑了几步，高跟鞋在地上发出清脆的声响。

“我脾气坏，孤家寡人，没朋友。”她转过脸，扮着怪相，温文肥大的外套穿在她身上既滑稽又可爱。

“可怜的孩子，不招人喜欢。”温文快步走上前，将她拉回身边，佯装叹息地说。

“就是，命苦，自小饱受人情冷暖，世态炎凉，世间之大，却没有我容身之所。”韩娜说完自己被自己恶心到了，咯咯地傻笑。

她今天喝了点酒很 high，又开始二百五起来。看着韩娜红扑扑的脸蛋，温文忍不住，拉过韩娜，急促地吻上她的嘴。

在万籁俱静灰蒙蒙的凌晨，和一个成熟男子在停车场狂吻，韩娜的心乱跳。有一点点化学作用在她和温文之间开始起反应。

她，好像有点喜欢上他了。

回了家，韩娜也不顾已是凌晨两点，急急忙忙给馨薇打电话。

“亲爱的，睡了吗？”韩娜笑嘻嘻地问。

“屁话！睡了我还会接你电话吗？”馨薇虽在抱怨，但听声音不像刚从睡梦中醒来。

“你在哪儿？”韩娜问。

“有什么事，你直说。”馨薇有些不耐烦，夜半三更的，韩娜莫名其妙地打来电话说些莫名其妙的话。

“我想明天你要是有空，带你去见见温文。”韩娜扭捏地说。

“温文？噢，你的相亲对象，带我见他干吗？你不是对他没感觉吗？”馨薇不解地问。

“我刚和他接吻了。”韩娜的脸红了。

馨薇一听差点晕倒，好气又好笑。

“大姐，拜托你，你个大龄女青年跟男人接个吻，还当是个多大的事儿？要是吻得舒服，就闭上眼睛享受；要是觉得恶心，甩手一巴掌，还显得你多高风亮节呢！”馨薇说完，自己都忍不住笑了。

“你就尽情地埋汰我吧？要来不来！随便你！”韩娜满怀春水，本想与馨薇分享，谁料被馨薇狠狠“料理”了一番。

“来，肯定来，帮你审核爱人同志，是我义不容辞的责任，要是你眼光不济，再引狼入室引火自焚的话，那我得多内疚啊。不过明天不行，我现在在青山考察项目，下星期三回来，到时候我给你电话。”馨薇说完，笑着挂了电话。

“谁的电话？让你笑成这样？”一个低沉的声音沙哑地问道。

馨薇转过头，看着床上翻身、满脸倦容的文天明，露出甜美的微笑。

“醒了？”她柔情似水地问。

❺

文天明点了点头，用手按住太阳穴，有些痛苦地坐了起来。

“那几个开发局的领导太能喝了，简直不是他们的对手。”文天明站起来，正要找水喝。馨薇就递给他一杯酽厚的普洱茶。

“你也不逊色，喝到脸发青都还硬撑，要是你倒下，我可没法把你扶回房间，只有让你睡餐厅了。”馨薇取笑道。

“就算要倒，也不能在你面前倒下。”文天明说完笑了。

“喝点火腿粥吧？晚饭你光喝酒，什么都没吃。”馨薇起身去给他盛粥。时光好像回到从前，文天明也是这样经常应酬客户，馨薇总是在家熬好粥，等他回来吃了养胃。

“我特意守着厨师熬好，然后又找服务生要了保温桶温着，现在吃温度刚刚好。”馨薇已经舀好小小一碗火腿粥，配着凉拌的萝卜丝和榨菜放在茶几上。她想通过这些唤起文对往昔的记忆。

“谢谢，正好肚子有点饿了。”文天明轻吻了馨薇的额头，这是他以前常做的动作，馨薇突然觉得很温馨，好像两人已经是老夫老妻般。

“刚才是谁的电话？”文天明问。

“是韩娜的，你还记得她吗？”馨薇顿了顿问。

文天明略略思索了几秒，恍然大悟的样子。

“你以前在海南最好的朋友！”文天明脱口而出。

说到海南，文天明一下噤声了，馨薇看了看他，心里很满意，这就是她想要的效果。文对以前的事情绝口不提，连句道歉都没有。但她不能就此一笔带过，以前和他不明不白地在一起，那是因为她年少无知；现在再重逢，即或是旧情复燃，两人再在一起，她也要文天明给她一个明明白白的承诺。

很奇怪，馨薇在考虑她和文天明的关系时，并没有想到顾城，顾城对她的好和宠爱，让她习惯成自然。女人自私起来，比男人更决绝。

“时间过得好快。”文天明叹口气，有些伤感。

“还好，快也有快的好处。”馨薇回他。

“你比我想象中坚强。”

“你能狠下心，欺负一个刚从学校毕业、涉世不深、什么都不懂的孩子，我不坚强能行吗？”馨薇说着，红了眼圈。一半是真委屈，一半是演戏。聪明的女人不会时时在男人面前表现自己的伶俐和无所不能，适当地扮无助和委屈能达到事半功倍的效果，楚楚可怜永远是以柔克刚的绝杀武器。

馨薇的话有些触痛文天明，他数不清有过多少女人，很多连样子都记不得，唯独馨薇能让他念念不忘，尽管当时像丢包袱一样甩开馨薇，但并不代表他对她产生厌倦，而是馨薇身上潜藏着某种危险的因子，是非他能掌控的。

但现在看来，自己当初的判断仿佛有些武断，这么多年，馨薇还记得所有有关他生活的细节，知道他喝醉后一定要用泡得酽厚的漕洱醒酒；记得他消夜喜欢吃熬得香糯的火腿粥配小菜……馨薇在他身上的确是用心的，想到这里文有些愧疚。

“当年我是做得有点过分了，馨薇……”文天明深情地唤着。

馨薇别过脸，眼泪唰地一下流了出来，哽在她心里的石头落地，终于等到文天明不太诚恳的道歉，不过肯认错这对自命不凡的他来说已经实属不易，馨薇此刻心满意足。

“我从来没有对任何一个女人说过对不起，你是第一个。”文天明搂着馨薇，轻轻地拍着她肩头。

“那你的意思是我该值得荣幸？”

“没有，我只是想让你明白，很多时候我们都会迫不得已。”文天明很无奈。

好个迫不得已，馨薇的心，冷如寒冰，这个词，勾起了她所有的怨愤：文天明对她的决绝，文天明父母对她无情地羞辱。爱人的手啊，拉你一步是天堂，推你一步是深渊，当你粉身碎骨，而他一句迫不得已，就妄想将所有业障一笔勾销，文天明虽然翻手作云覆为雨，但她馨薇也绝对不是任人操控的可怜虫。

怨恨让她瞬间清醒，已经上过一次当，绝对不能再在同一个地方跌倒，她费尽心力地讨好文天明，绝对不是满足再做他见不得光的情人。好，你觉得我不配做你文家的媳妇，我就偏偏要正大光明地嫁进你们文家！

馨薇想到这里，被自己的决定所鼓动，脸上露出兴奋的笑容。

文天明全然不知馨薇的想法，以为她还沉溺在回忆中，他始终念点骨肉情，还是不忘当年馨薇肚子里孩子的下落：“馨薇，后来那孩子……”

“我拿掉了。”馨薇表情淡然地说。

就在那瞬间，她心中有了明晰的思路，这孩子是她的撒手锏，不到最后的时刻，她不会早早亮出这张牌。

❻

“滴……滴”的短信提示音，将莎莎从睡梦中惊醒。

她打开一看，一共有13条漏电提示，全是老公陈至的电话，她出门前就已经将陈至的手机、办公室和家里的座机，统统设为拒绝来电，陈至给她打了一晚的电话，听到的永远都只会是：对不起，你所拨打的用户不在服务区。

陈至给她打了这么多电话，怕是很担心，莎莎正犹豫着要不要给他回电话，睡在身边的TONY翻身醒来。

“亲爱的怎么不睡了？才7点过。”TONY瞄了眼手表说。

莎莎看着赤裸上身的TONY，睡意蒙眬的样子，无不散发着致命的男性诱惑，TONY见莎莎盯着自己发神，笑着亲了亲她的嘴唇，又翻身睡去。莎莎又有冲动了，想自己果真是贱到家了，原本是下定决心不理他，谁知，禁不起TONY三番两次的电话攻略，接了他电话；只是想作为朋友在电话里客套一下，却又不忍他苦苦哀求，约出来见面，见个面也罢，TONY的表白太炽烈，火辣辣，尽管莎莎告诫他自己是有夫之妇，但TONY非但没退缩，反而一副要救她于水深火热之中的，受不了TONY的温软耳语，几下就被他撂上了床，其实男女之事，并不只是男的占便宜，莎莎不也高兴了一把吗？

TONY是她的克星，在他的爱抚面前，理智、道德对莎莎来说，算个屁。再说，她也心安理得，虽然没有抓现行，但你陈至不是背叛我在先吗？

说到底，这一切真的是不由自主啊。

可惜再好的梦也有苏醒的时刻，莎莎看见天色发白，怏怏不快地起床洗漱，再不回去，陈至那边确实不好交代。

待她洗完脸，抬头看了眼化妆镜中的自己，吓得大叫。

“天啊！阿伟，你把我咬成这样，我回去怎么解释？”莎莎这下有点慌了，跑到TONY面前，手足无措的样子。

TONY睡眼蒙眬地看着莎莎，原来在她的胸上、项颈上，印着七八个大大小小粉红色的吻痕，衬着莎莎雪白的皮肤，煞是显眼——那是昨晚两人激情忘我时，留下的疯狂的纪念。

“吻痕很性感。”TONY得意地说。

“别开玩笑了？怎么办？胸上的我倒不怕，他已经很久没跟我同房了，但是脖子上的一眼就看出来了。”莎莎焦急地说。

TONY看莎莎六神无主的样子，不禁好笑，他凑过去又要吻她，被莎莎躲开了。

“别担心，我有办法，你的化妆包里有粉底液吗？”TONY问。

“粉底液？拿来干吗？”莎莎虽然不解，但还是乖乖翻出瓶粉底液给他。

只见TONY捻熟地挤出一点粉底液，涂在吻痕的地方，等液体干了以后，又涂一层，如此三番，最后竟然看不出粉红色的印记了。

“你怎么会？”莎莎又惊又喜。

“别人教我的。”

莎莎突然不说话，心里却很不是滋味，她赌气不理TONY，默默穿好衣服，作势要走。

“吃醋了，放心，我没帮别的女人用过。”TONY表情诚恳，搂过莎莎，狠狠亲了口说。

莎莎将信将疑，转念一想，实在是没资格过问，首先她就其身不正，又如何去要求TONY的忠贞，想到这里，她无比沮丧，提了小包，飞快地离开了。

从酒店出来，开车回家的路上，莎莎都提心吊胆，思忖着怎么跟陈至解释。

到家一看，果真陈至早早就起床了，坐在饭厅吃早饭，莎莎回来，他脸上并无责备的表情，也不问昨晚的事情，反而语气温柔地问莎莎要不要吃早餐。

“不吃了，我好累。跟韩娜、馨薇她们打了一晚上的麻将，困死了，我先去睡了。”

莎莎心虚，不敢多说话也不敢看陈至，怕露馅。她假意打着呵欠，急忙上楼回到自己的房间，待关上门，她这才长长吐了口气。

撒谎考验人的心智、应变及演技，还要面对良心的责问，特别是对不常撒谎的人来说，无疑是莫大的折磨。但蒙混过关的侥幸与刺激，足以弥补所有的不安。

看着莎莎的闪烁其词，陈至隐约有种不安。

其实，陈至昨晚联系不到莎莎，焦急之下，已给韩娜和馨薇打过电话询问。

❼

韩娜果真将温文带去给馨薇和莎莎审批。

姐妹之间有种默契：无论谁发生新的感情，只要是确定了恋爱关系，必定会将男主角带出来让大家“鉴赏”。

当晚温文在绝色的出场，显然是得到了大家的首肯。

“不错，很有男人味道。”莎莎趁温文离开，凑在韩娜的耳边无比艳羡地说。

“对我不错，样子就太一般。”韩娜摇头晃脑，明谦虚暗得意地说。

馨薇原本是心不在焉地发着短信，听到韩娜这样说，“嗤”地笑出了声。

“得了便宜还卖乖！”馨薇笑着边说边去捏韩娜泡泡的脸颊。

“前段时间瘦得跟鬼一样，现在得到爱情的滋润，胖得脸都圆了。”馨薇说。

“真的？”韩娜一听，立马紧张起来，摸摸脸又捏捏腰，神经兮兮的样子。

馨薇和莎莎相视一笑后，又埋头发起短信来，“滴滴”的短信提示音连绵不绝。

“谁呀？给谁这么亲热，都发了一晚上，你烦不烦？”韩娜说着就要去抢馨薇的手机，谁料馨薇左闪右躲就是不让她得逞。

“讨厌，管你什么事？”馨薇有些动怒。

韩娜怔怔地瞪着馨薇，不知哪里错了，让馨薇说变脸就变脸，顿时还很和谐的气氛一下尴尬起来，莎莎见情况不对，忙找其他话题来转圜。

“哟，你看温文跟顾城还挺谈得来的。”莎莎指了指不远处，温文和顾城拍着肩膀，聊得很是兴起。

馨薇瞥了眼韩娜，颇有深意地说：“说不定他们在商量什么阴谋。”

听到这话，韩娜愣了一下，有些明白有些不明白。

不过，接下来的一切都很正常，温文同顾城聊了会儿，便过来继续陪着她们喝酒、聊天欣赏音乐，韩娜不记仇，没多久就又和馨薇打打闹闹，玩得兴起。

午夜，大家酒兴正酣，顾城表演完最后一支歌曲，却并没有下台，而是提了把吧椅，抱着吉他坐在麦克风前，春风满面地看着温文他们这桌。

“今天很高兴认识了一位新朋友，他希望我能把下面这首歌献给我的一个老朋友，也是唯一一个能让他感到安定的女子。”顾城温柔地说道。

韩娜惊讶地一下子捂住嘴，她顿然明白刚才馨薇嘴里所说的“阴谋”的含义。

音乐柔柔地响起，刹那灯光暗了下来，只一束温暖的白光从顾城的头顶投射下来，而顾城怀抱吉他，好似天使。

“Tell Hana I love her,

Tell Hana I need her

Tell Hana I may be late…"

顾城用他富有磁性沙哑的嗓音，将雷·皮特逊的《告诉罗拉我爱她》巧妙地改编成了《告诉韩娜我爱她》。原来刚才温文和顾城窃窃私语，就是为了让顾城用歌声帮他向韩娜表白。

正在这时，温文也不知道从哪儿变出一束白百合递给韩娜——她无意中说过最讨厌玫瑰花。

"买花附送枚戒指，一起收下吧？"温文还是用他那种无法拒绝的笑容。

韩娜一看，百合花束上放了个酒红色的丝绒小盒子，她怔在那里，完全不知该怎么办。众人纷纷转过头看着韩娜，不少人开始鼓掌，她很不好意思，温文的惊喜太出乎她意料。

"收下呀！笨女人，还发什么愣？"莎莎比她还兴奋地说道。

韩娜也不知道是紧张还是尴尬，求救般看看馨薇，馨薇冲她鼓励般地点点头，又对着温文比了比大拇指。关键时刻，韩娜得到点拨，这才鼓起勇气接过有指环的花束，她犹豫了会，用颤抖的双手打开丝绒盒子，果不其然里面躺着一枚闪闪发光的钻戒。

"哇！这么大颗，怕是有几斤吧？"莎莎和馨薇为了配合氛围，露出很夸张的表情。

"神经病，又不是鹅卵石，还几斤。"韩娜这样说，脸上却是笑烂了。她对钻石虽然不感兴趣，但是傻瓜都知道，那块小石头的大小和诚意是成正比的。

温文轻轻拿起戒指，帮韩娜套在中指上，戒指很美，但指环有点大了。

一切圆满，歌声再次响起，顾城如痴如醉地唱着；温文脸上露出满足的笑；韩娜大梦初醒地看着中指上的指环，不知所措；馨薇接了个电话，躲到一边悄悄耳语。

“干吗选这首歌呢？一点都不吉利。”而莎莎，小声嘀咕道。

可惜，众人各怀心事，谁也没有听到她的喃喃自语。

8

每个女人对婚姻都抱着近乎神圣的幻想，可将要披上婚纱的那刻，大多数却是犹豫的。

因为大多数的婚姻平淡得毫无谈论意义，从开始就看到终点：结婚、生子、衰老，剧情比80年代的伦理剧还老套，毕竟嫁给王子、明星、富豪的是极少数人。

而为我们披上嫁衣的他，也许优秀，但本质上却跟我们同样平凡，绝少有符合童年时臆想的对象，当憧憬向现实妥协，人总有点心不甘情不愿，虽然这种缺憾无关相爱的深度。

对于婚姻，韩娜也是不甘心的，只她自己没有意识到。

她借口上洗手间，坐在马桶上，一支又一支地抽着烟，把手上的戒指带了取，洗手间的门被打开，一个女子踩着高跟鞋叮叮咚咚进来，绝色的卫生间，隔音设施不错，躲在厕格里的韩娜听得清楚。

女子在讲电话，声音很小，支支吾吾，听不太清楚，但韩娜还是听出是馨薇的声音，她好奇，竖着耳朵继续听下去。

“我现在……不……出来，明天……好……嗯……我……想你……了。”

韩娜听到最后几个字，大吃一惊，馨薇想念谁了？她不由联想到在聚会上馨薇不断发信息、神情恍惚的反常举动，种种迹象表明，馨薇一定又有其他的爱人了，韩娜不禁有些生气，不是因为馨薇脚踏两船，而是和她这么好的朋友，馨薇有了新状况，并不在第一时间内告诉她，这种忽略感让她委屈，她还一直以为自己和馨薇是无话不谈的好朋友，想到这里，韩娜愤愤地推开厕格的木门走出去。

馨薇一回头冷不丁看见韩娜黑着脸从厕格里出来，虽略略惊讶，但还是镇定地又聊了几句，这才挂了电话。

“谁呀？”韩娜的语气不好。

“朋友！你不认识。”馨薇冷冷地说。

“行了吧，谢馨薇！你别以为天底下就你一个人聪明！把大家都当傻子。老实说，你是不是背着顾城另结新欢？你行呀你，脚踏两只船不怕被翻船，连我你都要骗！思想道德品质咋就那么败坏呢？”

“你脑袋被门夹了吧？”面对韩娜噼里啪啦的指责，馨薇莫名其妙。

“你脑袋才被门夹了！”韩娜一听更气了。

“管得也太宽了？”馨薇没好气，对着化妆镜稍事整理，刚要离开，被韩娜一把拉住。

“我是为你好，你有事情瞒着我，我就想不通，我们风里来雨里去的那么多年了，遇上什么事情不是商商量量的，你刚才接电话说的什么我……想你了，我全部都听见了，你还抵赖，你这样做有意思吗？”

原来韩娜是因为馨薇隐瞒实情而生气，馨薇松了口气，原本她还以为是韩娜猜到了她和文天明旧情复燃而介怀呢。看韩娜急起来，词不达意的样子分外搞笑，馨薇不禁扑哧笑出来。

“笑个屁！”韩娜严厉地说。

“行了，我一五一十全招行不行？快放了我，这过上过下的，谁要是听了你这么肉麻的表白，还以为我们在搞蕾丝边呢！”

“那他是谁？你们怎么认识的？”韩娜很八卦的样子。

“生意上的伙伴，人很好玩，我对他只是有点感觉，没有实质的发展。”馨薇不想节外生枝，在她没把握以前，她不能让任何一个人知道和文天明重新走在一起，包括最好的朋友。

“那顾城怎么办？”韩娜问。

“什么怎么办？我又不会离开顾城，那个人只不过是碟调味小菜。我和顾城几年了，再好的人处久了也会腻味，偶尔开开小差，是为了更好地相爱，我知道孰轻孰重的。”

馨薇信誓旦旦地说着，嘴角却露出心虚的微笑。

9

韩娜家门的楼梯口，汪洋醉醺醺地坐在那里。

人都是在快要失去时才有危机感，对于韩娜他不是不在乎，而是习惯了被她在乎。他和韩娜，原来都一样，曾经都苦苦追在别人的身后，并不是有多爱，而只是对于付出过的不甘心，当有天想通了，那种执念也就坦然放下了。

对于柳眉那么多年浓烈的爱恋，也不过就在短短的时间内迅速褪色隐去。

所以他怕韩娜也会突然这样豁然开朗。

过道里的声控灯随着住客的回来，时明时灭，汪洋坐在角落，不由回想起和韩娜的点点滴滴，枯坐在这3个多小时，韩娜手机一直没接。他决心等下去，直到韩娜回来。以前他让她等太久，这也算是另一种补偿。

快到1点的时候，汪洋终于忍不住了，再次拿出手机。

绝色里，韩娜、莎莎等人依次告别，只剩下馨薇依在沙发里，怔怔发呆。

背景音乐换成舒缓的节奏，顾城在招呼几位熟客，馨薇倍感无聊，正打算离开，突然听到连绵不绝“嗡嗡”的振动声，她循声查找，原来是韩娜遗落在沙发犄角处的手机，来电震动发出的声音。

馨薇拿起手机一看，屏幕显示汪洋的电话，她犹豫了下，接了电话。

“你在哪里？我在你家门口等你好久了？是不是又在喝酒？要不要我过来接你？”汪洋以为是韩娜，既兴奋又担心地噼里啪啦说了一大堆。

馨薇一怔，汪洋的语气丝毫不像已分手的前男友，难道他和韩娜还藕断丝连。

“汪洋，你好，我是馨薇，韩娜的手机落我这儿了。”馨薇冷冷地说。

汪洋语气软软：“哦，谢谢。那我在她家门口继续等她。”

话说到这份上，按常理馨薇应该挂了电话，但她却鬼使神差地又说了下去。

“别等了，你最好还是先回去。”

“为什么？”汪洋不解。

馨薇想了想，觉得不妥，但还是脱口而出。

“她快结婚了。”

“结……婚……？”汪洋蒙了。

“对，她很幸福，所以你最好不要再去找她。”

汪洋沉默着，不待他说话，馨薇挂断了电话。事后，她觉得有点狠，多管闲事向来不是她的风格，但想到作为好朋友，理应责无旁贷帮脑袋不清醒的韩娜抵挡不必要的纠缠，依她看来跟温文在一起绝对比跟汪洋幸福，韩娜终于迎来美满的婚姻，她不能因为汪洋一通电话，就把水搅浑。

可惜，馨薇没想到就是她这几句话，不仅改变了韩娜的感情轨迹，也让两个情同姐妹的朋友就此陌路。

汪洋挂了电话，脸上冷若冰霜。

“结婚？”苦笑着自言自语，每当他下定决心去爱、去争取的时候，终究还是一场空。

无论是柳眉，还是韩娜。失败的羞辱感，让他觉得自己无地自容，站在这里像个小丑。

而他连面对面求证的勇气都没有，当下就决定放弃。他潜意识怕失败，连放弃都可以，却没有问一句：能不能重新开始的勇气。

男人的自尊心，因为强烈的自卑。

可见，他终究还是爱自己胜过韩娜。

汪洋双手插袋，头也不回地大步离开，这次离别不知何时才能再见，他的伤感转化成唏嘘，宁愿一辈子怀念，也不肯冒险去争取，就在他刚迈出小区大门不到半分钟，温文就开着车拐进了院里。

再绚丽、深厚的爱情，也不敌擦身而过时，命运轻轻地一声叹息。

⑩

“为什么要选我？”

温文坐在车里，正在滔滔不绝向韩娜描绘两人美丽的未来蓝图，冷不丁被她问住了。

“我究竟哪点好值得你这么花心思？”韩娜再次追问。

温文想了下，看着她漂亮的脸蛋、妙曼的身姿，男女之间的吸引，最初大多缘于外表的迷恋，当然，除此之外，她身上的确还有些品质是吸引他的。

“你不精明。”温文努力想想，认真地说。

韩娜一听立马翻白眼：“不精明就是说我笨，好糊弄……”

“不是，不精明和笨是有区别的。我跟你在一起很轻松，不需要考虑太多，你这个人很善良，跟你生活应该会幸福。”温文打断她的话。

“善良？”韩娜笑了，这是对她很新鲜的评价。

她没有柳眉或者是馨薇的精明，不会要心眼，不懂得吊男人胃口，学不会保持若即若离的能力，总是早早、急急地袒露心声，所以汪洋就永远不会在乎她。谁知，到温文这里，却变成善良的代名词，可见，乙之砒霜，甲之甘露。

但是跟他会幸福吗？韩娜在心里问自己。

她也无法确定，但跟欣赏她的人在一起总比跟忽视她的人幸福吧？

体贴的温文也有霸道的一面，订婚的第二天，温文自作主张就给吴姐打电话，帮韩娜辞了职，老板兼好友的吴姐虽然损失了名得力大将，但喜悦之情溢于言表，除了祝福还是祝福，事业再好也不如婚姻幸福，何况这段美好的姻缘还是她促成的。

韩娜不上班，没了收入，他倒想得周到，立马拿钱让她去把小公寓剩下的尾款还了，又拿出信用卡的附卡给她，俨然已把她看成自己的女人。

“我又不是卖给你，让你养。”韩娜觉得没尊严，抱怨道。

“我的就是你的，养你天经地义！”温文有些不高兴地说。

韩娜回味着这句话，除了老爸以外，平生第一次有个男人对她说愿意养她一辈子，这带给她的感动比温文说一百句“我爱你”

还要震撼。

“韩娜！韩娜！”

安静的法雷斯婚纱店里，韩娜正在看婚纱，婚期还没定，但这家店老板和温文是朋友，从巴黎新进了批婚纱，温文便叫韩娜先来看看，她正对着精美的手工婚纱发出啧啧的赞叹声，冷不丁有个男声在后面催命似的叫她，声音尖锐而刺耳。

韩娜没好气地转过头。从二楼跑下一胖子，定睛一看，是汪洋的好友老龙。

“呀！真是你，刚在上面见你背影，我还怕是眼花了。”老龙咋咋呼呼的，服务小姐瞄眼他又瞟了下韩娜，让韩娜觉得挺尴尬。

“噢，你在这儿干吗呢？”韩娜低下头，边看婚纱图片边漫不经心地问。

“我一哥们下月结婚，陪他来逛逛，啧，这儿的东西真他妈贵！”老龙平时嘴下流惯了，也不看场合，张嘴就带脏字。

“哦。”韩娜抬起头，看着他，也不知该怎么接话。

“你也是来选婚纱的吧？真要婚了？哟！汪洋给我说我还不信呢！想当初，你那么迷他，怎么说结婚就结婚了？能在这儿买礼服，怕是傍上有钱人了吧？”老龙是直性子，想到哪儿说到哪儿，从不给别人留面子。

服务小姐忍不住“嗤”地笑了出来。

“汪洋？汪洋给你说什么呢？”韩娜顾不得服务小姐的嘲笑，突地站起来问。

“他说你要结婚了。”老龙看韩娜的反应，有些奇怪。

“他说我要结婚？他怎么知道我要结婚？”韩娜失魂落魄，想到汪洋知道她结婚，心里竟然酸楚不堪。

看着韩娜失落的神情，老龙又不忍心了，忙安慰她道：“你也别内疚了，汪洋也不是痴情的主，他一直有个老情人叫柳眉，人家一个月前就打算去法国定居呢！现在正办手续，那天我听汪洋说，就下礼拜的事儿。”

柳眉？去法国定居？原来人家早就准备双宿双飞，只剩她还念念不忘，犯贱的多情，想到这里，心里反而好受。

“帮我恭喜他！”韩娜冷冷说完，不顾老龙诧异的表情，起身仓促离开。

第8章 人性本贱

XING FU PI WAI SHANG

❶

“这片地就是我们绿水尚城的商住楼，不！应该叫英伦小镇，从山脚一直延绵十几公里，全是独栋的木质别墅。”文天明站在酒店露台上，面对着青山风景区，很有领袖指点江山的气势。

“不错，不错，很有异域风情！”文氏集团副总老刘鸡啄米似的不断点头。

“同时还将启动的，是这里的town，我们将建成集医院、学校、酒店、大型shopping mall于一体的城镇，总耗资227个亿！”

“对对，这对内地的房地产模式将是一次彻底的洗牌。”老刘点头不迭。

“我要在这里建立真正的一生之城。”文天明野心勃勃。

“一生之城！这个 idea 好！”老刘不遗余力地夸捧着。

馨薇隐隐有点担忧，文天明向来都是雄心大志的人，倒的确适合做大事情，可他有个致命弱点就是不太懂得用人，手下几乎都是诸如此类缺乏实干的马屁精，这也跟他出生高干家庭，从小习惯众人的吹捧分不开。

“你觉得怎样？”文天明转过头看馨薇，满脸自信的表情。

“有点问题。”

“什么问题？”文天明很是意外，他不禁抬高分贝大声问。

“政府批文很不好拿，你知道现在对别墅用地卡得很死，几乎没有操作的空间。”馨薇从不拿生意开玩笑。

“这有何难？那几个规划局、土地局的都跟我伯伯是熟人，送送钱，疏通下关系，很有效。”

“不是这个问题，你对内地的房地产行业还不是很了解，我不建议一开始就将阵线拉得太长，首先不说政府批地与否，最重要的是前期楼盘开发过大，中期和后期你必须要有足够的资金来跟进，要是资金出点问题，很可能被拖成死盘。”馨薇忧虑地说。

“那你说该怎么办？”文天明有些意外，想不到馨薇还颇有见地。

“还是走保守的路线，分几期开发，1 期做品牌，毕竟文氏集团在房地产界的名气还没叫响，后期……”

“妇人之见！”馨薇的保守建议和文天明完全不搭调，他不容馨薇说完就彻底否决了。

馨薇叹了口气，文天明还是如以前般固执，他身上顺者昌逆者亡的霸气让人难以接近，但奇怪的是，文天明越是以自我为中心，馨薇就越折服于他的个人魅力。感情世界里，敌强我弱的关系最让人神往，而势均力敌的爱情，太过平淡。

汪洋小公寓里，他收拾着行李，将书籍全部打包。柳眉过来帮忙，两人沉默着，气氛尴尬，她选择等汪洋一个月，一个月以后，汪洋决定离开这里，但不是跟她去法国，而是飞去深圳，去他朋友的文化传播公司当副总。

两人的行期都定在同一天，老龙断章取义，以为汪洋去投靠柳眉，殊不知，如果柳眉不去法国，两人也许有可能在一起，但汪洋内心自卑而脆弱，他是断不会依靠女人，而柳眉为汪洋能做出的让步就是等他一个月，她有她的世界和追求，放下事业和前途，去附和虚无的爱情，她没有这么伟大。

柳眉除了些许伤感以外，没有遗憾，她复原能力很快，争取过的东西，尽力还是无望，那只能归结于缘分，所谓无缘就是：他来你不在，你来他已走。既然无缘，那就收拾所有的爱与耐心，静静等待下个有缘人。

看汪洋默默动作，柳眉还是有点不舍，一股温情油然而起，她忍不住上前搂住汪洋。

“你要是在那边待不惯，可以随时来找我。”柳眉幽幽地说。

汪洋笑了笑，没有作答。他心里也很明白，待两人再见面时，也许已事过境迁。

离别的日子到了，汪洋和柳眉同去机场，柳眉的航班比汪洋早两个小时，汪洋送柳眉入闸。临到机场，汪洋反而神情沮丧，突然有点不甘心，他拿出手机看了看，又放进口袋，如是三番。

“想打就打吧？反正都要离开，当作是好朋友告别也好。”柳眉帮他说出他的想法，俨然已是一副局外人的淡然。

汪洋像得到莫大的鼓励，忙拨通了那个熟稔的号码，他满脸的兴奋，但立马又颓了。

“手机关机。”

汪洋苦笑，算是认了，最后的勇气没带来任何作用。

“那就走吧，这世上没有什么人能够记挂一辈子，就像这机场，送走这拨人，迎来那拨人。”柳眉恢复她往日自信的神情，挥挥手笑着和汪洋作别，像是对汪洋也像是对自己说。

23:10，没有任何意外，航班准时起飞，汪洋飞向潮热的城市，地球上曾经有过交集的两个人就此越来越远，消失在彼此的生命中。

❷

空气里渐渐有了夏天的味道。

街心公园的咖啡馆里，韩娜和温文相对而坐，韩娜看着玻璃窗外的人来人往。有些人走了还会回来，有些人走了，再见亦不知今夕何夕。

也许，下次再见到汪洋，自己已经是某某人的某某，大腹便便，拖儿带女，最好的年华就在这一见一别中，消逝得无影无踪。想到这里，韩娜揪心地痛。

“拿着！”坐在对面的温文，低沉、富有磁性的声音，打断韩娜的沉思。

“什么？”她抬起头，看见温文拿出一串明晃晃的钥匙给她。

“家里的钥匙。”温文笑脸盈盈地说。

“给我？”韩娜看了看钥匙，没有去接。

“我把家门的钥匙给我爱的女人，表明我把她已经当成家人，这是我诚意的表现，但我对你的反应，感到很受伤。”温文有点恼愠，口气有些重。

“对不起。”韩娜低下头，心不在焉地搅着咖啡。

看到韩娜失落的样子，温文又于心不忍，他握了握韩娜冰冷的手，开玩笑地说：“算了，我不生你气，你也不要生自己的气。”

韩娜抬起头，满脸泪痕说：“我没有生气。”

温文吃了惊，忙坐到她的身边，将她揽进怀里，韩娜头枕在他肩上，无声哭泣，所有的不舍和无奈，顺着泪水滑落。温文轻轻拍着她的背，他苦笑，尽管韩娜不说，他也猜到七八分，怀里女子的眼泪不是为他而流。

他难受，但明了。两人相识不是初时，两人都有满满的过去，有些过往不用张嘴，一个无奈的神眼彼此都懂。世间的男女谁不曾在情爱的荆棘里摸爬滚打。伤痕，是成长的见证。

“以后不会哭了。”温文淡淡地说，成熟男人的承诺多平缓朴实。

韩娜一暖，她抬头看着这个认识不久，却愿意给她婚姻的男子，突然感到莫名的踏实。

伴侣，有时比爱人更珍贵。

爱人透支完你所有的感情，给你心悸不已的前因，却常常得到泪流不止的后果；而伴侣是绝望人生的止痛剂，结束我们在人山人海里的流浪，给我们拥抱的温度，有勇气接管我们的一生。

在这个转个身就能爱的年代，真正难等到的，却是能为你停下、牵着你走的伴侣。

这样的道理，韩娜怎会不明白，因为看清，所以刹那间韩娜便豁然开朗。

阆苑老街，韩奶奶坐在院里柿子树下，用搅拌机做辣椒酱，温文端了小凳坐她旁边，帮她递辣椒，和韩奶奶聊着家常，温文风趣的谈吐，逗得韩奶奶时不时发出爽朗的笑声。

“小温，你简直太有意思了，呵呵，眼泪水都给我笑出来了。”韩奶奶边说边用围兜揩着眼角。

初夏的阳光，明媚却不伤人，韩娜懒洋洋依在门楣，含着笑看奶奶坐在院里剁着辣椒，空气中有丝丝的辣香，每年新鲜的红辣椒上市，奶奶总是坐在柿子树下做辣椒酱，那时，是韩娜帮她打下手，如今温文代替了她，这样的场景很温馨。

“你们什么时候办，要抓紧，我好带孙子。”

“快了，韩娜说定在五月，我们想在城里办完以后，再回老街风光大办一次，到时候你当我们的证婚人。”温文的话很对韩奶奶的胃口。

果不然，韩奶奶不住地点头：“好，好，其实风光不风光，都是表面上的功夫，只要你们两个好就行。”

韩娜笑笑，将茶水递给奶奶，说道：“奶奶，你这句话说得有水平。”

韩奶奶得意地噜噜嘴，冷不防看见韩娜中指上那颗熠熠闪光的钻戒，奶奶抓过韩娜的手细看，两眼放光：“哟，这戒指真漂亮，钻石的吧？贵不贵？”

“不贵，奶奶，这是假的，我买来骗韩娜的，你要是喜欢，改天我给你买个真的。”

见温文和奶奶乱开玩笑，韩娜故作生气地擂了他一拳。

奶奶很奇怪地叹口气，说：“钻石真不真的，倒无所谓稀罕，只是你千万别骗韩娜。”

韩娜和温文一怔，不知韩奶奶这话从何说起。

韩奶奶顿了顿，接着又说：“韩娜从小好强，志向就高，但运气不好；我们不是什么权贵人家，这些年她在外面闯，全靠自己的本事，吃了不少苦头，可这丫头从来都是报喜不报忧，一个女孩子家在外面挺不容易的，现在她嫁给你当媳妇儿，她有不对的地方，你给我说，我训她，只是千万要对她好，别骗她，女人的心伤不得。”

韩娜断断没想到平时粗枝大叶的奶奶，竟有如此细腻的一面，打韩娜记事起，奶奶便是家里的霸主，平时对她老吼着、吵着，年少的时候，韩娜总是沮丧地觉得自己是家里最不得宠的，想不到，原来老一辈的感情总是藏着捂着，不到时候，你察觉不到他们对你的保护。

想到这里，韩娜心一酸。

“奶奶，你什么时候跟人学的煽情了。”她撒娇地埋怨道，却红了眼圈。

❸

和文天明和好如初的速度比馨薇所设想的还快。

两人如胶似漆，已然从未分开过。

他们贪婪地彼此索取，像要一下子填补分离这六年的时间沟壑；同时却又像对待小偷般小心翼翼提防着对方，馨薇和文天明从一开始就在较劲，她要得到文太太的名分，要得到文天明身边所有人的尊重；而文天明也在较量，把一头不安分的母狮子驯服成一只听话、温顺的小绵羊，该是多么具有挑战性。

而六年前，两人谁也没赢，分开六年中场休息后，两人重新铆上，各自为着各自的目的。这种凌驾于肉欲上的情商对弈，比男女单纯的活塞运动有趣多了。

新的游戏，比以前更充满挑战性。

文天明在加拿大早已结婚，虽然两夫妻聚少离多，感情也不见得深，但馨薇要扳倒这位华商名流出身、深受文家父母喜爱、贤淑大方的文太太，实属不易。

而已是成功人士的馨薇，比六年前更具城府，更沉得住气，文天明的金钱攻势对她已不起作用，何况还有顾城这条退路，若是与文天明的婚姻无望，馨薇自会审时度势，及早回头。所以文天明想要馨薇乖乖做他幕后情人，也非易事。

两人就这样短暂僵持着，但馨薇知道，这样的不明不白不会太久。

绿水尚城在没拿到五证的情况下，轰轰烈烈地开展起市场造势来。

文天明并不担心，虽然父母早已下位，但是百足之虫，死而不僵，家里的裙带关系还是很有势力的，在加拿大打拼的这几年，文天明很是欣赏老外的想做就做，只可惜的是，这种浪漫的冒险精神放在商场里是很不明智的。

文天明有个得力助手，叫陆胜宇，早年在深圳、珠海一带经营房地产，钱是赚了不少，但他天生就有着赌徒的灵魂，这点上同文天明很像，老老实实的传统生意已经满足不了他的胃口，拿着不菲的身家去炒汇率，几番潮起潮落，辛苦多年打拼又回到原点。但文天明很欣赏他，高薪请他来做CEO。

馨薇隐隐觉得不安，陆胜宇这个人表面对文天明俯首称臣，实则老奸巨猾。馨薇旁敲侧击提醒过好几次，让文天明不要把权力下放太多，文天明都是笑笑而过。在心中，他始终有种凌驾馨薇的优越感，他怎会承认看人上会输给馨薇呢？

两人的纷争，终于在一天晚上如火山爆发。

晚上文天明请规划局以及相关人员在市里最高档的酒楼吃饭，也叫上了馨薇。饭局上都是关于项目开发的关键人物，饭局相当于是投石问路，大家先熟络熟络感情，这顿饭只要主宾皆欢，剩下来该打理该疏通的工作就好做多了。

馨薇穿了件白色的低领长裙，酥胸半露，很是风姿绰越，席间上，一位梳着大背头，头发油滑得可以滴下水的老领导很没眼力见儿，没察觉馨薇和文天明的微妙关系，频频向着馨薇敬酒，献殷勤。馨薇心里恶心得要死，但想着是文天明请的重要客人，不便发作，只得冷淡地敷衍着。酒过三巡，趁着酒劲，老领导得寸进尺，竟然在敬酒的时候，跑到馨薇面前，搂着她光滑的背，胡言乱语。

文天明看着自己的女人被这样调戏，娇宠惯了的他哪里受得下这样的气，加上喝了点酒，席间立马翻了脸，毫无征兆地上前给了为老不尊的㞞货一个大大的耳光，老领导被扇得趴在地上。

文天明操起了北京人豪爽的京骂，嘴上把老领导祖宗十八辈上上下下都强奸了个遍。老领导哪里受过这样的奇耻大辱，恨恨地指着文天明，仓皇而逃。剩下的人见机不妙，都借机走了，最后只剩下文天明、馨薇和陆胜宇。

馨薇心里说不出的复杂，这是第一次看到文天明为她失态，小女人的虚荣心得到充分的满足，其实人类进化这么多年，骨子里的动物习性根深蒂固，雌性就爱看荷尔蒙发达的雄性为她们争得你死我活、头破血流才有成就感。

但另一方面，馨薇有些内疚，虽然不管她的事，但毕竟纷争是因为她挑起来的，现在项目正在关键时刻，偏偏文天明打的人又是关键人物，想着这顿饭局的善后工作，馨薇头都大了，不好听的话忍不住脱口而出。

“你太冲动了。”馨薇说。

“滚！骚货！”文天明指着馨薇，眼里冒出火来。

馨薇一愣，文天明翻脸比翻书还快。她不明白文天明的怒火怎么会烧到她跟前，瞬间，那耳光像是扇在她脸上一样，馨薇二话不说，摔门而去。

4

馨薇怒火匆匆地冲到酒店门口，来的时候，没开车是文天明来接的。正准备拦辆出租车回去，才发现盛怒离开，忘了到包厢里拿手机、钱包。

夜里，她只穿了条薄薄的裙子，站在冷风里，进出的客人不免打量着她。馨薇顿然觉得自己在犯贱。那一刻，积压多年来对文天明的怨恨像洪水般汹涌来袭，馨薇巴不得将他碎尸万段。可是，当文天明那辆黑色轿车停在她面前的时候，那股恨意就像被十级台风卷扫一般，烟消云散。

“上来！”文天明坐在车后排阴着脸招呼道。

馨薇抄着手，两眼极其冷漠地看着他，不吵、不闹、不动。

“上来！”文天明语气软了点。

馨薇依旧纹丝不动。

后排车门被打开，文天明伏着身子对司机说了句话，司机下了车，文天明走了过来。

“生气了？”

“我要回家。”馨薇极其平淡。

“没钱、没手机、你打算走回去？穿成这样，还想再让人误会？”文天明双手叉腰，像训下属样教训着馨薇。

我让人误会什么？馨薇正想反问，话还没说出来，就被文天明给一顿抢白。

“以后少在那帮老王八面前穿成这样我告诉你，不守妇道！”

“你管太宽了吧？别忘了，我们只是工作上的合作伙伴！”

“你跟每个工作伙伴都会合作到床上去?!”

“文天明，你他妈王八蛋!”

馨薇这一刻确实是架不住了，文天明每次都能轻而易举就跨越她的极限，让她频频失态。她甩开脚，大步朝前走着，文天明快步走过来，不容她反抗，就将她硬拽到车上。

“每次你倔的时候我就想揍你!”文天明瞪着眼睛，做了一个作势要打的动作。

“凭什么?”

“凭什么？凭老子是你第一个男人！谢馨薇，关公门前耍大刀，你那点小心思我看不出来？怎么的，看着我为你争风吃醋打人，心里得意是不是？我看你就特享受被人骚扰的感觉嘛。”

“别自己脑袋装的是屎，就怪这世界是个大厕所!”

“你别狡辩，我告诉你，聪明反被聪明误，讲得就是你这种高智商的笨蛋!”文天明指着馨薇鼻子开骂。

“我要不笨，会再上你这条贼船?!”馨薇索性也豁了出去。

文天明一愣。

“要这么说就没意思了。”

“没意思，那你干吗又缠上我？独在异乡寂寞了，想找个听话的小情人在你工作之余调剂调剂生活？对不起，文总，你找错人了!”

两人陷入僵局。

“我觉得有件事情我得事先说清楚，馨薇，我承认，你可能是我这辈子最爱、最在乎的女人，但有一样东西，我可以很确定地告诉你我是绝对不可能给你，以前是现在更是。”

文天明，玩人不带这样的。馨薇在心里默默地说。

❺

同韩娜刚确定订婚关系，温文便去上风上水的城南买了套200多平方米的大房，房产证上写着韩娜的名字。用温文的话说，这是作为男人的诚意。

温文知道韩家在阆苑是大家族，两人的订婚在韩娜老家摆了五十桌宴请亲戚朋友，订婚席比人正规婚席开得还要隆重。席间温文恭谦地敬酒谢菜，虽说小地方的一些老表亲戚说话上不得台面，但温文始终以小辈的身份认真听取，透着令人感动的真诚。为了拉近距离，他还不时说上几个不伤大雅的段子，令宾主皆欢。

韩奶奶在众人面前赚足面子，拉着温文的手，不断亲昵地叫着：乖孙……

众人的焦点都在温文身上，倒是韩娜像个局外人，这种被抢风头却令人暖心。韩家是个大家族，韩娜父母都是内敛低调，不会耍嘴皮子功夫的人，在家没有什么存在感，再加上虽韩娜十多岁就去大城市闯荡，但也混得马马虎虎，不足以成为家族炫耀的谈资。但现在因为温文而为父母脸上争光，被众人艳羡围捧的韩父，因为被劝酒多了喝得有点高了，平日谦卑惯了的脸上，不经意流露出扬眉吐气的踏实微笑。

看着温文如鱼得水的样子，韩娜恍如梦中，温文的出现绝对是意外，在她累了需要休息的时候，温文就恰好出现，一切完美得不真实。糊里糊涂在一起，又糊里糊涂地订婚。两人的关系都是温文在推动，韩娜被动接受，这有悖于她对感情的态度。

在温文之前，韩娜有过三段恋情，每段都是女追男，她从不认为女性主动就跌价，在幸福跟前，面子不重要。

可惜，每段都以惨败收场，铁脑袋的韩娜屡战屡败，屡败屡战，唯独温文是例外，他好似上天给的补偿，弥补韩娜这么多年来认真恋爱，却始终无法善终的遗憾。

虽然，对温文不见得就是爱。

“爱？等你们能相互扶持着过上大半辈子，那才有资格谈爱不爱。”这是那日订婚席结束后，韩妈妈告诫韩娜的肺腑之言，令韩娜为之深深震撼。

这世上所谓的良人，不过就是能陪你走一生的人。

遇着温文这么好的男人，简直是撞大运了，温文也全然挑不出一丝错，事业有成，温文尔雅，没有中年男人的油腻猥琐，私生活干干净净。最重要的是他尊重韩娜，全然不会因为经济上的优势而对韩娜颐指气使。

韩娜告诫自己要知足。

她渐渐脱离了以前的圈子，全情投入到装修、定婚宴、选蜜月旅行地。没有刻骨铭心的爱恨，温文就如一杯适宜的温开水般，温暖熨贴。很多时候，韩娜觉得两人就如老夫妻一般，往往不说什么，一个眼神动作就能明白对方的意图。

两人你侬我侬，朝着相扶一生的目标努力着，韩娜分外珍惜着这来之不易的幸福。

但婚姻，终究不是两个人的事。

虽说婚礼已经排上日程，但温文迟迟不带她见父母。一次，在两人亲热完，你侬我侬时，韩娜提出要拜见未来的公公婆婆。

“没这个必要。”温文轻描淡写地如同那是两位久不见的远房亲戚。

“难道我拿不出手？”

“多想了，结婚是两个人的事情，我觉得见不见父母没那么重要。我20出头就离开他们来这里打拼，这么多年大家的感情很淡漠，他们认不认可对我无所谓。”

“你意思是他们有可能不认可我？”韩娜开始较真了。

“跟你没关系，是我的原因，就算我娶总统的女儿，我妈也不会喜欢的！”温文愤愤的。

“为什么？”

“能不讨论这个问题吗？”温文直视着韩娜，眼里充满了不耐烦。

韩娜突然觉得眼前这个即将成为丈夫的男人对她还有所隐瞒。

❻

“喂，馨薇吗？”

“谁？”馨薇迷迷糊糊地瞄了眼床头柜上的时钟，8点一刻。

“我带着囡囡刚下火车。”姑妈电话那头的声音听起来疲惫不堪。

馨薇犹如被冷水一泼，睡意全无。

“你们在哪里？”

“东门火车站。”

该面对的时候总该要面对，馨薇这样想着，快速起来，连妆也没化，飞速地驱车来到了火车站。从囡囡被姑妈抱回老家抚养那年开始，馨薇就再也没见过孩子，每年姑妈会寄来照片。照片上的女孩，总觉得跟她没关系，尽管眉眼中依稀看到她小时的模样，但囡囡长得最像的还是文天明。她每次看到这孩子的照片，总觉得像在嘲笑自己曾经那段岁月。

当在出站口，看着瘦弱的姑妈一手牵着囡囡，一手提着行李箱，高傲地昂着头，姑妈明显老了，花白的头发在风中飞舞着；身边的囡囡白白胖胖，梳着齐齐的刘海，穿着干净整洁，目光惶惶地看着四处，偶尔一两声刺耳的喇叭声都能把她吓得像只可怜的小老鼠一般，囡囡紧紧地握着姑妈的手，目光无比期待地在人群中寻觅着。

馨薇的心房瞬间被某种东西“砰”地一下击中了，一股酥麻的暖流缓缓蔓延，从胸口到眼眶，最后汇成两行清泪坠落——这是她最至亲至爱的两个人。却被她故意忽略了多年。

将姑妈和囡囡在家安顿好，囡囡躺在馨薇的床上香甜地睡着了。

那眉目分明就是文天明的翻版，而倔强翘起的嘴唇则像极了馨薇小时候。馨薇凑在囡囡的脸蛋旁，孩童身上独有的甜香味，瞬间唤醒她做母亲的感觉。

她忍不住亲了又亲囡囡的小嘴唇，睡梦中的囡囡呢喃了几句，伸出小手，紧紧拽住馨薇，这是孩子缺乏安全感的表现。

这么可爱的小人，却得不到父母的宠溺。馨薇既内疚又心疼。

压抑了多年的母爱像决堤的洪水一样，倾泻而出。

那一刻，馨薇突然萌生出坚定的念头，一定要给囡囡一个有父母疼爱的家。

夜深了，姑妈和馨薇坐在床头，相对无言。

片刻尴尬的沉默过后，馨薇起身准备离开，被姑妈叫住，姑妈从随行带来的行李袋里拿出一套粉红色的小衣服递给馨薇，这是囡囡刚出生时穿的。馨薇脸贴在上面，绒绒的触感，依稀还有淡淡的婴儿乳香。

紧接着姑妈又拿出个铁皮饼干箱，里面放着囡囡从小到大的照片、小玩具，还有一小撮胎毛，以及用玻璃瓶装着的囡囡换下的第一颗乳牙。

那无声流走的几年时光，被姑妈精致地保存在这个小箱子里。

末了，姑妈叹口气，遗憾而又留恋地对馨薇说："我是想像拖你那样将囡囡带大，但我是看不到囡囡长大成人的那天咯。"

馨薇愕然，原来年初的时候，姑妈被检查出得了胆管癌。

原病灶正好在两个器官之间桥接的位置，无法切除。而姑妈的身体状况也不允许她进行放化疗，只得用保守疗法，说穿了就是等死。

听到这里，馨薇再也忍不住了。站起身来，躲到卫生间里扎扎实实哭了一场。

那一刻她突然有种很不好的预感，这辈子她最亲最需要依靠的人，最终都要一一离她而去。

7

姑妈和囡囡的突然出现，令馨薇第一次有了想好好安定下来的冲动。

顾城显现出成熟男人的担当和责任，这点馨薇承认是文天明远不及顾城的。

姑妈虽已病入膏亡，但馨薇绝不放弃丝毫希望，带着姑妈在各大医院求诊，却是一次次的希望落空，馨薇几近心力交瘁，顾城拿出了一家之主的风范，制止住了馨薇这种盲目的求医心态。

“人总要走的，与其痛苦地离开，不如开心地享受剩下的时光，姑妈年事已高，不要再折磨她了。”顾城劝慰馨薇。

同时，顾城雷厉风行地在青山绿水的郊区租了栋别墅，将酒吧的生意交给手下打理，做着长住的打算，把姑妈、馨薇和囡囡一同接去了别墅。

顾城的厨艺谈不上好，但胜在诚意，每日按照养生食谱上的菜单，给姑妈烹制各类药膳调补身体，然后变着花样给囡囡做甜点美食。

关于囡囡的身份，顾城从来不深究，尽管囡囡叫馨薇“姨”，但从馨薇看小丫头宠溺的眼神，以及那张几乎同馨薇翻版的上翘着的倔强的嘴唇，顾城怎会不懂。

“爱屋及乌”，包含着深刻的无奈与辛酸。

兴许是豁出去的缘故，姑妈的身体反而一天比一天好，病灶区的疼痛也不像刚来那样频繁。一老一少，外加小两口，在郊外过着清心寡欲的生活，每日天明便起，吃完早餐后，四口人便出去爬山，回来的路上顺便在农家买点新鲜菜，到家后，全家挽袖齐齐上阵，囡囡和姑妈择菜，馨薇洗切，顾城下厨，一家子说说笑笑，一道道佳肴提炼出生活的甜，让人暂时忘了未来的生离与死别。

囡囡自小同姑妈长大，有着鲜于同龄孩子的敏感和乖巧，她总是小心翼翼地讨好顾城和馨薇，生怕这难得的被疼爱的机会因为自己的疏忽而转瞬即逝，这也是让顾城极度心痛的地方。

顾城常常牵着囡囡的小胖手，就像带着自家闺女一般，两人来到别墅后院的山坡上，顾城将囡囡采下的野花编成花环，给囡囡戴上；陪着她翻开长满青苔的石头，耐心地给囡囡讲解蚂蚁王国。

“你姨好比就是蚁后，统管着整个蚂蚁王国，我就是工蚁，生来就该你姨管着，你姨对我随叫随到，你呢，就是那蚁宝宝，我和你姨会一起陪着你长大。”

“那蚂蚁也是有爸爸妈妈的吗？”囡囡扬起头，微笑着的唇边露出两个浅浅的梨窝，那分明就是馨薇的微笑，顾城心里莫名一痛，看着囡囡期待的眼睛，忍不住在她胖嘟嘟的小脸上亲了一口，若这是他和馨薇的孩子该多好。

“你要愿意，我就是你爸爸。”顾城说。

若从旁人的眼里看来，这无疑是一对感情浓厚的父女。

馨薇端了杯茶，靠在窗户边，看着远处的顾城和囡囡，内心翻涌。

“做人要懂得见好就收。”姑妈走了过来，谆谆教诲。

馨薇淡淡一笑，她不是没想过。亏欠姑妈和孩子的几年时光，全部补偿在这几十天里，是顾城帮她偿上这笔账，她，怎能不心怀感恩。

手机却不偏不倚地在这个时候响起，馨薇瞥了眼来电显示，拿起电话走到外面去接。

“你在哪儿？”文天明质问着。

“有事吗？”馨薇不冷不热。

“气性够大的，还在生气？”文天明打趣道。

“没事我挂电话了。”

“家里出事儿了？”文天明突然电话那头软了下来。

馨薇不明白他这句何指。

文天明顿了顿：“我听你们公司人说你亲戚病了，你带着到处看病。怎么不告诉我声，难道我的肩膀还不够你靠！”

听到文天明的话，馨薇苦笑。

“从小把我带到大的姑妈刚检查出来，胆管癌晚期。”馨薇故作平静想语气平淡点，但说到后面却起了哭腔，在顾城面前她永远是大女人，而在文天明的气场面前，不由自主就会变成小女孩。

女人，在自己真爱的男人面前，只有一种姿态——小鸟依人。

文天明的语气竟是少有的温柔：“我有位朋友，正好是肿瘤科方面的专家，他很有名治好过不少人，现在在加拿大，我帮你安排下，带你姑妈去加拿大看看。”

“不用了，她年纪大了，不想折腾。”

电话那头迟疑了两秒钟，便传来文天明不容拒绝的口气：“我让那朋友直接飞过来，他的实验室和这里一家三甲医院正好有合作，就这样定了！”

馨薇拿着手机，不置可否，但心里刚刚下的决心却又在一点点动摇。

“要我过来陪你吗？”文天明罕见的体贴与温柔。

“不用，我还有事，就这样。”馨薇逃也似的将电话挂掉。她怕再说下去，阵脚大乱。

❽

几番权衡下，姑妈同意去治疗。

在文天明的安排下，姑妈住上了市里最好医院的最好病房，文天明的好友也立马从加拿大飞了过来，认真检查后，建议姑妈去美国治疗，那里的肿瘤研究及治疗技术走在了全球前端。

馨薇心动了，但姑妈很抗拒，她怕离开故土后再回来就是一捧骨灰。

病房里，姑妈拉着馨薇和顾城的手，期待地看着他俩，又看了看乖巧倚在顾城身边的囡囡。

“如果你们三人能幸福在一起，我这场病也算生得圆满了。”姑妈慨然。

顾城从姑妈期待的口气中，证实了自己的猜测，囡囡果然是馨薇的孩子，但她的父亲是谁？想到这里，一种揪心的酸楚弥漫胸口，但馨薇是她深爱的女人，他不仅爱现在的她，也能包容过去的她。

顾城伸出手，牵着馨薇和囡囡：“姑妈，您放心，我和馨薇早就已经像家人，我也会把囡囡当自己女儿一样疼爱，好好照顾她们。馨薇就您一个亲人，我们结婚你还要当证婚人。”

听到顾城的话，馨薇不禁颤抖了下，说不出是感动还是措手不及。

“好，趁我精神还好，你们什么时候办？”姑妈急切地问。

顾城注视着馨薇，等待着她的答复。

“我们明天就去订酒席。”馨薇斩钉截铁，逼着自己做决定。

“顾城是个好人，跟他你不会吃亏。”姑妈哽咽道。

馨薇转头看了一眼顾城，眼神复杂。

顾城苦涩一笑，自己曾煞费苦心设计过无数次的浪漫求婚，却通通无果。未料在冰冷的医院病房里，连枚戒指都没有，馨薇竟主动提出结婚，这其中各种因素都占一定比重，就不知道有多少是因为爱。顾城很失落，原来，他在馨薇心中远没有以为的那么重要。

“我饿了”囡囡打断了三人各自的沉思。

顾城一听，忙牵着囡囡的手带她出去买吃的。

两人前脚刚走，文天明便带着慰问品来到病房。对于文天明的到来，馨薇有些意外，文天明是自我自负自大的人，姑妈和他素未谋面，对于无关紧要的人他从来不会浪费时间。

“姑妈，这是文总，这次住院就是他安排的。”馨薇一直努力克制自己，对文天明客套中透着距离。

而姑妈不知道他和馨薇的缘由，以为就是一普通热心的朋友，对文天明客气而感激。文天明向来直来直往，不会陪人聊家常，加上馨薇对他淡淡的，巴不得他快点离开，坐了不到十分钟，文天明也觉得有些尴尬，便起身告别。

临走前，文天明不甘地转过头，冲着馨薇说了句："以后再有事，别瞒我。你的事就是我的事。"

听到这话，姑妈一下敏感起来，馨薇模糊的态度，令姑妈突然想起当年那个抛弃馨薇的男人好像也跟眼前这个男人一样都姓文，刹那间，姑妈什么都明白了。毕竟馨薇是她一手带大的，她能感觉出来，馨薇跟这个男人还有丝丝线线的往来。

此刻，姑妈最想是这个男人立马离开，顾城带着囡囡出去买东西，指不定快回来了，两个男人撞上，难堪的是馨薇。而且，出于母性本能，她不想让文天明看到囡囡。

不过，已经晚了，病房外传来囡囡嘻嘻哈哈的声音，这个小人拿着个汉堡包兴奋地跑进来：姨婆，吃汉堡！

胖乎乎的囡囡闯进来，看见陌生的文天明愣了下，立马露出甜甜的微笑：叔叔好。

那张微微带笑的小脸，分明是馨薇的模子。

文天明像过电般，脑子一片空白，瞬间木在那里。

馨薇闪过一丝慌乱："我侄女，表妹的孩子。"

文天明笑着问囡囡："小美女，几岁啦？"

囡囡："快六岁了。"

说罢，她便跑到姨婆身边，乖巧地把包装纸打开，将汉堡递到姨婆的嘴边，非要姨婆吃下第一口自己才吃。

文天明当下愣住，目不转睛地看着囡囡，顾城走了进来，看到文天明。

正好文天明也察觉到，转过头，两个男人目光相接，彼此带着疑问。

馨薇赶紧互相介绍：“文总，我生意上的伙伴；顾城，我未婚夫。”

文天明瞥了眼馨薇，笑着对顾城点点头，然后吩咐馨薇：“我先走了，有事就找我！”

顾城礼貌地送客，两男人客气地周旋着。

临出门前，文天明悄悄又回头，瞥了眼囡囡。

那轮廓、那嘴型、那眼神，一股暖流竟然涌上他的心田。

第9章 未完成的婚礼进行曲（上）

XING FU PI WAI SHANG

❶

韩娜和温文在装修公司为了装房子的事忙得不亦乐乎，温文接了个电话，走到一边，唧唧喁喁半天才回来，脸色有些不悦。

“我爸妈要飞过来，他们已经在机场，正准备登机。”

韩娜有点蒙，虽说丑媳妇见公婆，但好歹给点准备时间吧？这事先不打一声招呼，说来就来，有点没把她当回事。

“飞过来2个多小时，现在正是堵车高峰期，保险起见，只有改天跟设计师定方案，我们现在出发去机场。”尽管不悦，但韩娜立马推掉手上的事情，以示对未来公婆的重视。

“先去趟商场吧。”温文瞥了眼韩娜说道。

“买礼物？”

"换身衣服。"

韩娜低头看了眼自己的穿着：白衬衫、牛仔长裙，虽不是盛装，但面见公婆绰绰有余，韩娜有些不快，至于吗？但现在不是发脾气的时候，这点她还是拎得清的，韩娜乖乖地照着温文的意思，选了一身价格死贵，完全不是她风格的名媛风套装，末了温文还在同品牌的店里给她配了个包。

这一身下来花费不菲，虽是温文的钱，韩娜还是有点心痛。

"你妈要知道我这么能糟蹋钱，不怕她反对你娶我？"韩娜笑谈。

谁料，刚刚还笑容满面的温文竟然马上冷下脸，压抑着愤愤的情绪，像是赌气般，一字一句从牙缝里蹦出来："我认定的人，他们反对也没用，又不是十五年前。"

这是温文第一次如此严肃的表情，也是他第一次谈及过往，十五年前发生过什么，韩娜虽有疑问，但克制住，两性关系中，背负对方的秘密越多，就越难以快乐。

女人之间的心思向来缜密，忌妒心重，害怕冷落，这就造成了婆媳问题永远是困扰现代妇女的一道难题。

但韩娜觉得自己应该是例外，她大大咧咧，不喜打小算盘，打同温文订婚开始，她就预备做个低眉顺眼的小媳妇，这样卑微的姿态，应该不会招惹婆婆的反感。

信心在握的韩娜在机场第一次与准婆婆见面，温母比想象中年轻多了，皮肤白皙，留利落的短发，穿着质地优良的套装，温父虽头发花白，但也精神抖擞，老两口笑眯眯的，一看就是长年过着优渥舒心的日子。

温文领着韩娜走上前去，接过父母的行李，介绍道韩娜。

“妈，这是韩娜。”

“伯母好。”韩娜落落大方地招呼着。

温母与韩娜对视的第一眼，就像过电般定住，怔怔地盯着韩娜，眼神中竟闪过一丝慌乱，氛围瞬间凝结住，韩娜惊诧的眼神往向温文。

“妈，这是韩娜。”温文见母亲失态，提醒着。

温母回过神来，点了点头，目光却看向别处，连个笑容都没给韩娜，逃也似的挽着温父的手大步走在前面，韩娜顿时有种刚粉墨登场，就被人一脚踢下台的屈辱感，问题最重要的是竟然不知哪里得罪了准婆婆，连申辩的机会都没有。

温文揽过韩娜，嘴角却扬起得胜的微笑，凑在韩娜耳边低语：“我妈是这样的，别理她。”

回到家，温母对韩娜也是一副避之大吉的态度，根本不搭理她。韩娜光火，跑到厨房借做菜发泄，温文跑进来，又内疚又气愤：“对不起，我不会再让你受半点气！”

听到这话，韩娜眼泪顿时流了出来，受委屈不要紧，最重要是有人明白。

温文果然说到做到。

韩娜忍着气，张罗了一大桌菜肴，温父吃得很开心，不由得赞声连连，温母绷着脸，白了丈夫几眼：“吃饭就吃饭，话那么多小心哽到！”

温父立马就噤了声，闷着头刨饭，家里的地位尊卑高低立见。

饭桌上，温文不断给韩娜夹着菜，有点挑衅的成分，韩娜像个小家媳妇一样唯唯诺诺，生怕温母生气，赶紧给温母布菜。

韩娜夹过的菜，温母并不动，她干脆放下筷子，仔仔细细地打量着韩娜，韩娜被看得心里发毛。

“你们是怎样认识的？”温母问。

“我……”

“我对她一见钟情，然后开始追求的韩娜。”温文斩钉截铁地回答，让韩娜底气十足。

韩娜有些甜蜜又有点尴尬，低下头拨弄着碗里的菜。

“我看你是对她这张脸一见钟情吧！”温母挑衅地反驳。

韩娜一愣，温母好似话里有话。

“妈，韩娜这辈子我是认定了，你们同意也罢反对也罢，我不是小孩子，不会因为你们的一句两句就痛失幸福，你们来做客，我欢迎，但来找不痛快，对不起，我不会让任何人插手我的感情生活！”

温文扔下筷子，面红耳赤地瞪着温母。

韩娜愣住了，认识温文这么久，第一次看见他发火，却是为她。一股暖流浸润心田，从来没有人这样维护过她，突然间，她对温文有种无比的笃定。

但温文的这席话也无意透露出他曾经的一段感情，父母也是染指过的，而且闹得极不愉快。不过这也能理解，温文三十过半，感情生活必然不可能是空白，两人在一起，对方曾经做过什么不重要，重要的是以后。

饭没吃完，温父就无奈地跟着怒气冲冲的温母搬到酒店去住，韩娜是传统家庭教育出来的孩子，深信得不到父母祝福的婚姻不会幸福的真理，希望温文在母亲消气后把她接回来。但是温文拒绝了。

"如果我不坚决点，我们不可能走到一起！"温文强硬地说。

❷

韩奶奶带着韩娜老家里一众七大姑八大姨，浩浩荡荡杀进市区。虽然韩娜只是孙女，在重男轻女的老家存在感不强，但妻凭夫贵，老家人相当认可温文，自然婚事不愿马虎。韩奶奶这次来的主要目的就是同温文父母碰面，共同商谈结婚事宜，务必风风光光地将韩娜嫁出去。

接到老爸的电话，韩娜几近崩溃，怎敢让自负的奶奶知道自己不被认可。

关键时刻，温文挺身而出，先是在一家五星级酒店安顿好韩家老老少少，然后马不停蹄地跑到父母下榻的酒店，整整耗了一个通宵，不知用了什么办法，总之，温母竟然答应同韩家的亲戚见面。

满脸倦容的温文兴高采烈地回家将好消息带给韩娜，韩娜竟然像个小孩子一样又笑又哭。她的爱情一路荆棘，终于在不远处看到幸福的终点，怎能不令她心生感慨。

温文激动地将韩娜紧紧搂进怀里，深深地吻着她，韩娜也热烈地回应着，情之所至，温文顾不得一夜未眠，将韩娜抱进了卧室，两人从未如此灵肉契合地交融着，在到达高点的那一刻，韩娜清晰地觉察出，自己已渐渐对温文产生依恋。

关于双方碰面的地点也因为人多嘴杂，大家商量半天没有下文，还是温文拿主意就在韩奶奶住的酒店订的自助餐，一来众口难调，自助餐大家各取所需；二来选择在韩奶奶住的酒店吃饭，多少算是温家父母亲自上门拜访，显得男方对女方的尊重。

温文这样安排，受到韩家老少一致的好评。

临到见面那天，韩奶奶洗了头和澡，并押着前来的叔叔婶婶们在平价超市里，各自上上下下拾掇了身新衣服，一行十来人花花绿绿地来到餐厅。

韩奶奶没见过大世面，连省城都很少来，当她率众人走进富丽堂皇的餐厅时，心里有点发怵，但一帮小辈在旁，韩奶奶是绝不会透露出丝毫的怯场，只得用虚张声势来掩饰心虚。

她根本不顾服务员投来的白眼，指挥着众人端椅子抬桌子的，硬生生拼了张可以容纳二十人就座的大餐桌，横亘在餐台旁边。

“这样取菜方便，有热菜来了可以先挑！”韩奶奶为她利己的生活智慧颇感得意。韩娜妈有点无语地看着丈夫，韩父无奈地笑了笑，虽然他们才是当事人，但有高堂坐镇，愚孝的韩父选择迁就老人。

当韩娜挽着温文的手，看到家里人在餐厅里的“壮举”时，脸唰地一下就红了。

大餐桌上密密麻麻摆满了盘子，上面堆叠着各类食物，韩奶奶还站在取餐台前，把食物源源不断地往桌上送。韩娜用余光扫到服务员抄着手站在一旁，敢怒不敢言地狠狠盯着这桌人。

“你们以为是在乡下吃坝坝宴吗?!”韩娜气呼呼地扔下一句话。

众人一下怔住，温文拉了拉韩娜，韩娜不敢吼奶奶，只得把气撒父母身上。

“虽然是自助的，但能不能吃完再拿？人家怎么看你们！”韩娜急得眼睛都红了，这场面要是温文父母看见了该作何感想。

韩娜父母面面相觑。

“管他怎么看，给那么多钱该我吃！自助餐，就是想吃啥吃啥，我喜欢摆一桌怎的？我胃口好还犯法了？”

韩奶奶端着盘子走了过来，呛了韩娜一通。韩娜无比憋屈。

“奶奶爱怎样就怎样，能吃就是福！”温文大方地搂了搂韩娜，毫不介意。

“不是温文讨人喜欢，我会费这么大力跑过来操心你的婚事？”韩奶奶毫不给孙女面子。

说罢，韩奶奶直接用手捏起一块烤肉送到温文嘴边。

“这个好吃，又甜又嫩！”

温文毫不犹豫地乖乖吃了下去，得意地朝韩娜眨了眨眼，韩娜宽慰地笑了，但笑容刚刚绽放，便立马凝冻在嘴边，一回头温文父母表情严肃地站在身后，惊诧地看着这一大家子。

❸

“阿姨，叔叔。”韩娜小家媳妇唯唯诺诺的样子。

韩娜父母看到气宇轩昂的亲家，愣了下正准备打招呼，韩奶奶先咋呼了起来。

“哟，是亲家，快坐快坐！”韩奶奶嘬了下手指上的油，伸出手，要想握手。

“这是韩娜奶奶。”温文介绍道。

温母皱着眉头，故意装作没看见，韩奶奶很自然地将手送到了温父面前，温父对着这个大嗓门的老人哭笑不得。

韩娜父母赶紧站起来，两家人被温文介绍，温母一言难尽地瞥了眼座位上七七八八的韩家亲戚，温文正要介绍，就被打断了。

“选了个什么地方，乱七八糟的。”温母的眉头自打进餐厅后，就没舒展开过。

韩娜脸唰就红了，温文故意搂着韩娜，挑衅地说：“我觉得挺好，韩娜家热热闹闹挺有人情味的。”

温母拉下脸来，走到旁边一张桌上坐下，不打算跟一大家人合坐，众人惊诧地看着她。温父见状，也有些不好意思，忙转圜邀请韩娜父母到一旁单独坐着，人少点好商量。韩家亲戚见温母的态度，也明白了这婚多少有点上赶着的意味，便也兴致索然，各自埋着头吃起来。

再温吞的韩娜也窜起一团火，想一走了之，但家里人为着自己的婚事，千里迢迢赶来，这一走会让父母更加难堪，韩娜强吞下这口恶气，同温母相对而坐，冷冷地看着她，心想我看你还要怎样？

果真，温母没有让她失望。

温文策划的婚礼，隆重大气，透着十二分的诚意，韩娜父母欣慰之外，为着小两口着想，建议不必要的排场能简则简，细水才能长流，婚礼的豪华与幸福没有关系。韩娜父母朴实的话，反倒是令温文父母有点意外。

“婚礼怎么办无所谓，只要领证前把协议签了就行。”温母瞥了眼温文，说道。

“什么协议？”韩娜转过头看着温文。

“婚前财产公证。”温母说罢，从兜里拿出一份文件，放在韩娜面前。

原来温母答应见韩娜父母的条件就是，婚前必须要让韩娜签订财产公证协议。关于温文的家底，韩娜是不清楚的，以为就是普通小老板，有点闲钱但不多，她对此并不关心。但实际上，温文开了家小公司是不错，但温家在当地却是有头有脸的人家，温父年岁大了，打算把家业拿给儿子打理，这份协议签订意味着如果韩娜同温文离婚，只能得到温文为结婚购买的那套 200 平方米房子一半的产权，温文的其他财物以及温家的产业跟她没半点关系。

韩娜被这纸协议给气笑了，她没料到阴差阳错地还找了个富二代，但温家的不信任和不祝福，包括温文对协议默认的态度，深深令她感到心寒。韩娜失望地看着温文：“我有工作能自食其力，就算结了婚我也不靠谁养。如果婚姻走不到头，我怎样嫁给你，就怎样离开。我们家虽然是小地方的，祖上三代都是普通老百姓，没过过大富大贵的生活，但我们不缺，你们觉得多了不起的东西，在我眼里根本就不是事！”

温家人被韩娜不卑不亢的一席话镇住，温母没料到她竟还有如此底气。

温文拿起那张协议一把撕了，扔到温母面前。

一旁沉默着的韩父突然站起来，从兜里掏出张银行卡，颤抖着放在温文的面前。

“卡里有 40 万元，本来想结婚那天给她，现在你们拿去筹办婚礼。”

温文不解地看着韩父。

“嫁妆！”韩父仰着脖子骄傲地说。

温文执意不要，要退给韩父。

韩父：“这钱是打韩娜生下来就开始存的，就是想等她过门以后能在婆家理直气壮一点！”

温文正要解释，被韩父不客气地打断：“小温，我们把韩娜嫁给你，从来不是因为你有钱，就是图你重视她对她好。这协议对韩娜对你都是种羞辱！要是跟我女儿结婚没信心，就不要走这个过场！”韩父不紧不慢说完，拉着妻子转身离开。

韩娜看着桌上的卡，眼泪滚落，父亲收入不高，40 万元对于家里来说不是小数目，可想而知要存这么多钱得要多克扣自己。为了给女儿撑面子，也许将养老钱也搭了进去。原来，相比较虚无缥缈的爱情，亲情要纯粹得多，爱情往往夹杂着对回报的期待，而亲情简单到就是一味地付出。

“我爸说得对，何必走这个过场？”说罢，韩娜起身拿起桌上的卡，不顾温文的挽留，朝父亲追去。

温文冷冷地看着温母。

出奇平静的韩奶奶终于开腔了：“温文妈，你们是商人，做买卖可以算计，但把这股精明劲放儿女身上就太蠢了，没哪个父母愿意自己的孩子婚姻不幸，签啥鬼协议，咒自己孩子离婚？你们家有钱不用提防我们，我们家在阆苑还是大家族，温文比韩娜大9岁，把韩娜嫁给你们温文，我还嫌亏大了！”

说罢，韩娜奶奶大手一挥，像个领袖般领着一大群后辈趾高气扬地走了。

剩温文和父母尴尬地相对而坐。

“我以前对你妥协过一次，结果煎熬了这么多年，但这次我绝不会再让你插手我的事，这婚我结定了，你们来不来无所谓。”

听到儿子决绝的话，温母眼角闪过一丝亮光。

“不管你承不承认，当初我那样做是对的！你要是跟那个女人在一起，绝对后悔！”

听到这话，温文烦躁地推开面前的桌子，站起来就要走。

“你确定你爱的是韩娜？”温母质问。

一句话像把刀子般插在温文的心口，他顿时愣住，没有回答。

❹

一缕阳光从厚重的天鹅绒窗帘从偷射进房间，照射在床上两具赤裸交缠着的胴体上。

跟 TONY 的偷情，莎莎已经到了毫不掩饰的地步，好似吸毒一样已然上瘾。她不清楚是因为情还是欲，如果对 TONY 没有感情的话，她不会跟他发生关系；但说到感情，两人每次在一起除了在床上活动外，并无其他情感上的交流。

莎莎翻了个身，昨晚的酣战令她全身酸痛。刚一动，TONY就醒了，一把又将莎莎压在身下，莎莎不禁笑着求饶，TONY假装不肯，两人在床上打打闹闹。

电话响了，莎莎不看也知道是陈至打来的，她借口陪闺蜜，已经三天没回过家。那个称为家的地方，她越来越厌恶，索性破罐子破摔。

莎莎挂掉电话，刚一起身，顿时觉得天旋地转，一阵眩晕过后，恶心的感觉上来，莎莎扶着墙走到厕所里一顿好吐。

“你不是怀孕了吧？”TONY倚在门边看着莎莎。

莎莎心里一惊，这个月亲戚确实晚了好几天。

“那最好，反正我一直想要个小公主！”莎莎开玩笑说。

TONY抄着手，一副你疯了的表情：“你不是一直在吃避孕药？”

看到他的反应，莎莎心都凉了一截，不过她对他本来就没有什么期待，所以也谈不上失望。

“你怕了？”莎莎淡淡地说。

“亲爱的，我是怕破坏你的家庭幸福。”TONY很真诚地说。

听到这里，莎莎内心泛起一丝苦涩，男人到最后都是靠不住的。

“孩子是我的，不要你负责！”

收拾妥当回到家，陈至早已出去上班，餐桌上摆放着冷了的豆浆油条。莎莎看到不禁又是一阵反胃，这是从未有过的症状，莎莎赶紧跑到洗手间从柜里拿出早孕试纸。

莎莎一直想要小孩，新婚最初的时候曾和陈至积极造人，各种排卵试纸、早孕试纸买了一大堆，但各种努力试过，莎莎的田里都未长出根苗来，久而久之，牛懒地荒。莎莎对怀孕不再抱希望，空剩一柜子的各种试纸。

陈至没完成的事情，让TONY帮他补上了，早孕试纸上显现出两道红杠。

曾经无比期待的结果虽然发生了，但心境早已不是当初的心境。

孩子不是陈至的，意味着要留下他（她）就只能和陈至分道扬镳。

其实，莎莎在看到第二道杠隐隐出现的同时，心里早已做好了打算。

“单亲妈妈？”韩娜惊呼道。

婚纱店里来来往往的客人不禁被韩娜的大嗓门吸引了注意力，正在试婚纱的馨薇白了眼大呼小叫的韩娜。原本顾城应该陪着一起来的，结果因为婚宴的酒店临时出了状况，顾城赶过去处理。

莎莎无所谓，怀里抱着胖胖的囡囡，正在给她剥水果吃。母性大发的莎莎，看着怀里的小人，眼里充满了宠溺。

“你疯了？”韩娜压低声音质问莎莎。

“我想通了，男人都是靠不住的，只有孩子才是自己的。”莎莎说。

“你如果和陈至离婚，能拿多少？你拿什么养孩子？以后你怎么跟孩子解释爸爸的事情？”还是馨薇能看到问题的实质。

“我有点积蓄，加上一些首饰钟表什么的。就算净身出户，撑个十年八年没有问题，孩子上幼儿园我就出去工作，以后的事，也只有走一步看一步。”莎莎说完，看了眼囡囡。

“你不也是这样过来的吗？”莎莎看着馨薇说。

正戴着耳环的馨薇，脸色一下变得难看起来。莎莎意识到自己说错话了，尴尬地笑笑。在她怀里的囡囡突然朝楼下大门跑去，囡囡眼尖，在楼上就发现楼下大厅里顾城的身影。

看到囡囡跑开，韩娜才敢问：“顾城知道囡囡的身世啦？”

“他没问，我也没说。”

“其实，我们三个里面，馨薇才是最厉害的，有自己的事业，孩子也这么乖巧可爱，最重要是嫁了个把你当成宝的好男人。”莎莎感叹道。

试衣间里，整理着衣装的馨薇，看着镜子里明艳照人的自己，虽然身披婚纱，但眼角眉梢却隐隐写着不甘。

“如果不是为了姑妈，我是不会结婚的。”馨薇说。

“为什么？”莎莎几乎和韩娜同时问。

“顾城更像我的亲人，我们之间恩情大过感情。”馨薇的声音里毫无感情色彩。

而这时，牵着囡囡上楼，满脸幸福的顾城，一字不差地听到了馨薇的真实想法，其实，就算她不说，他也能感受到。那一刻，男人的尊严令他出奇地愤怒，一把甩开了囡囡的手，想转身一走了之。

“爸爸！”囡囡像感知到什么，突然喊道。

顾城一惊，不可思议地看着囡囡，囡囡眨巴着馨薇式的大眼睛，眼神如小鹿般楚楚可怜。

心莫名一软，他不由地又握紧孩子的手。

❺

接到温母的电话，韩娜有些意外，她希望能与韩娜单独谈谈。

虽心中千百个不愿意，韩娜还是赴约了。

这次温母明显客气了很多，无论她心里作何感情，至少在言语间，将韩娜放在了平等的位置上。

“小韩，我们都是温文最亲的人，有些事情相信你能理解，我希望他幸福。”

“我明白。”

“明白就好，坦白说，我不认为你们能走到老。”温母的语气很真诚。

韩娜心中鬼火起，刚刚一番客气，她以为是求和，原来还是曲线救国劝她放弃的。

“阿姨，不瞒你说，我在认识温文之前，谈过一场非常失败的恋爱，我的自信心备受打击。幸好遇上温文，是他帮我从低谷中走出来，跟他相处我觉得很舒服，我很珍惜来之不易的幸福，不管你认不认同我，我都会努力去维护经营我们这段感情。”

听完韩娜的话，温母冷笑了下，意味深长地看着韩娜：“感情的事情并不是单方努力就行。我不看好你们并不是因为你的原因，是温文他本身的问题。”

“他？”韩娜蒙了。

温母看着一无所知的韩娜，信心百倍地笑了：“果然如我所料，他没有跟你讲实话。”

韩娜的心顿时被提了起来，温母瞥见了她的不安，气定神闲地喝了口茶，然后缓缓道出温文的故事。

原来，沉稳儒雅、理智成熟的温文也有过一段奋不顾身，炽烈到失掉理智的情感挣扎。

那时，温文 17 岁，因为父母的工厂开到了另一个城市，于是转学到当地的一所私立学校，喜欢上了班上众男生心中的女神——戴晓蕾。晓蕾成绩优异，性格外向，又会跳芭蕾舞。

按说这样的女孩，一定出生环境优渥的家庭。但戴晓蕾的身世却令人大跌眼镜，她的父亲曾经是个商人，赚了不少钱，却因为染上毒瘾，家破人亡；妈妈虽然貌美气质佳，但私生活极其不检点，跟很多已婚男人牵扯不清，戴晓蕾上私立高中的钱，也是靠其中一位男人资助的。因为母亲的缘故，戴晓蕾的名声在学校也不大好。

青春期里敏感、好胜、自尊心超强的男孩们，一方面内心对戴晓蕾无比憧憬、爱恋；一方面表面上对她则是无比鄙夷、唾弃，好像能因此显示出自己品格的优异。这样矛盾的心理，导致戴晓蕾在学校一直独来独往，没有伙伴。直到温文的到来。

许是温文才到此地，对戴晓蕾的背景知之甚少，再加上年少的温文冲动、无畏，全然不顾周遭人惊诧的目光，和同桌戴晓蕾很快成为了朋友，两人关系亲密。很快风言风语四起，两人早恋的消息传到了温文父母那里，温母对戴晓蕾母亲的作为早有耳闻，单不说是早恋，就算是交友，温母也不希望自己的儿子同这样身世复杂的女孩走得太近。

而做父母的往往高估自己对孩子的控制力，特别是在青春期的孩子。过多的压制，不过使温文同戴晓蕾的恋情从地上转到地下，而且从高二一直连绵到大三。两人的暴露，是因为戴晓蕾的母亲身患重病，急需一大笔钱，而年老色衰，病色憔悴的戴母再也无法从曾经相好的手里拿到一分钱。温文为了帮助心爱的女人，从家里的保险箱里偷走了钱。

发现真相的温母，怒不可遏，已然预见到儿子会败在这样的女人手里，于是动用各种力量想方设法地拆散两人，甚至连恐吓、软禁、经济封锁等粗暴手段都用上了。温文和晓蕾反而如弹簧般，压迫越大反抗越大，温母的披荆斩棘，反而令两人的感情斗志弥坚。

痛定思痛的温母，不愧有商人的变通，硬的不行来软的。表面上大方地承认两人的关系，不再站在儿子的对立面，慢慢开始接纳戴晓蕾，让温文开始学着帮父亲打理生意，并出大价钱送戴晓蕾去美国贵族学校镀金，好让小两口以后接手家族产业。

涉世不深的温文以为母亲想通了，很感动，加倍认真地工作，为两人的未来而努力。其实，温母做的是长线，她一方面用公司烦冗的工作令儿子分身乏术；另一方面，重金把在美国读书的戴晓蕾包装成富家千金，给她打开另一扇窗。用温母的话说：这叫转移危机。

美国花花世界的撞击加上聚少离多的疏离，终于在戴晓蕾出去的第二年，她同班上的另一位家境优渥的男生好上了，被分手的温文赶到美国却已回天乏术。戴晓蕾已然习惯了灯红酒绿的生活，不愿再跟温文回国。

苦恋八年，伤筋动骨，换来的却是这样的结果。

温文消沉了段时间，开始放浪不羁的游戏人间。期间，温母也安排过不少门登户对，家世清白的好女孩给儿子相亲，最后都不了了之。

温文也不傻，随着年龄渐长，慢慢琢磨出当时母亲安排戴晓蕾出国留学的真实目的，在一次争吵中恨铁不成钢的温母坦承自己的确是想考验戴晓蕾，才把她送出国，而被女友和母亲的双重背叛，温文愤愤地远走他乡，选择到远离故土的地方重新开始。而这么多年，一直难以走出曾经的感情阴霾，直到遇上韩娜。

听完温母的讲述，得知即将成为丈夫的温文曾经这么轰轰烈烈地爱过，虽然心里很不舒服，但韩娜能理解，并感同身受，正因为彼此受过伤，所以特别珍惜当下。

“每个人都有过去，我不在乎过往，只管以后。”韩娜大气地说道。

“当听到他要结婚的消息时，我也以为他走出来了，但我在机场看到你的第一眼，我就知道他根本就没走出来。”

韩娜疑惑地看着温母。

温母同样也用一种复杂而冷冽的眼神打量着她，令人心慌。

“你跟戴晓蕾长得一模一样。”温母的话犹如平地惊雷。

❻

同陈至的离婚，完全超出莎莎的意料。

两人几乎一年没有夫妻生活，当莎莎破罐子破摔告诉陈至自己怀孕了，想把孩子生下来的时候，她以为陈至会狠狠甩她两耳光。谁料，陈至却是满脸愧疚地看着莎莎："对不起，骗了你这么久。"

莎莎一下愣住，这句话应该她说才对。

"婚前，我就发现自己有男性方面的隐疾，可能会影响今后的夫妻生活和生育，但那时我以为能治好，而且害怕你会因此离开我，所以没有对你如实相告。没想到，婚后，我的情况越来越糟糕，我知道你不好过，好几次想实话给你说，但都怕你接受不了……"

陈至的话令莎莎目瞪口呆，她一直怀疑陈至在外面有其他女人而冷落自己，包括令她耿耿于怀的，陈至在别处的居所，她以为是陈至用来金屋藏娇，却没曾料到，这是因为在面对心爱妻子的渴求自己却无能为力，男性尊严被摧毁得连渣都不剩后的避风港湾。

莎莎恨不得抽自己，她只管予取予求，却从未真正关心过丈夫，宁愿内心认定他不忠，也不要开诚布公地找陈至好好沟通。陈至除了在夫妻生活上满足不了自己，其他方面真的是个好丈夫，如果当时彼此勇敢地直面问题，也许不用走到如今这一步。

"你喜欢小孩，我没法给你，是我一直拖着不放你走，我太自私了……"

陈至说到这里时，已经泣不成声，言语中有内疚、有心痛还有对莎莎的不舍。

莎莎抱着陈至，心如刀绞，她给陈至戴了顶如此屈辱的帽子，但这个男人非但没有怪她一句，反而将所有的不是全揽在自己身上。命运弄人，如果陈至是个正常的男人，他们该有多幸福。

衡量一个男人的人品，往往只需看两点：一是与朋友合伙做生意理念不合要分道扬镳时；二是与爱人情缘已尽要各奔东西时。

好男人陈至在离婚上，没有亏待莎莎。房子、车子全部给了莎莎，而且还留给她一大笔钱，签离婚协议的时候，两人哭得泪眼婆娑，难分难舍。

给办证的工作人员万分惊诧，来办离婚证的夫妻，要不就是吵得面红耳赤，互相指责；要不就是彼此一副生无可恋的样子，更甚者还有大打出手的。唯独他们这对，彼此还怀有满满的情分。

“回去好好想清楚再来，这辈子能有缘成为夫妻多不容易，别来不来就离，以后后悔。”民政局的工作人员苦口婆心地劝道。

那一刻，陈至颇为感触，他放下了笔。用手紧紧握住莎莎。

“如果我不介意，你愿意让我同你一起把这个孩子抚养长大吗？”

莎莎的眼泪夺眶而出，感动到无以复加。

但短短犹豫过几秒后，莎莎坚定地在离婚协议书上签下名字。

陈至是个好人，她不能这样欺负他。

尽管内心不抱希望，但 TONY 的缩头缩脑却与陈至形成了鲜明对比。

从得知怀孕到离婚，TONY 再也没主动打来一个电话，唯一的联系是在微信上转发了条文章给莎莎，上面讲述了一位单亲母亲如何艰辛地抚养孩子。

莎莎转手立马将他拉黑了。

因为怀孕，不能再去健身，莎莎去会所储物柜打算拿回放在那里的衣服，结果刚走到门口，就看到 TONY 紧张兮兮地跑过来，将她拉到空无一人的 VIP 室。

“你不是说过不要我负责吗？这什么意思？”TONY 着急的脖上的青筋爆绽。

莎莎蒙圈地看着 TONY，不明白他在说什么。

“你跑到这里来干吗？”TONY 质问。

莎莎一愣，倒忘记了自己此行的目的，正待她要解释，却被 TONY 不客气地打断了：“我们在一起曾经的确很快乐，但你不要把游戏当真了，我没想到你居然真的离婚了，你傻不傻？还有，孩子是你想要的，别赖上我！”

“你翻脸比翻书还快，当健身教练可惜了。”

莎莎对他失望到极点，没有恨，只有鄙夷。

“我们公司严禁我们跟客户有感情纠葛，否则一律开除，我早就提醒过你，不要玩过火！你跑来找我，想过影响没有，要是被人知道我们的关系，我就别想在这里干了！”

TONY 紧张激动地差点捶地咆哮了。

莎莎气笑了，这个外表魁梧健壮的男人，内心像个娘们一样胆小怕事没有担当。

她抬起头，满脸不屑：“你哪来的自信，我赖你？你是哪根葱?！别忘了，我是你的客户，衣食父母，你就是这样对客户说话的？小心我投诉你，分分钟让你下课！”

TONY 愣在那里，莎莎皱着眉头一把拨开挡在面前的他，径直朝外走去，走到一半，她想了想，从包里掏出钱包，拿出一沓钞票，扔到 TONY 的脸上。

“这是我付给你的嫖资，两清了！”

扔钱的那刻虽然潇洒，但旋即而来则是心中无比的凄凉。

人生总是捡了芝麻丢了西瓜。

贪婪情欲，却失了相濡以沫的温情。

7

温母的话，令韩娜如鲠在喉，好几次都想找温文问个清楚，但当面对温文真诚的目光，韩娜觉得所有的猜疑与忌妒都是对两人感情的侮辱。

婚礼在即，韩娜和馨薇的婚期相近，两人商量，与其这样，还不如办个集体婚礼，两人情如姐妹，并且都不是这座城市的原住民，亲戚朋友都不多，韩娜反正是要回老家再办一次的，这里的婚礼只打算邀请熟近的好友。

顾城策划了个音乐派对婚礼，将婚礼现场放在郊区的一亩大草坪上，宾客们都以参加音乐节的行头出席婚礼，白天，顾城带着他的乐队现场演唱，客人们听歌喝酒吃烤肉，嗨到高潮。到了夜幕垂临，繁星点点时，才举行婚礼仪式。

就着月色星光，在蜡烛的映衬下，彼此山盟海誓，特别神圣庄严。

这点上，韩娜同顾城意见惊人地一致，两人都是极端的浪漫主义者。温文虽然觉得风头有点被抢，但拗不过韩娜的坚持。

而馨薇本身对婚礼就不上心，也无所谓。

想到能同一起经过大风大浪的好姐妹齐齐披上嫁衣，共同走向彼此幸福归宿的那一幕，韩娜就感动得要哭。

因为答应了韩娜婚后去南美洲一个月度蜜月，温文得提前将公司的工作安排好，所以每天都是忙到很晚才回家，一大早就出门，睡眠严重不足，严谨的他竟然将钱包落在屋里。温文着急忙慌地打电话吵醒正在熟睡的韩娜，让她帮忙送到公司去。

韩娜很少见到温文着急，而且还是为了个钱包，她接完电话，看着温文遗落在床头柜边的黑色钱包，拿在手里，这是个很普通的黑色皮质钱夹，边角都用得发旧，很多地方都脱皮了。从小小的用物可以看出，温文是个恋旧的人。

女人是个矛盾综合体，既喜欢挖掘秘密，又不能承担真相的重量。

韩娜拿着钱夹，明知不妥，还是打开了。

温文典型的处女座，钱卡插放的井井有条，韩娜把每张卡抽出来看看，然后又原样放回去，她自己都觉得无聊，正想合上钱夹，突然发现内包边缘露出一张照片的边角。韩娜好奇地抽出来。

竟然是张她的照片，照片上的韩娜清纯可爱，笑意盈盈，留着一头黑长直。

韩娜笑了，没想到温文竟然将她的照片偷藏在钱包的最里处，这种小心翼翼的宠溺令韩娜无比甜蜜。

但随即一回想，觉得不对劲，这张照片哪里照的，自己怎么一点印象都没有？

韩娜把照片拿出来仔仔细细一看，心顿时如坠冰窟。

这张照片上的人根本不是她！

照片上的女孩皮肤要更白皙点，眼睛要再大一点，笑起来有两个可爱的梨窝。若不仔细对比，乍一看，连韩娜自己都没分辨出来。毫无疑问，这个女孩就是戴晓蕾。

这一刻，韩娜才真正理解温母说的“你们长得一模一样”的含义。

韩娜跟她最像的就是笑起来的样子，以及一头披肩的黑长发。

没想到，这世界居然真的有两个毫无血缘却能长得很像的人。

韩娜突然想起，吴姐曾经说过，温文因为看上了公司照片墙上她的照片，而对她一见钟情，央求吴姐将她介绍给自己。所有的点一旦连成线，就变成了韩娜难以承受的真相。

她就是个替补品！

被欺骗的感觉油然而生，随之而来的则是愤怒。

韩娜到理发店一狠心将披肩长发剪成齐耳短发，然后染了个流行浮夸的颜色，看着镜子里那个跟自己曾经风格迥异的新面孔，韩娜有种报复的快感。

当剪着短发，穿着牛仔裤、体恤的“全新”的韩娜，出现在温文办公室里时，温文几乎没认出她来。

他怔怔看着韩娜，眼神有着说不出来的陌生感。

“为什么做这么难看的头发？”温文的语气中有怨气。

“我觉得很时尚，挺适合我的。”韩娜故意说得满不在乎。

“不好看，把头发染回来，我还是喜欢以前的你。”温文缓了缓语气。

“我想改变下形象，以后都这样了。”

“很蠢！一点都不像你！”温文压抑着怒气。

温文过于激动的反应，仿佛有无数刀子在她心上一道道划着，更加笃定地证实了她的猜想，剪发之前她还残存丝毫的侥幸，但现实却残忍得让人不忍直视。

“是一点都不像戴晓蕾吧!?”韩娜脱口而出。

这话一出，温文登时愣住。

他难以置信地看着韩娜，眼里有错愕，更多的是一种小心翼翼呵护的秘密，被人揭穿的羞辱感。

果然，戴晓蕾是他心里碰不得的禁区。

那一刻，韩娜觉得好不容易走近的两人又再次隔着千山万水。

第10章 未完成的婚礼进行曲（下）

XING FU PI WAI SHANG

❶

绿水尚城销售得火爆异常的时候，却遇到了巨大的危机。

文天明回国发展依附的关系是省上一位大领导，这位领导当年同文父在部队是出生入死的情谊。正是因为这位“大人物”的扶持，文天明才能在此地用低于市场的价格圈地，大肆进军房地产。依靠这要风得风、要雨得雨的强力靠山，原本绿水尚城的前景不可小觑。

但“大人物”却因贪贿问题被调查，中央是下了大决心反贪倡廉，并誓必挖掘出他身后盘根错节的关系网。城门失火殃及池鱼，跟“大人物”关系密切的文天明自然也脱不了干系，尽管文早已经加入枫叶国国籍，但因为连带关系，他在公司董事会的位置岌岌可危。

而绿水尚城的开发正如馨薇所担忧的那般，因为阵线铺排太长，前期投入资金过多，导致后续力量不够，原本文天明想通过绿水尚城一期的热卖来找银行融资，但因为“大人物”的落马，使绿水尚城成了敏感项目，各大银行都不愿冒风险。

后续资金的断链，导致只开发了四分之一的绿水尚城成了骑虎难下的局面，心急火燎的文天明也不得不低下头，觍着脸四处融资，无奈商场残酷且无往不利，文天明的大势已去，再加上他的敏感背景，大家都对他避之不及，更何况合作。

偏偏这个时候，陆胜宇倒戈，见势不对投靠了对手公司，他最擅长的就是利用媒体资源造势，从文氏出来后，以内幕者的身份，揭露文氏内部的违规操作以及绿水尚城在广告宣传方面的不实和夸大。报道一出，立马像个重磅炸弹一样，引起各大媒体共同关注。

文天明看到报纸、网络铺天盖地的报道，气得在偌大空旷的办公室里掀桌子，恨不得马上回到北京大院家里，拿起老爷子当年那把打鬼子的步枪，一枪毙了陆胜宇这个吃里爬外的混蛋。

正当文天明恼羞成怒失了风度的时候，秘书满脸难色的领着几位中年男子进来，访客出示了相关证件，客气有礼貌地请文天明配合调查一起案件。文天明理了理垂乱的发丝，给秘书交代了几句，趾高气扬地跟着访客离开了。

自此之后，文天明就无法联系，文氏集团闹得人心惶惶。

文天明被请走的这几天，馨薇表面不动声色，内里却心急如焚。

她绞尽脑汁把能够利用的门道都动用起来，用重金疏通人脉，妄图打听文天明的消息，谁料，黑灯瞎火地乱找一气，钱也砸了不少，文天明仍如石沉大海般音信全无。

夜晚，囡囡坐在灯下玩着玩具，馨薇看着囡囡，那侧面轮廓，活脱脱就如文天明的翻版。一种从未有过的惊恐不安向她袭来。曾经，文天明抛弃大腹便便的她，一声不吭跑到加拿大，她也没有这样怕过。

她不是个软弱的女人，但文天明是她的软肋，用再多盔甲武装也无济于事。

如果，文天明渡不过这道关口，她不敢往下想。

馨薇起身，走向囡囡，怔怔地看着她。

“姨，你怎么哭了？”囡囡边说边用小手帮馨薇擦去脸颊的眼泪。

馨薇心潮澎湃，将囡囡拥入怀中。

“囡囡，以后别叫我姨，叫我妈妈。”

“妈妈。”囡囡愣了两秒，露出幸福的微笑。小女孩一直盼望馨薇能是她的妈妈。

听到那声奶声奶气的妈妈，馨薇浑身一颤，抱着囡囡使劲亲了口。

“顾叔叔说等你们结了婚，以后他就是我爸爸。”

“他不是你爸爸，你爸爸他……”

“别把大人乱七八糟的事让小孩子掺和进来！”姑妈出来倒水，严厉制止住了馨薇。

“婚礼一办，你有了丈夫，孩子有了爸爸，这家就圆了。前尘往事的，就让它烂在肚子里，对孩子好，对你也好。”姑妈说。

馨薇不接话，她明白但不甘。

姑妈担忧地看着六神无主的馨薇：“女人这辈子其实很简单，有个真心疼你的伴儿，有个聪明健康的孩子，在你年轻气盛的时候不觉得这些有多好，但当你韶华已逝青春不再，你才能琢磨出平实的幸福对女人来说有多重要。在你手上的就牢牢握住，其他的，都是妄想，不该你的，到手了也是一场空。”

年少时常鄙视长者的小心翼翼，殊不知这是他们以大半辈子时间为代价总结的人生经验。我们唾弃甘于平淡，很容易将不自量力与勇于冒险混为一谈，但当我们向着错误的方向不顾一切横冲直撞，这种自杀式的牺牲唯一的价值就是感动了自己。

馨薇成也聪明，败也聪明。聪明的人容易自负，往往高估自我。

姑妈的话刚说完，馨薇就收到了文天明的短信：我想见你。

那一刻，她的心脏简直要从胸口里跳出来。

❷

夜色侵袭，城市灯火阑珊处，总有些人被这黑暗夜色衬托得更加寂寞。

绝色里，客人稀稀拉拉，最近新开了好几家异常火爆的酒吧，拉走了不少的客人。

顾城无所谓，他不算个纯粹的商人，对于钱财向来看得开。

更何况消费夜场的客人本就不专一，人来人往很正常。他早打算婚后，带着馨薇选个靠海的地方，开家客栈，闲时弹弹琴唱唱歌，提前退休，慢下来生活。

但他担忧，这是他追求的生活而非馨薇的。

角落里，韩娜躲在阴影处独自喝着酒。

手机显示 17 条温文的未接来电。

温文娶她只是因为她长着一张和前女友相似的脸，如果装作无所谓，穿上嫁衣当他的温太太，温文会继续像以前宠溺着她，而韩娜过着衣食无忧，稳定、富裕的生活，但要做一辈子的替代品。

但如果放弃，上哪儿去找像温文适合结婚的男人，以及如何面对老乡那一众对她婚姻期望颇高的家里人。若只在面包和自尊两者之间选择，韩娜倒还容易，但偏偏她对温文已经产生了情感上的依赖，她不舍得。

韩娜是优柔寡断的人，每次面临选择都十分艰难。

台上一阵忧郁、低回的旋律传来。

一个极富磁性嗓音的男子边弹着钢琴边低缓的唱着山形瑞秋的《be be your love》：

“if i could take you away
pretend i was queen
what would you say
would you think i'm unreal

cause everybody's got their way i should feel
everybody's talking how i can't be your love
but i want to be your love
want to be your love for real
everybody's talking how i can't be your love
but i want to be your love
want to be your love for real…"

这首情歌被唱得字字深情，歌词仿佛就是韩娜的情感写照，她不禁转头望向台上。

顾城半眯着眼，边弹边唱，沉浸在他的世界里。

一束光从他的头顶打下来，偌大的舞台上他的身影掩映在阴影之中。

那刻，韩娜觉得顾城同她一样内心也是同样寂寞困惑的。

试婚纱那天在韩娜的追问下，馨薇才告诉她文天明回国了。虽然馨薇对她隐藏了一半，只说两人只在生意上有往来，但做姐妹这么多年，韩娜深知馨薇的脾性，当年她能不怕流言蜚语毅然当单亲妈妈生下文天明的孩子，就足以见得这男人在她心中的地位。再次相遇，怎么可能不天雷地火。

馨薇不像她，渴望稳定的家庭生活，她是个冒险家，沉迷征服各种山峰，文天明是她无法攻下的高地，所以牵肠挂肚，飞蛾扑火。

而那么爱馨薇的顾城，却走不进她的内心深处。

爱情中最无奈最凄凉的事情莫过于：求，而不得。

想到这里，韩娜顿觉顾城与她同病相怜。

深夜，城市近郊的风景区外。

文天明站在绿水尚城营销中心顶楼办公室的露台上，默默注视着远处的项目工地。

这个承载着他天大野心的楼盘，被他豪言誉为“一生之城”的地方，此刻黑灯瞎火，轰轰烈烈的造城工程已经被政府勒令停工，只搭建了框架的建筑物，空空洞洞，像个骷髅般凄然立于破败的工地之上。

绿水尚城此刻死气沉沉犹如鬼域。

馨薇不动声色地轻轻走到文天明的背后。

虽然只分隔了短短两周的时间，馨薇从他的背影竟看出了迅速衰老后的颓丧与无力。曾经意气风发，不可一世的文天明，竟然有了种大势已去的悲凉感。

“你来啦。”文天明觉察到身后的馨薇，他转过头，脸上仍还是那种居高临下的倨傲。

馨薇点点头，拿起他扔在沙发上的外套，帮他披在身上。

“外面风大，进来吧。”

文天明有些诧异，馨薇很久没有如此温柔体贴了。

“我过来的时候帮你买了点粥和小菜，你喜欢的口味。”说罢，馨薇就要去拿消夜。

文天明猛地抓住她的手，重重地吻上她。

馨薇愤怒地推开文天明，严肃地宣布：“我要结婚了。”

这话的言下之意是：你给不了我的东西，其他人会给我。我来看你只是尽下曾经的情分。果然，听到这话，文天明的眉头皱了起来。

馨薇的脸上有着报复的快感。

文天明狠狠地盯着馨薇，馨薇毫无惧意地回看着她。博弈这么多年，这是第一次跟他站在平等的位置上。

但文天明怎么会轻易认输，他一把抱住馨薇将她扔在沙发上，压在她身上，不顾馨薇的死命反抗，粗暴地扯掉她的底裤然后长驱直入。

馨薇咬着文天明的肩膀哭了。

这么多年的委屈、屈辱、绝望，通通如崩溃的堤防，馨薇哭得如孩子般无助。

文天明停止了动作，将她搂在怀里。

不能不说，文天明内心里也是爱着馨薇的，尽管习惯不把身边的女人太当回事，但不能否认馨薇是个特别的女人。聪慧独特，极具眼光，造城宏伟计划的失利以及陆胜宇的反水，馨薇事先都预见到了，并且提出过忠告，怎奈文天明太过自负。

在被调查的那段时间里，文天明反反复复想了很多，属于家族翻云覆雨的大势已过去了，纵虽再多不甘，也要抓住这全身而退的最后机会。国外是他的退路，下半辈子就算游手好闲，也能衣食无忧。而馨薇确实是他唯一爱过的女人，江山不再，至少美人还可以暖怀。

“带上我们的女儿，跟我回温哥华。”

馨薇一惊，看着文天明的眼睛，他是认真的。

“我累了……”

熬了多年，好不容易等到文天明的这句话。

两人的对弈，馨薇终于赢了一次。

❸

婚礼不温不火地准备着。

韩娜骑虎难下，尽管温文依旧温柔而体贴，但那种温情始终有如隔靴搔痒。

戴晓蕾是两人之间的禁区，谈论不得。

而且，令韩娜最感无力的是，戴晓蕾早在五年前就意外离世。韩娜从来都是与世无争的性格，更何况是同一个已经离开的人。

韩娜依旧留着夸张的短发，温文不再发表任何评论。至少从外观上来说，她现在跟戴晓蕾完全不搭调。

“现在还没办婚礼，如果想清楚了，我们可以取消。”韩娜试探性地问道。

“我一直都很清楚，跟你在一起是因为你这个人，而不是其他。”温文笃定地回答道。

那一刻，韩娜觉得温文是真的。

就靠着这星点的柔情，韩娜觉得可以撑过她和温文一辈子。

酒店方要求确定草坪自助婚礼的菜式，顾城和韩娜作为代表去定菜单。

“哇，俊男靓女，你们好配。”酒店经理见两人的第一眼，忍不住夸赞。

顾城和韩娜尴尬地相视一笑，各自表明了身份。

大堂经理急忙道歉，这样的误会弄得两人心里都不太舒服。婚礼筹备期忙前忙后的一直都是韩娜和顾城。

筹办婚礼这事，往往都是感情弱势的那方更上心。

“谁要找了我俩真赚，连结婚都不用操心，到时候出个人就行！”顾城看到韩娜面露不快，打趣道。

韩娜笑了笑，满脸无奈。

“你还好吧？”顾城看见韩娜嘴角的苦涩，关切地问道。

“没啥，就是有点累。”

“累了就多休息，你眼袋都快掉鼻子上了。”

韩娜被逗乐，用食指按着泡泡的眼袋，憨憨地笑着。

“你知道最近馨薇怎么了吗？”顾城问道。

“她怎么了？”韩娜有点心虚，明知馨薇和文天明旧情复燃，顾城人不错，她不想骗他，但这种事情如何启齿。

顾城看出韩娜的为难，不再追问。

临走前，顾城心疼地拍了拍韩娜的肩膀，说道：“傻姑娘，结婚这件事还是让当丈夫的多跑点腿。”

韩娜愣了下，想反驳，温文对我挺好的。

但顾城早已走远。

人就是这样，喜欢打破砂锅问到底，但血淋淋的真相摆在眼前时，又开始后悔。

韩娜想过，如果不知道戴晓蕾这个人，那么她现在应该算是相当幸福的。

有时早上醒来，睡在旁边的温文会含情脉脉地看着她。

但她隐隐觉得，那是因为她长着一张跟戴晓蕾一模一样的脸。

想到这里越发悲凉，连着温文眼里的温柔，都显得遥远而又陌生。

而这种陌生感渗透到生活的方方面面。

吃饭的时候，温文给她夹菜，对她说这种菜好吃，她就会想这是不是戴晓蕾喜欢吃的；温文夸赞她穿白色和蓝色好看，她也会想是不是因为戴晓蕾爱穿这个颜色；甚至连两人的床事，她都会联想到温文和戴晓蕾曾经用过哪种姿势，当温文投入地闭上眼时，她不堪地想到，此刻温文脑海里浮现的一定是戴晓蕾。

这种猜疑而忌妒的情绪像疯狂的蚂蚁，蚕食着她对婚姻的信心。

最无力的是，活着的人没有办法同已经离开的人争，后者永远保持了最美好的模样。

她会有老的一天，当她满脸老人斑，腰缠游泳圈时，在温文脑海里的戴晓蕾依旧是年轻美好的，这样的对比太残忍，太不公平。

想到这里，韩娜有点临阵退缩。

❹

临到还有 10 天就举办婚礼的时候，温文突然说要去美国一趟，公司有急事。

温文是做国际贸易的，常常飞来飞去的。但是马上要结婚还要出差，韩娜觉得有点蹊跷。

“我会在婚礼前赶回来，放心。”

“什么事情重要到你非要在结婚前去处理？”

温文愣了下，思考了半天：“有个官司，拖了几年，马上要判决了，我必须去。”

温文的口气中带着不容拒绝的坚定。

“所以你这是在通知我？”韩娜有点绷不住了。

“我会赶回来的。”温文握住韩娜的手，却被她抽开了。

第二天晚上，温文就着急忙慌地坐晚班机飞去了纽约，果然如韩娜说的那样，只是通知她而已。

纽约是戴晓蕾生前待过的城市，也是她意外离世的地方。

温文能舍下正在筹办的婚礼置之不理，而千里迢迢赶到纽约，如果不是因为戴晓蕾，以温文这样稳重的性格，韩娜觉得不可能。

一旦心中种下疑虑的种子，就要去求证。

韩娜去了温文的公司，前台是个微胖的姑娘，喜欢美食，热情爽朗，温文出差订机票酒店的都是她在办理。在公司聚餐上韩娜跟她打过交道。虽然是准老板娘，但韩娜没半点架子，嘻嘻哈哈和公司的人打得火热。

来之前，韩娜去酒店订了几大盒甜点带到公司，趁着大家吃得正欢，韩娜不经意地对前台问道：公司在美国有业务上的纠纷？

大家顿时蒙了，莫名其妙地看着韩娜。

韩娜顿时明白了，这个温文非去不可的官司跟公司没有半点关系。韩娜的心沉下一截，她面不改色地继续笑着问前台：“温文去纽约的机票是你帮着订的吧。”

前台妹子拿着提拉米苏边吃边点着头。

“温文说临时要改签，你把机票确认单帮我打出来下，我帮他改签。”

准老板娘交代的事情，前台妹子赶紧屁颠屁颠地将确认单打出来交给韩娜。

韩娜拿着单子走进温文的办公室，陷在沙发里，浑身无力，与她猜想的差不多：温文不是一个人去的纽约，机票确认单上显示，同行的还有一位姓秦的女士。

这点线索满足不了韩娜的猜想，她用温文留在家里的钥匙打开了办公桌的抽屉，打开抽屉的那一下，她迟疑了，觉得不道德，但好奇心这东西真的像条疯狗，在后面追逐着你在寻求真相的黑暗道路上狂奔。

抽屉打开，第一格里面是摆得整整齐齐的文件，韩娜翻了翻，都是工作上的文件，第二格也差不多，越翻韩娜觉得越羞愧，这不是她性格使然能做出的事，内心里她也鄙视这样的行为。但她还是不死心地将第三格拉开，里面放着几封国际挂号信以及一封信。

韩娜心想这个年代居然还有人会写信，好奇地抽出了信封，收信人写的是温文，是从温文老家寄出的。

信有些年头了，签字笔写的字迹都有点晕散了。

小温：

你好

很不好意思给你写这封信，今年春节偶遇到你们当年的同学，知道你在成都开公司，很替你高兴。本想给你打电话的，但是有些话确实不好说出口。想必你也听说了蕾儿的事情，她是个命苦的孩子，一直要强，我和她爸爸拖累了她。

蕾儿没有福气，当初留在美国是她最错误的选择，如果她还跟你在一起，就不会是这样的结局。直到现在我都还没接受女儿已经离开的事实。小温，我一直很感激当初你那样照顾我们母女俩，也相信你对蕾儿是真心的。

蕾儿走后，那个男人霸占了所有的财产，要是我们蕾儿在天之灵看到她的妈妈晚年无依无靠，连原本该她得到的一点养老的遗产都被强占的话，相信她一定不会安宁的。我想打官司，但我一个连英文都不懂的老太太要去美国帮女儿打官司，简直是毫无办法。

当初的事，是蕾儿对不起你，我也没脸要求你再帮我，只是阿姨确实找不到可以托付的人。祝安好。常回家看看，阿姨给你做爱吃的梅菜扣肉。

阿姨：秦兰

2010年2月13日

看完这封信，韩娜将机票确认单上的“QIN LAN”一对应，立马明白了温文是同戴晓蕾的母亲去的美国，应该是为了戴晓蕾的遗产所打的官司。但信是5年前写的，按说就算温文要帮前女友的母亲打跨国官司，也早应该打了，为何还要拖到现在？韩娜把那几封从美国寄来的挂号信拿出来一看，顿时恍然大悟。

原来这场遗产争夺官司并不顺利，因为不满于判决结果，五年间共提出过 3 次诉讼，最近的一次是在 9 个月前，也是刚认识韩娜的那段时间里。经过复杂的取证过程，官司有了新的希望，而公布庭审结果的时间则是在韩娜和温文举办婚礼的前两天。

这么多年执着于一件耗尽心力、财力的事情，想必温文在这场官司上投入的金钱也相当可观，他那么执拗于判决的结果，甚至不惜有可能耽误婚礼的举办，也要帮前女友的母亲，只能说明一点，温文根本没放下戴晓蕾，无论她死了抑或是活着，她都占据着他心目中第一的位置，哪怕只要是跟她沾上丝毫关系的事情，温文都会赴汤蹈火，在所不辞。

在这个强大的前女友的阴影下，韩娜永无出头之日。

窗外，已然有了秋的凉意，枯黄的落叶在天空中卷起、飞舞，最终而又落下。

韩娜放下手中的信笺，浑身冰凉。

❺

再任你浑身盔甲，坚不可摧的人，都有软肋。

而对于在情场上遇神杀神，遇鬼杀鬼的浪子们来说，女儿，恐怕就是对付他们最有杀伤力的武器。

当文天明看到馨薇手上牵着的囡囡时，孤高的他顿时惊慌到不知所措。

这个胖乎乎的小女孩身上延续着他的血液，他仿佛在看另一个自己，这个比他更纯洁、更高尚的自己。怎么看怎么满意。

血浓于水，就是一种亲情的直觉。

囡囡只与文天明有过一次照面，论说以小孩子的心性根本记不住他这个人。但再次见到文天明时，囡囡竟准确无误地认出文天明来。文天明被感动到红了眼眶。

“这丫头太机灵！”文天明说罢，将囡囡抱入怀中，使劲地亲了又亲。

“别把孩子弄疼了。”馨薇嗔怪道。

“丫头，疼不？”文天明小心翼翼地问。

囡囡乖巧地揽住文天明的脖子，摇摇头，嘴角绽放两朵可爱的梨窝。文天明的心顿时像蛋挞的皮一样，酥成渣。

文天明带着来到游乐场，三人像世间所有平凡的三口之家一样，简单却手握幸福。文天明卑躬屈膝地讨好着囡囡，几乎从见面到现在，囡囡就没有下路走过地，走哪儿全是文天明抱着。

从小被众星捧月的文天明，年轻时视婚姻如牢笼，不少女人借着肚子里的孩子想荣升为文太太，但都被文天明用钱解决掉了肚子里的“包袱”。许是杀生太多，后来在温哥华成家后，无论怎么努力，文天明始终膝下无子。转眼间到了不惑的年龄，生孩子的事情更是渺茫，却不料在自己最低谷的时候，馨薇给了他惊喜。

想到这里，文天明有点心急地问道：“签证都办好了，你什么时候处理好这边的事情？”

馨薇看了看旋转木马上的囡囡，没有回答。

以前是她追着文天明跑，风水总有轮流转的时候。

“去之前，我先带你回趟北京的家，我爸妈知道囡囡后，老两口乐得跟什么似的，吵着要见孙女。”文天明颇为激动。

馨薇在心里翻了个大大的白眼，当初是谁恶语相向把大着肚子的她扫地出门，当时馨薇就在心中暗暗发誓：看不起我的人，总有天会把你曾给我的白眼和恶语变成耳光，送还到你脸上。

“谁是孙女？”馨薇故意问。

“我丫头啊！”

“你说囡囡？哦，她是我女儿。不是谁的孙女。”馨薇不卑不亢地说。

文天明一下愣住了，馨薇这翻脸翻得太快，完全搞不清楚她在唱哪出。

“当初要不是我不管不顾地保住她，她会长这么大？这么多年，你为孩子付出过什么？就因为你捐了个精子，就可以当甩手掌柜，直接掠夺我的胜利果实？不是我不想跟你走，六年前我小不懂事糊涂过一次，现在我不能还像以前那么蠢，没脸没臊地给别人当玩物，我是孩子她妈，给孩子树立好正面榜样，教会她如何自尊自爱自重，这是我的责任！当初为了保护她，我叫囡囡喊我为姨，现在该我还她一个正常家庭的时候了！要我带着孩子跟你走，行，你总得给我个理直气壮的借口吧！”

馨薇噼里啪啦一鼓作气，把文天明堵得全无后路。

果然，文天明沉默了。的确如馨薇所料想的，文天明邀她去加拿大并未想过给她名分，他是有妻子的，虽说两人没多少感情，但妻子纯良贤惠，两家又是世交，这个婚他不容易离。

见文天明有迟疑，馨薇也不含糊，抱过囡囡就要走。

她不怕，她有退路。

文天明开车送到馨薇家楼下，天已经擦黑，囡囡在后座睡着了。

两人一路无话，馨薇起身要去抱熟睡的囡囡，被文天明拉住。

“你为什么非要事事跟我作对？”文天明质问。

“那我为什么又要事事顺从你？”馨薇反问。

一句话把文天明问得哑口无言，最近发生的一系列事情，让他明白原来世界并非像他以为的那样围绕着他在转。

在馨薇抱着囡囡下车的那刻，文天明的最后一道防线终被攻破。

“一回温哥华，我就离婚。”

馨薇心里不禁欢呼，虽然这大获全胜迟是迟点，但总归来了。

囡囡这个时候正好醒来，迷迷糊糊地看着文天明。

“跟爸爸说再见。”馨薇说道。

囡囡虽然有点蒙，仍乖巧地说了声：“爸爸再见。”

这句爸爸把文天明激动得跟什么一样：“我送你们上去。”

“不用，家里有人。”

文天明虽依依不舍，但只得目送馨薇离开。

而面无表情的馨薇抱着囡囡刚一转身，嘴角就流露出得胜的笑意。

“顾爸爸！”怀里的囡囡指着前方兴奋地挥着手。

馨薇一惊，抬头一看，顾城满脸悲凉地看着她。

❻

待馨薇将囡囡安顿好睡着后，走到阳台，顾城在黑暗中默不作声地抽着烟。

烟头的火光在黑暗中一明一亮，微弱而刺眼。

“我不能跟你结婚了。”馨薇一旦下定决心，就绝不拖泥带水。

顾城猛抽一口烟，没有回答。

“明天我打电话去酒店取消婚宴，亲戚朋友那块我去解释，善后的事情我来处理……”

不待馨薇说完，顾城狠狠扔掉手中的烟，指着馨薇。

“你把我当什么了！”顾城低吼道。

“对不起。”

“说这个有屁用！没错，我承认你有选择的权利，放弃我我不怪你，但我最气的就是我一边脚不沾地地忙着筹备我们的婚礼，你一边不动声色地同你的旧好暗度陈仓！给饭你不吃，偏要跑去吃屎！”

话音刚落，馨薇一记耳光甩在顾城脸上。

顾城带着痞气地笑了，笑着笑着就哭了。

“你以为我傻啊，会不知道囡囡是你亲生女儿？我对她好是因为我爱你，想给你和你女儿一个真正的家。我装傻是怕你难堪，怕以后我们心有芥蒂不能像真正一家人那样融洽相处！你以为你聪明，其实才是真蠢，那个男人要是真爱你，会放任你们母女俩这么多年不管？”

话一出，馨薇愣住。

"姑妈之前全告诉我了。"顾城说道。

那一刻，馨薇的确有过短暂的犹豫，对于未来她不是没有顾虑。

顾城抹掉脸上的泪水，深呼吸一口气："你要是想清楚了，我可以当你那话没说过。"

馨薇取下中指上的钻戒，交到顾城手中。

干干脆脆地离开，不给对方留半点念想，是最后的恩慈。

韩娜和馨薇两人原本令人憧憬的闺蜜婚礼，在婚礼进行曲还未奏响，就戛然而止。

分手是韩娜在电话里向温文提出的，当时温文正在机场准备乘坐回国的飞机，时间比他预估的提前了两天，他以为韩娜是在耍性子，没想到韩娜动了真。

待他心急火燎地赶回家，韩娜已经搬回了她的小公寓，温文理解不了韩娜的决绝，从头到尾他没觉得哪点亏待韩娜。包括帮戴母打官司，他觉得这是情分，不存在心中还对戴晓蕾念念不忘。

但当韩娜要求温文不再插手戴晓蕾的遗产官司，并将他保险柜里的所有关于戴晓蕾的照片，日记统统销毁时，温文拒绝了，这是他关于青春的记忆，他要保留。是的，就是这份他不肯放手的记忆，让韩娜如鲠在喉。感情这事，要么就完完全全，差一分差一毫，她都不想要。

韩娜满脸愧疚地回到老家，将同温文取消婚礼的消息告诉了家里人。顿时屋里跟炸开了锅一般。虽说只是婚礼没办，但事实上韩娜同温文是领了结婚证的，这就意味着她从法律上来说，是离异人士。在老家小地方上，一个二婚的女人再想找个好夫婿，简直在做梦。众人追问韩娜原因，韩娜只淡淡地说，两人不合适。看到众亲戚恨铁不成钢的样子，疼爱女儿的韩父，终于忍不住站起来为女儿说话，对，要过一辈子的人千万不要将就，不合适就再找，这世界那么多人，总会有个合适的。

父亲的一句话，说得韩娜眼泪包在眼眶里，撑得眼皮酸痛。

馨薇下周先带着囡囡同文天明回他北京的父母家住上一段时间，再飞去温哥华。姑妈死活不愿走，执意要回老家。馨薇无法，只得请了最好的看护照料，姑妈和馨薇心里都清楚，从此天涯两隔，再见也许就阴阳两隔，但姑妈想得通，天下没有不散的筵席。

临走前，韩娜和莎莎买来食材在家打火锅，算是帮馨薇饯行。莎莎肚子已经显山露水，虽然铅华洗净，但脸上却是知足的淡定，孩子就是她的希望和将来。

围在桌边，三人放松地吃着、喝着，说说笑笑像是回到了学生时代。韩娜的脸喝得红彤彤的，傻笑着看着馨薇："如果有个像顾城那样掏心挖肺对我好的人，我绝对不会放过的。"

馨薇吃了口菜，看了韩娜眼。

"你不怕后悔吗？"韩娜问。

"和温文分开你不怕后悔吗？他有钱又对你好，不就是个早不在人世的前女友吗？睁一只眼闭一只眼也就过了，为了这个就放弃唾手可得的幸福，你傻不傻？"馨薇反问。

"要过一辈子的人，来不得半点将就！"韩娜想起父亲说过的这句话。

馨薇看着韩娜点了点头，一副你懂还问我的样子。

“两个人没最终走在一起，只有一个原因，那就是彼此还不够爱对方！”莎莎托着腮，满脸的惆怅，她内心也是翻云覆雨。

“我们三个之所以能成为这么多年的好朋友，其实有一点我们是相同的，就是：从来都只遵从内心的声音。虽然这样很辛苦，但违背内心意愿的生活，更辛苦……”馨薇说完，举起手中的红酒杯，一饮而尽。

“不管以后怎样，至少现在我是幸福的。”馨薇说。

第11章 原来你很美

XING FU PI WAI SHANG

❶

日子不动声色地流逝着。

韩娜在满 28 岁生日那天，用积蓄给自己买了辆车，算是生日礼物，她觉得其实一个人也没有什么不好的。

莎莎生了个漂亮的女孩，样子随她。百日宴上，顾城也去了，他瘦了点，蓄了长发，依旧是对襟大褂配牛仔裤和波鞋，独立特性。他带着女伴，是个夜场模特，身材高挑，打扮时尚，两人走在人群中分外显眼。

“好久不见。”顾城看见韩娜，笑着过来招呼。

“你女朋友很漂亮。”韩娜夸赞道。

“谈不上女朋友，就是无聊时的伴，还单着吗？”顾城看到她一人。

“人丑脾气怪，就不去祸害别人了。”韩娜捂着嘴傻笑。

顾城也被韩娜自娱自乐的精神逗乐了，笑过之后，他劝道：“别太挑了，差不多就得了。”

话音刚落，不远处传来争吵的声音，原来一位服务生不小心将红酒倒在顾城的女伴身上，女伴抄着手满脸鄙夷与刻薄地训斥着服务生。

韩娜瞥了眼笑道：“一个人凑合比两人凑合容易点。”

顾城自嘲地笑了笑，韩娜有点不忍心，又像是自言自语又像是安慰：“像我们这么人畜无害的大好青年，老天爷是不会瞎眼让我们孤独终老的，肯定会找个奇葩配给我们的，可能会晚点，一般最好的都在压轴才登场！”

一席话，把顾城逗乐了：“你个二百五。”

韩娜翻了个白眼，两人相视而笑。

女伴见顾城谈笑甚欢赶紧走了过来，警惕地看着韩娜，挽着顾城借故将他拉开了。

望着两人的背影，想起了馨薇，物是人非，韩娜百感交集。

馨薇和韩娜一直保持着联系，她去温哥华没多久，文天明就离婚同她办了简单的婚礼。离婚的过程很费了点周章，这又是另外一个女人的血泪史。馨薇想要的就一定要得到。

令人不可思议的是，她过去一年后，居然又有了身孕。文家希望她能再生一个男孩，一儿一女凑成好字。馨薇便待在家里专心养胎。曾经风风火火的女强人变成贤妻良母。

感情世界里，果真是遇强则弱遇弱则强。

最令人惊奇的是姑妈，当初医生判定她活不过半年，也许是看破生死心淡如水，没想到回到老家后，姑妈除了偶尔病痛时需要靠吗啡来镇痛外，其他的时候好吃好喝的，跟正常人无异。

馨薇当初走的时候，把姑妈托付给韩娜。韩娜只要有空，就去陪姑妈吃吃饭喝喝茶，顾城也很重情义，并没有因为馨薇的缘故，就疏远姑妈，依旧如往常般不时去看她。

转眼中秋节到了，姑妈过 63 岁生日，用她的话说，每过次生就多赚了 365 天，所以生日是值得庆祝的。姑妈让看护买了菜，自己亲自下厨做了豆瓣鲫鱼、咸烧白、熊掌豆腐、凉拌鸡块等一大桌菜，犒劳一大早就赶来给她过生日的韩娜和顾城。

待席间韩娜和顾城拿生日礼物出来的时候，姑妈不禁乐了——两人的礼物都是翡翠雕的平安佛。

“你们俩还挺有默契的。”姑妈笑着收下礼物。

顾城瞥了眼韩娜，开玩笑：“要我们都没找到合适的，干脆将就凑一对算了。”

“别，大家这么熟，会笑场！”

“我觉得顾城的提议不错，韩娜可以考虑下。”姑妈也来插科打诨。

韩娜无语，翻了个白眼，使劲吃菜。

顾城觉得好玩，继续开韩娜的玩笑：“少吃点，我不喜欢胖子。”

韩娜满嘴包着菜，反击道：“那太好了，就怕你喜欢我！”

两人你一言我一句，把姑妈逗得直乐。

气氛正融洽，姑妈电话响了，馨薇打来的，姑妈同她聊了几句，就说道：“韩娜和顾城都在这儿陪我。”

韩娜尴尬地看了顾城一眼，顾城埋着头，给自己倒了杯红酒，一饮而尽。

那边的馨薇估计还在劝说姑妈去加拿大，姑妈执拗地回绝，末了，馨薇叫来囡囡，让囡囡给大家问好，姑妈将电话开了免提，囡囡的声音依旧是小女孩特有的甜腻：“婆婆、娜姨、顾爸爸好，我好想你们，你们来我家玩吧！”

听到囡囡的声音，顾城脸上的皱折一下舒展开来：“乖女儿，爸爸也想你了，有没有听我的话少吃糖？就算吃了也要记着马上刷牙。那边冷不冷，别让你妈为了漂亮给你穿裙子……”

顾城像个老妈子般啰里啰唆，温暖的样子俨然像个慈父，跟他不羁的外表严重不符，韩娜想如果顾城有了孩子，一定会是个好爸爸。

这样想着，她的心中突然涌上一丝温暖。

回去的时候，因为顾城喝了很多红酒，换作韩娜当司机。

两人一路沉默着，顾城望着黑乎乎的窗外，黯然神伤。

韩娜觉得氛围太紧张了，没话找话：“我发现你挺啰唆的，囡囡那么小，你噼里啪啦跟她说一堆，她记得住吗？”

“太想她了。”顾城可怜巴巴地说。

“你是想她还是想她妈？”韩娜不经大脑脱口而出，说完忍不住想扔了方向盘腾出手，好自扇两耳光。

果然，顾城一下僵住。氛围再次被韩娜成功结冰。

“我早把她当成亲人，就算她最后没有跟我在一起，姑妈和囡囡也被我视作家人。馨薇走那天，我对她说，这辈子只要她开口，我会第一时间站出来！”

听到这话，韩娜感动红了眼圈，为馨薇惋惜错过顾城这样看似浪荡实则长情的好男人。当初，如果早一点告诉顾城实情，让他有点防备，或许，他们就不会走到这一步。

看着顾城深陷的眼眶，韩娜不禁深怀内疚。

❷

流年，真的没法不信。

入冬的时候，韩娜差点死掉。

最初开始是右下腹的隐约疼痛，韩娜以为是胃病没有注意，拖了两三天，直到第四天夜里，韩娜被剧烈的腹痛痛醒，豆大的汗珠把里里外外的衣服浸透。这种痛从下腹一直蔓延到太阳穴，仿似有只手在狠狠拽着你的五脏六腑。

韩娜痛得连起身去医院的力气都没有，混乱之际，她翻开手机电话簿，上面的联系人很多，但在关键时刻能托付的人却少得可怜。莎莎和吴姐倒是最亲近的人，但莎莎是单亲妈妈，晚上要照顾孩子，而吴姐家住郊区，半夜赶来，韩娜不放心。

在痛得几乎要昏过去的时候，她拨通了顾城的电话，说的什么都记不住了，顾城很快就赶来，韩娜卷着身子在地板上磨着过去给他开了门，然后就昏了过去。

送到医院，医生打开腹腔，阑尾穿孔，烂成蜂窝煤，腹腔全是脓液。

“再晚送来哪怕10分钟，恐怕都救不回来。”医生说。

满身插满管子的韩娜醒来后，看见床边胡子拉碴的顾城竟全忘了救命恩人。万分惊诧地看着他：“你咋在这儿？”

顾城无语：“你发烧把脑子烧坏了？要不是我把你送到医院抢救，你现在已经在跟耶稣搓麻将了。”

韩娜一听，才慢慢回过神。看到身上的尿管、引流管，尖叫了声，结果拉扯起伤口剧烈地痛。顾城的白眼都快要翻成阿炳了。

“你消停会行吗？”

“我想喝点水。”

“医生不让。”

“我肚子好饿。”

“医生交代要打了屁才能吃东西。”

韩娜满脸颓丧，顾城用棉签蘸了水往她嘴唇上擦了擦。然后又用热毛巾帮她擦了把脸，韩娜恢复点精神，笑着说：“挺会伺候人的，不当护工可惜了。”

顾城受不了她的二百五，站起来准备走：“昨晚上熬了一夜，我得回去睡会儿，帮你请了护工，阿姨马上就过来。晚点再过来看你。”

韩娜心里暖暖的，衷心地说了声：“谢谢。”

顾城看着病床上脸色苍白顶着熊猫眼，披头散发狼狈不堪，却带着傻笑的女人，竟有一丝涟漪在心中荡漾开来。

顾城这样想：韩娜是馨薇最好的朋友。正因为如此，才会对她有种奇特的亲切感。

出院那天，韩娜买了红烧猪蹄，跑到绝色去感谢顾城。

顾城一看笑了："用猪蹄答谢救命之恩，也只有你想得出来。"

韩娜反驳："你天天跑医院，腿都跑瘦了，吃点猪腿补补，吃哪儿补哪儿！"

说罢，韩娜倒自己先拿了一大块，完全不顾形象地大嚼起来："病号饭清汤寡水的，痨死我了！"

"刚出院，别来不来把死挂嘴上。"顾城皱着眉头拿起一块猪蹄对坐在韩娜面前，边啃边责骂。

韩娜见顾城啃得香，笑了："难得有人好这口。"

顾城嘴里包满肉，囫囵不清："怎么会，猪蹄多好吃。"

"有家卖清炖猪蹄的，开了很多年，那猪蹄炖得入口即化，再配上那蘸碟……说不下去了，改天请你去吃。"韩娜说。

顾城听得眼睛都直了："浑账，知道好地方还藏着，吃独食。"

"谁知道我俩这么臭味相投啊！"韩娜感叹道。

顾城没接话，气氛有点尴尬，韩娜也觉得这话有些暧昧，只得埋下头，拼命啃猪脚化解尴尬。

"病好了，打算是休息段时间，还是接着工作？"顾城问。

"我想给自己放个假，出去旅行。"

这次生病，韩娜深刻感到，人生短暂脆弱得转身即逝，而人又常常为不能讨好他人得到认同而苦恼，浪费大好时间，为什么不学会讨好自己，遵从内心的声音来生活，任性也是活一辈子，循规蹈矩也是活一辈子，那何不由着自己撒欢过日子。

在医院里，韩娜给自己理了五十条愿望清单：在酒吧啃猪蹄和一场随性的旅行就是其中两条。

“去哪儿？”顾城问。

“不知道。”

说完，韩娜停下啃猪蹄，眼睛直勾勾地看着墙上一幅世界地图的装饰画，顿时有了主意。她走过去拿起墙上的飞镖，对着地图嚷嚷着反正现在不差钱，扔哪儿去哪儿。

说罢，韩娜对着地图闭着眼一扔。

顾城顺眼望去，嘴角露出一丝不易察觉的微笑，指着飞镖落下的点，说道：“越南。”

❸

韩娜虽是导游，但没正儿八经地独自旅行过，临出发前她竟有点发怵，她这人本来就懒散吊儿郎当的，攻略、行程都没做，只买了张出发的机票，颇有些壮士一去兮不复还。但前期闹得轰轰烈烈要来场说走就走的旅行，以此为借口蹭吃蹭喝了好几顿，哪怕心里没底也只得硬着头皮出行。

临行的时候，顾城说是来送她，到了机场竟从出租车后箱拿出个塞得鼓鼓囊囊的旧旅行包，原来顾城七年前曾背包去过越南，甚为惊艳，那时就一心念定会旧地重游。这次，韩娜意外去越南旅行，倒勾起了顾城的瘾。

“你也去？”韩娜惊讶地问着，压抑不住狂喜。

“能跟我出去玩，你算赚到了。”

说罢，顾城推来行李车，把自己的背包垫下面，然后将韩娜死沉的箱子放上去，仔仔细细地叠好，让韩娜把护照拿出来让她先在一边坐着休息，自己径直走到柜台排队托运行李。职业使然，一旦出门都是韩娜照顾人，偶尔被照顾就有点受宠若惊。

看着顾城健壮的背影，韩娜心中竟产生出一丝依赖之情。

两人到达的第一站，便是越南的首都河内。

一下飞机，潮湿闷热的空气迎面而来，看着简陋的机场，韩娜有些后悔，早该不那么任性，选择欧洲或者澳洲这类旅行舒适度高的国家。

而顾城却是无比兴奋，拉着蒙圈的韩娜熟练地出了境，穿过兜揽生意车夫的层层包围，来到机场外找了辆破破烂烂的面包车，几番砍价后以很低的价格包车去还剑湖。

韩娜提前预订了老城区的索菲特，顾城让她退掉，他知道还有家更舒服的酒店。面包车在 36 行老街拐来拐去，顾城兴致勃勃地给韩娜介绍着，由于潮热，韩娜的衬衫已经打湿，此刻只想快点到酒店洗个热水澡，再在软塌塌的床上昏天黑地地睡上一觉，根本不明白顾城的兴奋点在哪儿？

在她看来，这里不过洋人多点、酒吧多点，此外跟中国普通三线城市无异。

第一眼，韩娜对这个城市没有丝毫的惊艳感。

面包车开进条重重叠叠挨挤着狭长建筑物的小巷，在一栋柠檬黄的小楼前停住，顾城跳下车拿行李，韩娜伸出头，没看见豪华酒店的影子。

“城！”一位头发烫得像释迦的胖妈妈大呼小叫地从窄门里挤出来，对着顾城张开双手。两人激动地拥抱着，宛如久别重逢的母子。

“老婆还是女朋友？”胖妈妈像打量儿媳一样看着韩娜。

顾城拍着韩娜的肩膀，坦荡地介绍：“很好很好的朋友。”

胖妈妈不相信地看着顾城，夸赞韩娜漂亮，然后挽着韩娜用带着浓浓广西口音的中文亲热地问东问西，提着行李的顾城熟练地推开门。

“你在越南还有亲戚？”韩娜不解地问顾城。

“七年前来这里玩，在POH妈家住了两个多月，这些年我们一直在网上有联系。”顾城说道。

POH妈是广西南宁人，四十多年前来河内做生意，认识了先生阮永昶。阮先生祖上是越南贵族，后来家族衰败。两人婚后无子，用所有的积蓄开了个家庭旅馆，POH妈热情好客，同顾城一见如故，得知他要来，早早将顶楼的套房准备好。

旅馆是典型的殖民地装修风格，木质感极强的美式家具搭上墨绿底猩红花纹的地毯，墙壁刷成姜黄色，挂着黑白复古装饰画。

黄昏，洗过澡的韩娜推开房间阳台的木质百叶窗，坐在摆满了热带植物的小阳台上，远处的夕阳一点点被夜幕蚕食，天幕从橙红色晕染成蓝黑色，街上是滚滚的摩托车流，间或有几辆三轮车搭着金发碧眼的游客穿梭而过，隔壁楼下卖米粉的摊位上坐满了食客，翻滚的高汤，时不时飘过一丝鲜美的香气。

这样的画面，像是被定格的电影镜头。

韩娜对这个慵懒、缓慢的城市，产生出后知后觉的好感。

晚餐吃过POH妈的私房菜后，顾城带着韩娜夜游还剑湖。两人都穿着人字拖，慢腾腾地走在湖中心的红桥上，河岸边灯火通明的高档酒店倒影在水中，有种别样的热闹。

“过了七年再回来，这里几乎没有什么变化。”顾城开心地说。

“七年前你在干什么？”

“刚结束北漂，很迷茫，所以选择长途旅行，越南是第一站，然后去了缅甸、老挝、柬埔寨、泰国、印度、尼泊尔、不丹，我用了整整一年的时间在路上，后来累了想安定，回成都开了绝色。你呢？”

“刚到旅行社，一开始根本不习惯当导游，每天被客人投诉。那段时间不知哭了多少回。还好，都熬过来了。”

“百炼成钢。”顾城看了眼韩娜，含着笑说。

“可惜，爱情不能百炼成钢。”韩娜感叹。

“经历过的就是幸运，毕竟在一起的时候彼此是真的开心。”顾城倚在桥栏上，侧脸的弧度优雅而分明，他半眯着眼，沉浸在往事里，嘴角微微扬起，甜蜜而哀伤。

韩娜惆怅地慢慢将目光从顾城脸上转向别处。

远方，传来女子隐隐约约的歌声，唱着越南的传统歌曲，清冽绵长。

韩娜和顾城都静静地听着，各自想着心事。

倒影在水中的霓虹随着湖面的波纹，微微荡漾。

刚回到旅馆，韩娜接到了温文的电话。

两人客气地寒暄了几句，温文便说自己要结婚了。韩娜拿着电话，脑子一片空白，当初分开的时候，温文说过只要韩娜想通了，家里随时欢迎她。这不过才一年的时间，温文就已经翻开新的一篇。

“恭喜。”

“如果你有时间，来参加婚宴吧？”温文邀请道。

“到时候有空再说吧。”

电话那头沉默了会，温文突然问：“离开我，你后悔吗？”

原来，温文打电话宣布婚讯最终只是为了试探韩娜这句话，如果韩娜后悔，那温文也许会抛下即将新婚的妻子来找韩娜；正如如果戴晓蕾未曾过世的话，她一句需要，温文也会毫不犹豫抛下韩娜去找她。

温文内心也许是真心想和韩娜过一辈子，但他也是真心不想把戴晓蕾从心里剔除。

韩娜庆幸没有选择跟一个把她当成替代品的男人结婚。

“以前有过……”

曾经，韩娜埋怨过自己，如果不是那么吹毛求疵，温文算得上是个好丈夫，错过也许再也遇不到。但现在她才明白，爱人就像旅伴一样，如果两人的目的地不同，哪怕对方再好，也只能分道扬镳。

“祝你幸福。”韩娜衷心送上最后祝福。

挂掉电话，她一下释然。

4

在河内的日子，就像回到老家般。

每天睡到自然醒，然后趿拉着人字拖，同顾城一块跑到楼下吃碗米粉后，就去街上闲逛。因为住在老城区，出门就是景点，顾城不爱景点，喜欢跟当地人一样在马路边的摊子上，要杯加了炼乳的冻咖啡，在阿婆挑着的水果担子上买份用辣椒粉和盐凉拌的水果沙拉。花不了多少钱，就能过上舒舒服服的一天。

“我就喜欢这种日子，舒坦。”韩娜塞了片木瓜在嘴里，大口嚼着。

顾城笑着瞥了她眼，韩娜大口吃着水果，完全不顾忌形象。他拿起桌上老板用来写账单的笔和账单纸，埋着头在纸上勾勾画画。

“干吗？”

“别看！”

韩娜碰了个软钉子，有些不悦，转过头认真地吃着木瓜。偶尔偷偷转过头，瞥一眼顾城，顾城低着头，眉头皱着，目光冷毅，全神贯注地盯着笔下。顾城的手指很好看，白净纤长、骨节分明。韩娜很喜欢手指长得好看的男人。

顾城身上有种慵懒无争的气质，跟这座城市很像。韩娜跟他认识很多年，但关系仅仅停留在闺蜜男友的地步上。也是在最近几个月才慢慢发现顾城原来还有另外一面，他外表对凡事无所谓，但内里热情体贴。同顾城做朋友，让她觉得温暖而舒服。

就在韩娜看着顾城发神的时候，顾城将手中的画推到她面前。

韩娜一看，惊赞顾城的画工，简单潦草的几笔却形象传神，纸上的韩娜，目光迷离懒散，几丝乱发垂拉额前，说不出地迷人。

韩娜如获至宝将画折好，放进钱包，正要道谢，顾城早起了身。

路边坐着一位抱着吉他弹唱的鬼佬，顾城是遇上跟音乐有关的东西就走不动的人，他一屁股坐在那人的身边，两人先是试探性你来我往弹唱了两句，鬼佬大方地将吉他交给顾城。

轻快的节奏从顾城的指尖流淌出来，鬼佬打着手鼓给顾城伴奏，顾城悠然自得的唱着约翰丹佛的《country road take me home》，咖啡馆的客人们不禁跟着旋律轻晃身躯。顾城身上有种淡定从容，这种气质很容易令身边的人感动心安。

韩娜定定地看着顾城，顾城抬头一望，捕捉到韩娜的目光。

隔着人群，顾城对着韩娜没心没肺地一笑，韩娜的心像被吹皱的湖水，有些乱了。

在河内待了差不多半个月，每天吃吃喝喝的日子过得逍遥自在，韩娜渐渐爱上这座城市，爱那些刻满岁月印记斑驳的旧楼，爱 36 行老街上那些亲切得如自家客厅的咖啡馆，爱每天晚饭后同顾城在还剑湖漫步的时光。

这一切，涌动在心，仿佛前世经历过的岁月，让她心安。

顾城说过，心安之处即故乡。

若不是顾城买了新咖啡的车票，韩娜还真想在河内再待上段时间。顾城推荐越到南边越好玩，并安排好下一站坐新咖啡的夜车去古城顺化。

同 POH 妈分别的时候，热情爽朗的 POH 妈抱着韩娜和顾城，舍不得放手，眼里依稀有了星光。

“POH 妈，我会经常来看你的。”韩娜安慰道。

“顾城也说过这话，结果等了七年。”POH 瞥了眼顾城埋怨道。

“不会，我喜欢这里，而且我又是个大闲人，只要有空我就飞过来陪你住上一段时间。我保证！不会让你等七年的。”韩娜抱着 POH 妈吻别她的脸颊。

大巴在九点来旅馆接人，两人上了车，顾城将套在体恤外的格子衬衣脱了下来，叠成一个枕头，垫在韩娜的颈后。

“这样靠着睡舒服点。”顾城说。

韩娜乖乖地靠在衬衣枕头上，衬衫上混杂着各种味道：沐浴露的清香、大卫杜夫的冷水香、隐隐的汗味还有烟草的味道。韩娜微笑着不动声音地嗅着这些复杂的气息，顾城挑着眉鄙视地看着她。

“我发现，你傻笑的样子很像……”

“很像什么？”韩娜满含期待。

“很像……智障。”

韩娜气得翻了个足以抽筋的白眼，转过身子面对车窗。

顾城坏笑着用手指戳了戳她的背。

韩娜厌恶：“别理我，我是智障。”

顾城笑了笑，从包里拿出一本书，跷着腿躺在椅子上悠闲地看起来。

半夜的时候，熟睡的韩娜被尿憋醒，她抬头一看，全车人都在熟睡之中，顾城侧着头，闭着眼呼吸均匀，睡得深沉。韩娜不好意思把他叫醒，心想再坚持 2 个小时就到顺化了。自己当导游的时候也常常憋尿，一憋就是半天，这 2 个小时不成问题。

想虽然这样想，但任由韩娜怎么努力都睡不着，抱着肚子在座位上辗转反侧，顾城半眯着眼瞥下她："怎么了？"

韩娜涨红着脸，尴尬："想上厕所。"

顾城见状，一下起身走向司机交谈了几句，然后走过来："还有 20 分钟到休息站。"

韩娜一听，头皮瞬间麻了，最近有点上火，上车前猛灌了两大杯金钱草冲剂，小肚子快要胀爆，再多等两分钟她都不能保证不会"一泻千里"，还别说 20 分钟。

"我不行了……"韩娜抱着肚子颜面全无。

顾城看着韩娜狼狈的样子竟然开心地咧开嘴一笑。

"笑个屁！"看到顾城幸灾乐祸的样子，韩娜是真的火了。

大巴在一片黑暗中停下，韩娜夹着腿跑下车，一看车外，两边是黑漆漆的稻田，既没有厕所也没有可以遮蔽的地方。车子一停，大巴上的乘客陆陆续续地醒来，都下车方便。不过下车的都是男人，身子一背在路边就解决了。穿着短裤吊带的韩娜总不可能在众目睽睽之下宽衣解带。

犯难之际，格子衬衫递了过来，顾城笑着看向韩娜。

韩娜抢过衬衫围在腰上，就朝远处跑去。顾城在身后贱兮兮地笑道："别尿我衣服上！"

本已狼狈不堪，再加上顾城这么一吼，韩娜在众人目光的注视下，尴尬地跑进稻田。

解决完人生大事，全车人都在等韩娜，韩娜跳上车还没站稳，汽车就发动了，她一个重心不稳，眼看仰面就要摔个狗吃屎，全车肤色各异的游客都瞪着她，这丢脸丢出国门了，韩娜郁闷地闭上眼。

关键时刻，一双强有力的大手揽住她的腰，顺势把她捋到一边。韩娜还没反应过来，就已经落入顾城的怀里。

四目相对，韩娜的脸火辣辣的，心跳得厉害。

顾城的眼角也闪过一丝异样，但马上他又摆出一副痞样。

“就你这种生存技能，居然还是导游，尽把客人往沟里带吧？”顾城取笑道。

韩娜压抑住内心汹涌翻腾，尴尬地从他怀里挣脱，坐回座位。

顾城没有看出韩娜的局促不安，打趣了几句，闭着眼继续睡觉。坐在旁边的韩娜渐渐平复呼吸，轻轻转过头偷看顾城，挺拔的鼻子，轮廓分明的侧脸弧线，韩娜惊然发现，顾城的长相是自己喜欢的那种类型，奇怪的是，认识他这么多年，以前从未发现过。

也许，因为是最好朋友的男人，所以韩娜从未对顾城过多关注过。

想起馨薇，韩娜觉得很羞耻，虽然他们已经分手，但对着顾城产生异样的感觉总有种怪异的感觉，韩娜转过头不再看顾城。

❺

这种猝不及防的好感，令韩娜惊慌失措，她怕动心，所以处处提防。但感情这东西就像咳嗽，越忍越爆发。

结伴旅行最能考验彼此默契、爱好、兴趣度是否匹配的测验，不少情侣如胶似漆，却在旅行过后分道扬镳；而也有不少原本是陌生的两人，却通过旅行骤然发现对方契合得好似世界上的另一个自己。

而韩娜是在旅行中发现顾城的另一面，沿途顾城推荐的美食；他带着她避开重重游客走街串巷，品味最地道的当地生活；他憧憬的生活方式就是在喜欢的城市开家小店，悠悠散散、简简单单地过日子……

这一切都是韩娜之心所向。

好不容易遇上灵魂与之匹配的人，怎奈，他却是闺蜜的前男友。

顺化这座古城有着与河内全然不同的气质，慢慢吞吞好似垂暮的老人。在这里待的十来天，每天一大早顾城就把韩娜喊起来，两人骑着自行车出门，沿路在小摊上吃份夹着火腿、黄瓜的法棍配咖啡，然后去菜市场买菜，跟当地人讨价还价再加聊聊天，一上午就打发过去了，趁中午太阳没有暴虐之前，回旅馆借老板的厨房烧一大桌菜。

顾城很容易跟人混熟，常常邀请同旅馆对味的朋友吃饭，每当中午的时候，前呼后拥一群来自不同国家的过客，坐在旅馆露天花园的餐厅里吃饭侃大山。话题天南地北，反正大家日后没有往来，所以分外放肆，调笑起来像又回到了不靠谱的学生时代。

住客中有位金发碧眼、丰乳蜂腰的法国妞对顾城着了迷，明确韩娜并非他女友后，对顾城毫不顾忌地如影随形，法国人幽默外向，顾城不时被这个漂亮的女孩逗得开怀大笑。尽管韩娜一再克制，但总有酸涩的感觉在胸中蔓延开来，眼不见心不烦，韩娜干脆避开两人去顺化皇宫。

“去哪儿？”顾城和金发妞买完菜回来，看见韩娜推着自行车出门，顾城问。

“皇宫。”韩娜看着顾城身边前凸后翘，明艳如花的法国妞就来气。

“没啥好看的，今天买了梭子蟹和虾，中午炒米粉吃。”顾城笑着挽留。

“跑这么远来做饭，还不如待家里。”说罢，韩娜骑上自行车目不斜视地离开。

看着韩娜骑在自行车上倔强的背影，顾城扬起了嘴角。

果真，如顾城说的那般，顺化皇宫一点都不好玩。这个仿照着紫禁城建造的宫殿，无论在占地还是气势上都不及紫禁城的1/10，顶着正午的大太阳，韩娜逛了一会儿，就热得浑身是汗，躲到阅是堂乘凉。虽然是出来了，但韩娜仍不免想到顾城和法国妞在旅馆里眉来眼去，越想越堵，偏还没有吃醋的资格。

韩娜愤愤地喝下手上的冰可乐，一个身影出现在她面前，差点让她呛出来。

“你跑来干吗？”韩娜斜着眼睛，看着眼前的顾城。

“怕你一个人无聊。”顾城说。

“你怎么找到我的？”

“就这么大个地方，想找个人，不难。”顾城一屁股坐韩娜旁，拿过她手上的可乐，咕噜咕噜灌着。

韩娜心中一暖，情不自禁地偷笑着。

一对满头银发的美国老夫妇从两人旁边经过，请顾城帮他们拍合照，顾城接过相机，两位颤颤巍巍的老人居然深情相拥，来了个经典的法式热吻。

顾城按下快门，韩娜被感动得一塌糊涂。

老先生拉着老太太的手说：“我们结婚60年了，每天我都会热吻她。”

泪点低的韩娜眼圈红了：“你太太很幸福。”

顾城用手肘碰了碰韩娜，打趣道：“泪点也太低了吧？”

韩娜看着顾城，一字一句道：“有多少人能像他们有这样的福气，找到值得一辈子疼惜的人。我对爱情最终极的幻想不过就是：愿得一人心，白首不相离。”

看着泪珠在韩娜的眼眶闪闪发光，那一刻，顾城的心中竟有种莫名的怜悯与冲动，想把她抱在怀里，但与此同时，顾城也想到了馨薇。

他迅速地把目光转到一边。

老先生笑着拍了拍顾城：“你女朋友很可爱！”

顾城吊儿郎当地揽住韩娜的肩膀：“我们是好朋友。”

韩娜脸色一变，好朋友这三个字听起来分外刺心，瞬间，她仿佛清醒了，人不可有妄想，特别是对不该的人和事。

晚上，旅馆外的露天餐厅，顾城和旅途中才认识的朋友喝酒聊天，韩娜借口中暑，待在房间里。夜风从阳台的百叶窗缓缓吹进来，带进来顾城和法国妞开心的调笑声。自从和馨薇分开后，顾城对异性也随便和无所谓起来，因为他不吝啬的体贴和照顾，所以才让韩娜一时迷乱，还好，关键时刻，顾城的一句“好朋友”，让韩娜清楚地认识到自己的位置。

韩娜为自己对顾城动心感到羞耻。

一夜的宿醉，导致顾城没有早早起床，韩娜收拾完行李，在前台留了张纸条给顾城。感谢顾城一路上的照顾，剩下的旅程她想独自完成。

登上去往会安的大巴，韩娜望着窗外，心中却没有想象中的轻松。

第12章 巧合，是跳过漫长过程的必然

XING FU PI WAI SHANG

❶

会安，这个被称为“灯笼故乡”的城市，每当夜幕低垂，沿街的木楼便挂出五彩缤纷的纸质灯笼。半个月亮悬在青瓦屋顶上，下面是灯火摇曳的繁华街市，穿梭其中真会令人忘了今夕何夕，像身临“月上柳梢头，人约黄昏后”的意境中。

受了顾城的影响，韩娜习惯到新的地方，不是急着先去景点留下“到此一游”的照片，而是去菜市、集市，感受当地人最日常最普通的生活。丢开手机、相机，不要攻略的推荐，将自己想象成当地人，随意溜达，看到对眼的餐厅就坐下来，别人吃什么就吃什么。不要把自己当成过客，像个主人般融入陌生的环境中。

旅行原本就是从自己待腻的地方换到别人待腻的地方，体验

差异化的生活，这样等于多活了几辈子。既然没法控制生命的长度，但能努力扩展它的宽度。

这是顾城在途中最爱说的话，也是他用生命践行的格言。

当韩娜开始真正的旅行，却从一个搞音乐的男人那里学会的。

接下来的行程，她去了美山、岘港、大叻和芽庄，28 年的生命中，她从未像这次，与自己独处如此长的时间。

人，也只有在孤独的时候，才能清晰地触摸到内心的真实需求。

而韩娜心中的召唤，是在遇上了“美奈”这个城市后，开始变得具体起来。

在芽庄待腻后，韩娜把旅程的最后一站，定在西贡。

从芽庄坐大巴去西贡的路途上，像是到了美国西部，车窗外苍茫一片的黄色沙漠，开阔而壮观，开过这片的大漠，很快峰回路转，出现大片的海水和绿洲，仿佛海市蜃楼。蓝绿的海水不断冲刷着海滩，泛起层层白色的泡沫，远处成片椰林随风摇曳。一处宛若隔世的海滨小镇跃然于眼前。

黄沙、蓝天、碧海，你以为走入荒凉，却是另一番繁华。

韩娜打开车窗，海水的潮腥味汹涌着扑鼻而来。就这一瞬间，她决定在此停留。

拖着重重的旅行箱，韩娜走进一家度假村，前台是在一栋茅草屋顶的凉亭里，凉亭很大，摆满桌椅，兼具餐厅和酒吧。凉亭的屋檐挂着风铃，随风叮叮咚咚，声音轻盈悦耳。

老板热情招呼韩娜，带她穿过落着鸡蛋花的前院，到后面的住宿区。这是个长方形铺设着草地的庭院，两旁对称地坐落着六栋茅草顶装饰的小别墅，门前种着结满果实的椰树，进屋前的阶梯旁立个胖身瘦口的陶瓷水罐，上面漂着朵睡莲，别墅门前都有个小露台，摆放着木质的桌椅，上面搭配颜色冲撞的东南亚布艺。

最令韩娜心动的是庭院正中那条用鹅卵石铺成的小道，穿过一架爬满三角梅的花架，径直通往木篱笆外面的海滩。

面朝大海，春暖花开。

韩娜突然对这里，有种宿命般的亲切感。

办理完入住手续后，韩娜换了条黑色长裙，走到沙滩的躺椅上看书。刚翻了几页，一个穿墨绿色体恤、身材颀长的金发男孩牵着条金毛从海滩走过来。

男孩从沙地里捡了个树上掉下来的椰子，兴致勃勃地和狗研究如何打开，敲敲打打了半天，椰子依旧完好无损，男孩把椰子递到金毛面前，让它咬开。狗狗有尊严地别开了脸。韩娜忍俊不禁：“需要帮你借把刀吗？”

金发男孩转过头，看着韩娜，开心地笑了，露出两个酒窝。

韩娜把男孩带到餐厅，找老板借了把水果刀，两人嘻嘻哈哈捣鼓了半天，好不容易开了个洞，里面的椰汁还洒了大半，男孩兴奋地拿过两只吸管插在里面，请韩娜一起喝。老板见这两个神经病开心成这样，耸耸肩膀表示，这里新鲜开好的椰子不过也才4000盾。

男孩叫乔，刚大学毕业，用暑假打工积攒的费用来东南亚过间隙年。乔邀请韩娜一起去红沙漠看日落。

两人租了辆敞篷的吉普车，沿着海滨马路一路驰骋着，落日余晖，远处渔船纷纷归航，抱着渔网的渔夫们从被刷成黄蓝相间的船上下来，有说有笑坐在沙滩上挑拣着渔获。

马路上不时窜出牛群，懒洋洋地横穿马路。

韩娜停下车，开心地让路，同乔讲笑话，放肆地大笑，已经很多年没这么无忧无虑过。

吉普车在一片红色沙土的山头停住，韩娜跳下车，被乔拉着冲上山头，夕阳的余晖倾洒在沙漠上，将一整片沙漠染成橙红色，沙漠的边缘围绕着折射宝石般光泽的碧蓝海水，美得好不真实，两行泪水从韩娜的眼里情不自禁地滑落。

在这广袤无垠的大自然中，人好似浩瀚宇宙中的一粒沙。如此看来，无论再奋力折腾，都是徒劳。但生命不以渺小卑微而无意义，来人世一趟，爱过、恨过、痛过便值回票价。心存感恩，在你人生旅程中出现的每一个人，因为他（她）们，让这段从生到死的单向旅途变得伟大而又深刻。

这一刻，韩娜脑海中闪现出顾城的脸，随即心中翻过一丝酸楚。

“上个月我在阿富汗旅行，遇到塔利班的追袭，差点就看不到这么漂亮的风景了。”坐在韩娜身旁的乔，突然说道。

“你疯了？去阿富汗！”

“年轻的时候没做过一两件疯狂的事情，老了一定后悔！”满脸稚气的乔一本正经地说。

这话一下击中韩娜，有那么瞬间她想给顾城电话，告诉他，她很想念他。

但这样的勇气只维持了两秒钟，

乔才 20 岁，他有疯狂的资本；而她，已临而立之年。

❷

回程的时候，韩娜和乔开着吉普车路过镇上的时候，在路边发现了家很特别的餐厅。

整个餐厅的外观造型极简，用纯白色的外墙搭配原木，白墙上爬满了红色的三角梅，颇有点地中海风格。

韩娜将吉普车开到餐厅门口停下，同乔走进了庭院。

这家主营的是无国界菜系，菜品搭配得也很有创意。韩娜点了苹果红酒烩牛肉和彩虹沙拉，菜还未上来，老板先赠送了两杯滴露咖啡。韩娜喝了口，加了炼乳的咖啡香甜醇厚，在河内的时候，每天都会陪顾城去小摊边喝，顾城总是在咖啡里加很多的炼乳，为此，韩娜取笑他。

“我喜欢咖啡的香，但不爱它的苦，加上炼乳正好合适。”顾城解释。

而不知哪天开始，喜欢纯美式咖啡的韩娜，竟也受他的影响爱上这样甜腻的味道。

见韩娜嘴角带着笑沉浸在回忆中，乔不禁好奇：“你在想什么？笑得这么开心。”

“我想起有位朋友说我傻笑的样子很像白痴。”

乔一脸你开什么玩笑的表情：“被人骂还这么高兴？你喜欢的人？”

韩娜点点头。

“为什么不和他一块出来玩？”

“他是我最好朋友的前男友。”韩娜满脸忧虑。

“那又怎样？”

“你不觉得很尴尬吗？”

“为什么会尴尬？”乔一脸鄙视。

两人沉默的当儿，一阵轻悠的钢琴旋律从远处传来，韩娜愣住，屏息凝听着。

那首歌曲是韩娜最爱的瑞秋山形《be be your love》。

“后院有架钢琴，有位客人每晚都来。”服务员上菜时，见韩娜听得如此投入，好心介绍着。

不顾乔惊诧的眼神，韩娜神经质地一下站起来，推开餐厅中厅的玻璃门，穿过长长的走廊，在后院的屋檐下，架着一架白色的钢琴，有位男子背对着坐在钢琴前弹奏着。

那一刻，韩娜的心狂跳得差点要蹦出胸膛。

是顾城，兜兜转转，想不到居然会在这个偏僻的地方再遇上他。

其实，当在大厅里听到这歌的旋律时，韩娜的直觉告诉她是顾城。

看着熟悉的身影，她想到第一次听这歌。那晚韩娜和顾城各自经历着人生中艰难的选择。也许就是那天，韩娜对顾城就已经产生了超出朋友间的特别情愫。认识那么多年，却发现一直寻找的人竟然就在身边。

他们，曾都在爱里，求，而不得。那种无力与绝望，她比谁都更懂他。

韩娜站在顾城身后，静静听他唱。

顾城沙哑、磁性的声音，令这首原本哀伤的歌曲，更加婉转低回。

“If I could take you away
Pretend I was queen
What would you say
Would you think I'm unreal
Cause everybody's got their way I should feel
Everybody's talking how I can't be your love
But I want to be your love…”

弹完最后一个音符，顾城像是感受到了什么，慢慢转过身。

看到韩娜的那刹那，他淡漠的眼里闪过一丝惊喜。

“没想到会在这里再遇到你。”韩娜怔怔看着顾城。

“因为我们很像。”顾城满眼含笑。

的确，如果不是同类，怎么会在那么多热门风景地中，独独选择在这个旅行宝典上鲜有介绍，游客稀少的不知名的海滨小镇；若不是有同样的品位，怎么会又在这小镇无数的餐厅，却无独有偶走进同样的大门。

巧合，不过是跳过漫长过程的必然。

“韩娜！”乔从角落窜出来。

顾城看见乔，眼角闪过一丝黯然。

而那复杂的神情，恰好被韩娜捕捉到。

晚餐，三人喝了很多酒，聊得很开心。

在回去的路上，乔让韩娜把车停在海岸边，跳下车，边脱衣服边朝海边跑去。

“韩娜，在深夜的大海里游泳，你敢吗？”

话音刚落，乔已经冲进了海里。

韩娜见状也跳下车，脱掉长裙，露出里面的比基尼，朝海边跑去。

顾城叫住她，深夜的大海海浪汹涌，他对她的水性不放心。

韩娜转过头，撒娇似的看着他：“没事，有你在。”

说罢，她冲进了海浪里。

顾城放不下心，也跟着过去，他奋力游向韩娜身边，在她前面。

“我游前面，跟紧我。”顾城说。

夜晚的大海，漆黑深邃，没有了白日里的柔情蜜意。海浪汹涌翻卷，仿似把整个世界吞噬掉。但跟在顾城身后，韩娜一点都不害怕。

爱，是种直觉。

不需要证明，你就敢把命交在他手里，生死相依。

韩娜情不自禁对着顾城起伏在海浪的身影，喊出：“我们在一起吧！”

汹涌翻起的海潮，迅速地吞没韩娜的话。海潮打过来，韩娜呛了口水，咸腥的海水灌进胸腔，她顿时慌了，在海水中乱扑腾，接连不断地呛水。恐惧中，一个身影游了过来，把手递了过来，紧紧抓住她，将她往岸边拉。

回到岸边的韩娜呕出几口海水，难受地大口喘气。

“每次都令我对你刮目相看，能不能少做点白痴的事？”顾城皱着眉头嘲讽她。

韩娜气得转身就走，顾城一把拉住她。

“你刚才说的那句算数吗？”

“哪句？”

不待韩娜细想，顾城将她揽进怀里，重重地吻住她。

幸福来得太突然，韩娜整个人呆若木鸡。吻过那么多人，而这一次，却竟如初吻般心悸不已。

韩娜静静融化在顾城的怀里，整个世界都安静了，连远处咆哮的海浪都显得如此温柔。

那一刻，韩娜在顾城身上看到了永恒。

❸

“MUI NEI。”顾城指着地名上的字母，教韩娜读着，她就没把这个海滨小镇的名字念利索过。

韩娜坐在房间露台，认真地吃着早餐：“没奶？这么美个地方，取个这么煞风景的名字！”

韩娜喝下一口牛奶，嘴唇上浮着一层沫子。

顾城刚给她甩了个白眼，下一秒却又宠溺地用手帮她把牛奶沫子擦掉。

“要我取名字，我就叫这里为：……遇爱之地或者造爱之地也不错？”韩娜边说边对着顾城色色地笑。

“叫你智障一点没错。”顾城皱着眉，摇摇头，一脸嫌弃。

韩娜生气得伸出沾满果酱的双手，张牙舞爪冲着顾城的脸就来了，顾城用一只手就将她紧紧擒住，韩娜不服气地挣扎着。

顾城一把环住她的腰，低下头吻住她，韩娜一下乖了。

“就喜欢你傻兮兮的。”顾城说。

的确，顾城对韩娜有特别的好感是因为她的傻兮兮。

那是在她阑尾炎住院的时候，刚做完手术，饿了两天，好不容易终于通气了，韩娜抱着顾城买来的白粥，吃得感激涕零，跟她平日的形象完全不同。

顾城盯着韩娜不解，她和馨薇性格、价值观迥异，两人怎会成为最好的朋友。

韩娜见顾城直直盯着她，以为自己过分的吃相吓到顾城了，不好意思地笑了笑。

就是这样一个人畜无害的微笑，令那段日子一直沉浸在阴霾里的顾城，突然感到眼前有道阳光。

更令顾城感到惊讶的是，当韩娜提着猪蹄来绝色感谢他，通过扔飞镖决定去越南旅行的时候，也正是他想放空之际。

而越南，对顾城来说有着特别的意义。那是他北漂失败后，曾经有很长一段时间怀疑自己，所以选择长途旅行，第一站就去了越南。年轻气盛时总想功成名就，扬名立万，但在越南南边的沙滩边，弹着吉他的顾城，顿然大悟，所谓的名利，都是为旁人所努力，人短短一生，为了取悦他人而委屈自己，该有多悲哀。

当年，因为前路迷茫来到越南；而现在却因为情感空缺旧地重游。不过还好，身边多了位有趣的朋友。

韩娜虽然外表看上去精明利落，但处久了就发现她简单得一塌涂地。

对身边的人，她不设防，说什么就是什么。好与坏清楚明确地写在脸上。

她也没有美女包袱，开心便笑，伤心便哭。

更难得是，顾城竟然觉得同韩娜有心有灵犀的默契，两人的喜好惊人地一致。跟她在一起舒服开心，他从未想过馨薇会像韩娜一样，跟他穿着人字拖，吃路边摊，在东南亚小城的菜市场里跟大妈们砍价。

如果馨薇是需要仰视的女神，韩娜就是可以勾肩搭背的哥们儿。

离开河内的那晚，在夜车中醒来的顾城，转头看向身边的韩娜，平时闹闹喳喳的“哥们儿”，像个孩子般睡得毫无戒备，散乱的发丝垂搭在脸颊，那一刻，昏暗光线下的韩娜显得特别温柔，令人怜爱。顾城小心翼翼地帮她拨弄开乱发，又把肩膀靠过去，让熟睡中的韩娜可以把头舒服地放在他肩上。

那一刻，顾城的心中充满柔情蜜意。

但是，他不敢确定，对韩娜的感情是否掺杂了爱屋及乌的因素在里面。

如果不绝对，那就不要开始，他不想伤害无辜，更不想失去韩娜这样一个重要的朋友。

所以他才会在顺化，故意和法国妞打得火热。可戏是演了，但骗不了自己，看到韩娜失魂落魄地离开，顾城内心竟会酸涩不堪。

然念念不忘，必有回响。

当再和韩娜重遇时，有些质的改变在两人之间悄然发生。

那一晚海边，月光下的韩娜泛着一层柔软的白光，令顾城意乱情迷，当吻上她的双唇时，他就如 7 年前在越南海边的顿悟，明白了自己的心。

❹

而同顾城在一起，韩娜会想起一句话：不管曾经被伤害得有多深，总会有一个人的出现，让你原谅之前生活对你的所有刁难。

她想不到两人竟如此合拍，就好似这世界上的另一个自己。

在 MUI NEI 不过短短的 10 天时间，240 个小时的朝夕相处，竟有了天长地久的错觉。每日晨曦中醒来，看到身边躺着的那个帅气、稳重的男人，韩娜就心感踏实，忘却了曾经受过的挫折，走过的弯路，好似第一次恋爱般，无畏无惧。

MUI NEI 的清晨很美。当红日慢慢出现在海岸线上，整个天幕顿时有如油画的质感，海岸线依次渐变，从墨黑、湛蓝、深紫、紫红，渐渐浸润成玫红、橘红、深红。

最后太阳升至半空，变成一枚红彤彤的鸡蛋黄。

每日清晨，顾城都会带着韩娜去沙滩上晨跑，6 点出门，跑半小时刚好到码头迎接日出。清晨的码头是最热闹的，第一拨捕鱼归航的渔船停靠在岸，天蓝色的渔船装饰着柠檬黄的线条和正红色的图案，鲜艳而热闹。

渔夫们收拾好捕获的渔物，把身条细小的海鱼用煤油炉子炖来吃。一大家子围坐在船头，捧着盛满白米饭的盘子，用调羹舀着鱼汤下饭，说说笑笑，这样的日子有种热腾腾的生命力。

韩娜见此情景总觉得像在家乡，那个曾经她觉得落后、闭塞的小县城。年少的时候像匹野马，总怕被那个小地方湮没，平凡一生，于是想方设法挤进大城市，虽有了安身立命之处，但终觉得是异乡人。

年少时觉得平凡是件可怕的事，经历一些事情后，才明白能像大部分人一样平凡着，才是多么有福分。若能觅得有心人，择一处山清水秀之地携手终老，那就已然称得上幸运。

看着身边的顾城，韩娜萌生出在此定居的念头。

见韩娜陷入沉思，顾城用手肘碰了碰她，戏谑：“又想到哪个前任了？”

“你猜？”

顾城不屑地白了她一眼，继续朝前跑去。韩娜跟在后面，看顾城吃醋心里窃喜，没留意沙滩上露出的小礁石，一脚踢上去。跑前面的顾城只听得后面一声惨叫，转头一看韩娜捂着脚趾蹲坐在地上。

“跟你说过不要再穿人字拖跑步！”顾城急得吼韩娜。

韩娜痛得说不出话来，鲜血从捂着脚趾的手指缝流出来。

顾城拿开她的手指一看，大脚趾被擦掉一大块皮。

“怎么会遇上你这么笨的人！”顾城边骂边脱下身上的白 T 恤，撕成布条给韩娜细心地包扎。

韩娜看着顾城焦急的样子，心生感慨：“要是七年前我能在这里遇上你多好，不用走这么多弯路了。”韩娜说。

顾城一愣，抬头看着韩娜。

清晨的阳光照耀在她的皮肤上，泛着层淡金色的光。未施粉黛的她有种简单质朴的美，是顾城在经历过馨薇浓烈的爱恨，才能鉴别欣赏的恰到好处的舒适。就好像一夜宿醉后，清晨餐桌上那碗温热的清粥。

如果这趟旅行提前七年，他们会不会在一起？

也许会，也许不会，也许彼此交错后还是各自远航。

感情没有对错，只有合适的时间遇上合适的人。

下午的时候，顾城消失了大半天，天擦黑的时候才回来。

韩娜回到房间的时候，发现多了双白色的球鞋，一试，刚好合脚。

这次旅行，韩娜只带了人字拖和高跟凉鞋。臭美的她又不愿穿小镇上卖的军绿色帆布胶鞋。

顾城趁她下午午睡的时候，事先量好尺码，租了辆吉普车开车到 30 公里外的城镇上，找了一大圈，终于在家中国人经营的时装店买到鞋子。

对于韩娜，他没缘由地心疼，想去保护她照顾她。

因为，在她身上总能看到自己的影子。

❺

小镇上有座不大的教堂，每周三和周四都会有牧师布道。

一次，两人听完布道，顾城拿本《圣经》，给韩娜讲《创世纪》上的故事。

“耶和华神用亚当身上所取的肋骨，造了一个女人，带她到那人面前。那人说：这是我的骨中骨，肉中肉。”

韩娜用手托着腮，看着顾城甜甜地笑了。

“怪不得我俩这么合拍，原来我是你骨头做的。”韩娜恍然大悟。

顾城白了她一眼：“作为女性，我觉得矜持是种美德。”

韩娜偏捣蛋地凑上前，奉上香吻。顾城无语地推开韩娜，但一本正经的脸，却因为嘴角的微微扬起而被出卖。

“道貌岸然。”韩娜用手指轻轻拨弄了下顾城的下巴取笑道。

每次韩娜一得意，就喜欢用手指拨弄顾城的下巴。顾城觉得韩娜做这动作特别流气，反对过好几次，但韩娜置若罔闻。

顾城拨弄开韩娜的手继续念着：“她当称为女人，因为她是从男人身上取出来的。因此人要离开父母，和妻子连合，二人成为一体。”

韩娜没了声息。顾城转过头一看，韩娜拿着笔认真地在中指上画着戒指。

“你干吗？”顾城问。

韩娜不作声，拿起顾城的手，在他的中指处画了个戒指。

“我小的时候看电视，看男女主角在教堂结婚，觉得好浪漫，我就想要是以后我办婚礼，一定在教堂举行。”

顾城打趣：“多大岁数？还在做梦。”

“有梦做，多好啊，万一不小心就成真了。”

韩娜含情脉脉地看着顾城：“以前我总觉得自己运气一般，出生在普通家庭，长得不特别漂亮，也不特别聪明。凡事就算再努力，也总事与愿违。我想要找个人，不要特别优秀，只要能欣赏我懂我，别让我哭。我跟那人年轻时轰轰烈烈地爱着，中年时细水长流地伴着，老了能相互扶持地走着。我差点以为这样的爱人是奢望。直到后来遇到你，才晓得原来老天爷之前给我设的障，都是为了成全最后的美意。”

这样的告白，戳中了顾城心中最柔软的地方。韩娜想要的，何尝不是他所追求的：愿得一人心，白首不分离。

“我们结婚吧！”顾城脱口而出。

“啥？”韩娜睁大眼睛，满脸惊吓。

顾城自己也被吓了跳，他不是冲动的人，却居然在和韩娜确立关系不到半个月的时间，就向她求婚。

但他觉得在这时这刻这样的地方说出这样的话是水到渠成的事情。

“没听见就算了。”顾城故意说。

“我愿意！”韩娜大喊着扑进顾城怀里。

阳光从窗外倾洒进来，教堂分外神圣安详，一切包裹在日光的温柔里。

顾城和韩娜都是随性的人，对形式并不执着。韩娜提议先在MUI NEI的教堂请牧师办个小型的仪式，然后再回国补手续，请亲朋好友吃个饭。

结婚那天，韩娜穿了条白色蕾丝长裙，戴顶草编的巴拿帽，拿束用旧英文报纸包裹的睡莲当捧花；顾城黑体恤配浅灰棉麻长裤，下面趿拉双黑色人字拖，随意得像是上街买菜样。两人都很喜欢现在的状态，放松，自在。

当天参加观礼的只有酒店老板和乔，乔原本打算只在此待两周，谁料因为同韩娜和顾城聊得对味，多留了几天，参加完他们的婚礼再走。

牧师行礼时，用英文诵读了一遍《圣经》里的章节：爱是恒久忍耐，又有恩慈；爱是不忌妒，爱是不自夸，不张狂，不做害羞的事，不求自己的益处，不轻易发怒，不计算人的恶，不喜欢不义，只喜欢真理；凡事包容，凡事相信，凡事盼望，凡事忍耐。爱是永不止息……

当牧师念完经文，韩娜已泪流满面，但她开心得捂着嘴笑。

顾城帮她擦去泪水，笑着将她揽进怀里："傻姑娘终于嫁出去了，高兴地又哭又笑。"

"反正从今以后，只能我抛弃你，你不能始乱终弃！"韩娜娇嗔地扬扬手上的戒指。

无名指上那枚戒指是文上去的。那是顾城的主意：两人彼此为对方设计婚戒，然后文在手指上。这种婚戒独一无二且伴随一生。

牧师宣布在主耶稣的见证下两人结为夫妻。

顾城激动地捧起韩娜的脸，吻在她嘴上。

这一刻，于他和她来说，虽然突然，但用了漫长的年岁去铺垫。

于绝望之处遇见你，好似雪地开出的花，比春天里的更美。

因为历经坎坷的爱情，多了分慈悲和感恩。

❻

举行完婚礼的那晚，韩娜拉着顾城的手在阳台上坐下。

有件事情虽然彼此都不愿意触及，但还是应该有个交代的，那就是馨薇。

“我希望得到她的祝福，如果她不开心，我也不会幸福。”韩娜说。

顾城点头，这也是他所希望的。

对于馨薇，不能说完全已经放下，但是他现在有新的努力的方向。就好比再令人留恋的风景，你明白了目的地不在此后，只能挥挥衣袖，继续赶路。

那曾经爱过的美丽，珍藏在心里就好。

韩娜内心相当忐忑，虽然情理上来说，馨薇同顾城已无关系，并且她远在异国，也许此生两人再无交集，但韩娜始终觉得有点对不住好友。

电话接通，那端传来馨薇微弱的声音，韩娜刚说了声。馨薇就激灵地问，这么晚？发生什么事了？是姑妈病重了吗？

韩娜一下短路了，时差换算没对，她以为对方是早上，结果是凌晨三点钟。

“不是姑妈，是我。”韩娜说。

“你，你怎么了？”馨薇那边隐约传来开门关门的声音。

“我结婚了。”韩娜长吸一口气。

谁料，馨薇并没有继续询问她，韩娜听出电话那头传来低吼和争吵声，紧接着“嘭”的摔门声。

“你和文天明在吵架？”韩娜有点蒙，夜半三更的，两夫妻睡到半夜起来吵架？

电话那头，半天没有回答。

韩娜捧着电话，喂了半天，终于馨薇拿起了话筒。

“我现在有点累，想睡了，改天打过来行吗？”馨薇的声音的确是疲惫不堪的状态。

韩娜只得狐疑地挂上电话。

隔了两天韩娜再打过去，是馨薇家里保姆接的电话，说馨薇有点早产的迹象，住进医院安胎。

这节骨眼上，韩娜自然不愿把和顾城结婚的事情告诉馨薇，令她心上添堵。

她打电话过去关心馨薇，但馨薇不咸不淡，问其和文天明的婚后生活，馨薇直说还好，却只字不提那晚争吵的事情，韩娜听出语气中的逞强，也不好戳穿。

等她生下孩子再告诉她。

韩娜同顾城商量，她只说了馨薇住院保胎的事情，没跟顾城提馨薇同文天明不和。

从心底讲，她不想顾城再为馨薇担心了。

因为那点小自私，让韩娜觉得羞愧，脸竟红了。

细心的顾城发现："如果你有心事，我希望能同你一起分担。"

韩娜没想到自己这点小心思被看穿："如果馨薇过得不好，你会不会……"

顾城一愣："她怎么了？"

看到顾城紧张的样子，韩娜的心还是有些失落。

"我发现自己远没有那么大度，毕竟是曾经那么爱过的人，有时会觉得心里堵，但吃馨薇的醋又让我很羞愧。"

顾城释然地笑笑，将韩娜拉进怀里。

"你曾经说过，要是七年前如果我们能在这里相遇就好了。其实，如果真的那样，没有经历过这七年所遇到的人和事，不会明白什么才是适合自己的，我们走不到最后。对于那些陪伴我们成长的人，要心存感恩，不能因为没有陪我们走到最后，就否定他（她）们曾在我们人生中出现的意义。"

顾城说这话时，满脸坦荡，眼眸里充满柔情。韩娜终于明白他为何能让她心安。

因为，看似玩世不恭的他，内里却有着很多男人缺失的有担当、重情义的品质。

第13章 请你一定比我幸福

XING FU PI WAI SHANG

❶

回国的时候，莎莎和男友来接的机。

电话里，韩娜把和顾城的事情告诉了她。

沙莎一手抱着韩娜，一手抱着顾城，比他们还开心。

莎莎的男友站在一旁，温柔而宠溺地看着她。

男友是通过相亲认识的，在韩娜出去旅行的几个月里，两人发展迅速。

他比莎莎小两岁，高中的体育老师，身材魁梧，体贴大气，做得一手好菜，虽然挣不了多少钱，但对莎莎说一不二，视莎莎的女儿也如己出。

莎莎在家里给韩娜接风，一桌好菜全是男友捣腾出来的。莎莎和男友有说有笑地忙里忙外，她的女儿咿咿呀呀满地乱爬，不明就里的外人看来这是幸福和谐的一家人。

莎莎提起男友满脸的幸福和感恩，她说曾经以为会一辈子孤独下去，没想到会遇到男友，谈了无数次的恋爱，每次都惊心动魄，唯独这次会让她心静如水，不过，那水是温水。

随时心里都是暖暖的。

韩娜看着粉黛不施，打扮朴素的莎莎，很难将曾经那个浑身名牌的物质女联想在一起。

你经历的是怎样的爱，在你身上就呈现怎样的状态。

趁着顾城在逗孩子，莎莎把韩娜拉到一边。

“我真没想到你们会在一起。”莎莎兴奋又八卦的神情。

“会不会有点尴尬……”韩娜瞥了眼客厅里耐心同小孩子玩耍的顾城，心里又暖又忐忑。

“尴尬什么？像顾城这样又帅又有型的男人，换我早下手了！不过，我家男人也不错，我们的生活很和谐哦！他绰号叫一夜七次郎！”莎莎捂着嘴哈哈大笑。

韩娜翻了个白眼：“妇女同志，您能不能稍微收敛点。哪怕到了如狼似虎的年纪，也请别说得这么直白。”

“就给我装！看你油光水滑的，顾城没少滋润吧！”莎莎越说越来劲，声音大得连顾城都满脸诧异地看过来。

韩娜脸涨得通红，完全接不下话，莎莎得逞，哧哧地笑着。

“哎，不知道馨薇怎么样？自从她出去了，就不怎么和我联系。文天明对她好吗？”莎莎感慨道。

提起馨薇，氛围有些尴尬，韩娜望向顾城。

总觉得那么不真实，好像是偷了馨薇的幸福一样。

见韩娜脸露尴尬，莎莎忙转圜道：“好不好，都她自己选的。”

韩娜不说话，客厅传来孩子咯咯的笑声，顾城抱着小孩，高高举起飞旋着，小孩子笑得连鼻泡都喷出来，逗得顾城大笑着慌忙不迭地又帮她揩鼻涕。

顾城很喜欢孩子。

韩娜想：真爱一个男人，就想为他生孩子吧。

她想为顾城生很多的孩子，一大家子，打打闹闹，哭哭笑笑。

绝色的生意每况愈下，每月都亏本不少，顾城慢慢萌生新的打算，但心中对自己一手打理起来的绝色仍有不舍。

十二点的时候，韩娜带了夜宵来看他。

这样一个倒春寒的雨夜，客人寥寥无几，往日歌舞升平的景象一去不复返。

两人坐在吧台前沉默地吃着猪脚面线。

“要不把绝色结了吧！”韩娜冷不丁说出这样的话。

顾城一愣，惊诧地看着她。

“不如我们选个喜欢的地方开间店，既可以当酒吧又是旅舍，然后生几个孩子养几只猫狗，简简单单，不赚多少钱，就一大家子热热闹闹的。”她边说着，边忍不住为未来的美好生活露出幸福的笑容。

韩娜的话，令顾城无比震撼，她所描绘的生活蓝图，一直是他内心里最憧憬的生活方式。两人的追求原来是如此一致。

所谓灵魂伴侣大概就是这个意思吧。

顾城顿然觉得无比轻松。

“走，请你去吃烧烤！”顾城提议道。

说到吃，韩娜两眼放光。

❷

两人驱车来到西门的一处旧小区内，这家烧烤店韩娜吃了很多年。

从最初路边的三轮车吃到有了固定的店铺。

以前，顾城很排斥这种垃圾食品，同时为了嗓子的缘故，夜宵多是清粥小菜。

但跟韩娜在一起后，口味越来越重。

用韩娜的话来说：“但凡能给身体带来愉悦的食物，就不是垃圾食品。”

两人点好菜，坐在店里的角落，唧唧喁喁说着情话。

夜凉，韩娜的手冰冷，顾城将她的手放进怀里取暖，韩娜笑嘻嘻地看着他。

两人的对面放了台冰柜，上面摆着台老旧的电视机，老板娘边无聊地打着呵欠，边拿遥控板不停地调台，屏幕上的图像还没显出来，马上又闪到下一个频道。

“手真欠，闪得我头都要晕了。”韩娜小声嘀咕道。

“头晕就别看。”顾城说完塞了串五花肉给她。

韩娜拿过肉串，眼睛却习惯性地还是瞟向电视机。

老板娘的手终于停住，定格在夜间新闻上。

画面出现一辆撞在路边大树上的小车，已经变形得面目全非，非常惨烈。

随即传来主持人的播报：“温哥华一华裔男子驾驶豪华跑车，撞上路旁大树，车内一男一女当场死亡。事故原因，警方正在调查中。”

看到这样的新闻，韩娜脑海瞬间闪过馨薇，那是她待的城市。

第二天清早，韩娜就被急促的手机铃声吵醒。

一看是莎莎打来的，为怕打扰到顾城，韩娜起身跑到阳台上去接。

“文天明死了！”莎莎没头没尾地爆出一句话。

韩娜头脑一片空白。

“刚刚陈至给我的电话，他朋友在温哥华做生意，听说文天明是刚从夜总会嗨了药，产生幻觉撞车死的，当场死的还有夜总会的一个小姐，都轰动当地的华人圈了……”

莎莎到最后讲了什么，韩娜一个字也没听清楚。

她只听到两点：文天明死了，死的时候他车上坐着另一位女人。

韩娜联想到昨晚那条新闻，当时她怎么也没把它同文天明联想起来。

原以为，馨薇耗尽所有心力，就此找到归宿，却是这样的结果。

命里不是你的东西，最终都要连本带利地一起归还。

想到还躺在医院保胎的馨薇，韩娜的泪珠忍不住大串大串滚落。

韩娜用最快的速度办好加拿大的签证，馨薇在国外无依无靠，在关键时刻突遇如此大的变故，作为多年的好友韩娜做不到袖手旁观。

而从更深层次来讲，她也是在帮顾城。

顾城曾对馨薇许诺，只要她有困难，会义不容辞地站出来。如果换作以前，飞过去的也许是顾城，但现在顾城有了韩娜，无法两全。

韩娜不想顾城失信，所以他不能做的事情，她去帮他一并完成。

走的那天，顾城紧紧地抱着韩娜，说了句："谢谢你。"

韩娜明了这句话另外层意思，一股酸涩涌上心间。

文天明出事的第二天，馨薇就早产生下儿子，比预产期提前了整整五周多。孩子先天性肺功能发育不全，生下来就在保温箱里。

那是馨薇一生中最惨淡的日子，她无数次希望，闭上眼睛再也不要醒来。

恍恍惚惚中她看到了文天明满身是血，朝她走来。

馨薇流着泪拼命想拉他手，明明近在咫尺却好似隔着千山万水的距离，怎么也触碰不到他，慢慢的文天明化成顾城的样子，目含柔情地看着她。

馨薇张着嘴想要说出：对不起。却偏偏像有人掐住她的脖子般，发不出声音，她剧烈地挣扎着，猛然惊醒。

床榻旁，却是双眼通红的韩娜。

“韩娜。”馨薇虚弱地呼唤着好友。

韩娜还未张嘴，眼泪就扑簌而落。她从未见过这样的馨薇，颧骨高耸，两个眼眶如同骷髅般深陷进去，曾经那双大而明亮的圆眼睛，弥漫着一层灰蒙的雾气。

这哪里是才生产完的产妇，分明就是具能呼吸的尸体。

馨薇遭受的是毁灭性的打击。

“没事的，你还有我！”韩娜紧紧地握住馨薇的手。

馨薇的手，冰凉刺骨。

“我没事。”馨薇转过头，故作轻松。

眼角的泪却决堤般汹涌不止。

馨薇顿然有种错觉，好似时光倒流，那时她刚刚生完囡囡，也是韩娜这样守在她身旁。

如今生下文天明的第二个孩子，他仍不在身旁，仍是她独自面对。

她泥陷在轮回里，怎么都爬不出来。

❸

馨薇最大的错误，就是以为婚姻是幸福的保证。

当上了梦寐以求的文太太，朱砂痣变成了白饭粒。

最初日子也是你侬我侬，但文天明终是匹无法驯服的烈马，他注定是不羁且自由的。

国内生意的失败，严重摧毁了文天明不可一世的自信心。他强烈希望东山再起，以证明自己。但全球经济的萎靡，臂膀势力的衰退，令他难大展其才。

文天明虽然大势已去，但瘦死的骆驼比马壮，事业上的萎靡不振，令他转战追求灯红酒绿的放纵生活。终日同一帮同样不得志的富二代们搅和在一起，沉迷于性和毒品带来的短暂刺激，直至后来暴死街头。

性格决定命运，这句话放在文天明身上一点没错。

文天明的葬礼上，白发人送黑发人的文父哀恸得连腰都无法立起来，全程靠亲友搀扶。

文母在接到儿子的死讯当天就重病住院，无法赶过来参加葬礼。

年幼的囡囡捧着父亲的相框，小脸蛋上满是泪水。

尽管文天明是个不称职的丈夫，但对女儿却无比宠溺。

韩娜搂着囡囡，心疼这个极度渴望家庭温暖的孩子，好不容易尝试了父爱母爱围绕的日子，却又短暂得转瞬即逝。

站在角落里，身材薄得像纸片的馨薇，像要随时被寒风吹倒般。

韩娜紧紧握着馨薇冰凉的手，不知道该如何给予她安慰与力量。

棺木下土的那刻，在场的所有人放声大哭，就连韩娜也忍不住抽泣，她是替馨薇和囡囡难过。

而馨薇，她一滴眼泪都没掉。

这辈子所有的爱恨情仇，全随着深眠在地下的那个男人，消失殆尽。

在韩娜的精心照料下，馨薇稍稍恢复了点人气，但孩子的情况却越来越糟糕，肺部严重感染，在匆匆来到这人世后的18天后，又匆匆回到来时的地方。

馨薇把夭折的孩子葬在文天明的墓边。

韩娜劝慰道：“孩子跟爸爸在一起，你也可以安心了。”

馨薇抚摸着墓碑上文天明的照片，幽幽说：“你一直想要个儿子，现在有了，但愿你在那边可以做个尽责的好爸爸。”

一身缟素的馨薇，脸色苍白。

韩娜为她披上外套，抱着她说：“我们回家吧。”

回国的前夕，文父提出想把囡囡带去北京，跟他们老两口在一起。见馨薇不肯，文父索性给她跪下。这样的场景仿似当年，不过当时是馨薇跪下要老两口认囡囡，现在是文父跪下要求带走囡囡，同样是为了孩子，却发生了质的变化。

“我和你婆婆年纪大了，除了孙子我们没有别的指望，这是天明留在世上唯一的念想，我们曾经有对不住你们两母女的地方，请你给我个机会让我好好补偿在囡囡身上。我们也没多少日子好活，只想走之前能够享受一下天伦。囡囡始终是你的闺女，我们百年后，剩下的一切都是你们两母女的。如果你还惦念和天明的情分，你怎么忍心他的父母孤苦伶仃地度过风烛残年……”

姜不愧是老的辣，文父几句话就攻破馨薇心上最脆弱的地方。

送囡囡走的那天，韩娜抱着孩子哭得难分难舍，埋怨馨薇：“难道你看不出他们自私？只想着自己的天伦之乐，没想过把你们两母女拆散多残忍吗？他们一无所有，难道你不同样也是吗？”

馨薇疲惫不堪地缓缓说道：“没关系，反正到最后，我最亲近的人都会一个个离开我，早点迟点又有什么所谓。”

她的话让韩娜心中一凛，韩娜急忙道：“我不会！”

馨薇看着韩娜，眼眶中闪过星点泪光：“我知道。”

❹

回来的飞机上，馨薇想起了，询问韩娜：“我记得之前你好像跟我说你结婚了。”

韩娜正为这件事头疼，馨薇眼下这种境况，让她如何开得了口告诉她，自己同她的前男友在一起。

“开玩笑，闹着玩的。”韩娜端起空姐刚给倒的咖啡，掩饰慌乱。

馨薇狐疑地看着神色紧张的韩娜，不经意却瞥到她无名指上文着一枚戒指的图案。见韩娜不愿说下去，她也不深问。

离别两年多，馨薇回到这个居住多年的城市，竟有了丝丝陌生感。

不是因为它发展得日新月异，而是曾经令她熟悉安定的东西不在了。

她当初走的时候想着回来探亲方便，没卖掉房子把钥匙交给韩娜保管。在回来前一天，韩娜让顾城请家政阿姨做好了清洁，又买了鲜花装饰，冰箱里也放满各式新鲜的食物。

当馨薇打开门，竟有种从未离开的感觉，愣在那里。

“顾城打扫的。”韩娜想都没想，脱口而出。

馨薇一下愣住，问道：“他怎么样了？”

“还好……”韩娜打着哈哈，忙帮着提行李来转移注意力。

馨薇走进客厅，看到桌上花瓶里插着的白玫瑰，那是她最喜爱的花，这些点滴的细节令馨薇感动到唏嘘不已。

她拿起一朵，却不小心被刺戳中，瞬间沁出小血珠。

“难得他还记得我喜欢的花。”馨薇用嘴含着手指说道，脸上竟有一丝浅浅笑意。

韩娜停下手中的活计，艰涩一笑，这话就像刺一样扎在她的心上。

帮馨薇收拾停顿，回到和顾城的家里，韩娜从未有过这样累。

她摊在沙发上，沉沉睡去。

再醒来时，身上盖好了毛毯，厨房里飘来饭菜香，顾城做了满满一桌菜。

菜全是依着韩娜的口味做的，她心中一暖，先前顾城送花给馨薇的芥蒂顿时解开。

韩娜倒也饿了，吃得狼吞虎咽。

顾城托着腮，含笑看她吃。

“没见过美女吃饭？”韩娜骄傲地翻了个白眼。

“看你吃饭真是种享受。”顾城一脸陶醉。

韩娜还没开心三秒，顾城接着说：“你吃饭时发出猪刨食般的哗哗声，让我好有成就感。”

把韩娜气得懒得理他，闷着头兀自刨着饭。

顾城得意地笑，冷不丁被韩娜猛塞了一堆调味的鲜柠檬在嘴里，酸得他龇牙咧嘴，顾城要报复回来，韩娜早咯咯地笑着跑开，两人从打闹变成拥吻，最后转战到卧室。

小别胜新婚，两人都达到了前所未有的契合。

潮汐过后，韩娜从后面紧紧抱住顾城：“真怕有天我们会分开。”

顾城揽住韩娜，扬了扬手指上的戒指刺青，一脸认真：“我们是在神的见证下结成的夫妻，你是神赐我的骨中骨，就算不小心走散，最终也会团聚，因为我们是一体的。”

说罢，顾城重重地吻住韩娜。

❺

馨薇回来后，韩娜常常发现她站在窗边，望着外面出神，常常这样一站就是半天。

每每打断她，馨薇都非常不耐烦的样子。

她的脾气也变得越来越暴躁，很容易发火，每次冲韩娜发完火，又很快内疚地抱着韩娜道歉。韩娜想带她去看心理医生，馨薇总说：“我很好。”

她越这样说，越令人担心。

一天傍晚，馨薇出人意料地打扮了番，穿了条素雅的针织长裙，化着精致的妆，这是文天明过世后，她第一次盛装打扮。她对韩娜说晚上要去见个朋友，让她不用等，韩娜问谁？

馨薇笑而不语。

馨薇去了绝色。

这是她最后一张底牌，姑妈曾对她说过，这世上最爱她的男人非顾城莫属。

特别是住在医院保胎的那段日子，文天明依然故我，整日灯红酒绿，对她不管不问，那个时候她怀念起顾城的好。

离开顾城，要说不后悔那是不可能的。

但馨薇最大的优点就是不管遭受多大的挫败，都往前看。

馨薇经历过刻骨铭心的生离死别，仿似老了好几十岁，她从未如此渴望过安稳的家庭生活。她这才能体会到姑妈说的，一个安稳、温暖的家对女人的重要意义。

她曾经旁敲侧击地问过顾城的感情状况，但韩娜闪烁其词，没个准话。也许是韩娜怕她伤心，不忍如实相告。不过，无所谓，她对顾城，正如文天明对她一样，有着绝对的控制力，就算他结婚了，她也有信心把他夺回来。

家里那束顾城为她准备的白玫瑰，就是最好的证明。

而令馨薇没想到的是，绝色，这个他和顾城相遇并一见钟情的地方，早已人事已非。

曾经酒吧门口停满各式的跑车和机车，眼前只一片凋敝，堆放着几口袋的建筑垃圾。绝色的店招还在，却没通上电，在黑夜的衬托下越发萧索。

馨薇推开门，大厅里桌椅杂乱地堆叠着，地上落满各式海报。

只剩下两三个工人在朝外搬着东西。

馨薇拉住其中一位工人询问，才得知酒吧早已易主。

人都是贱性的，在手里时不觉得有多珍贵，一旦失去才发现是最好的。曾经以为只要回头，不管走多远，顾城都会站在原地等她。

绝色，见证着她同顾城的相遇、相恋，突然就这么没了。

馨薇呆立在大厅，恍惚中，好像顾城来了，她以为是幻觉，努力睁大眼，却是真的。

阔别近两年，第一次见面，千言万语却无从说起。

顾城看着眼前的馨薇，清瘦单薄，已然少了当年的凌厉，多了忧郁。

而馨薇眼中的顾城，也变了，比以前清爽了不少，髭须也剃了，穿合身的毛衣长裤，简单时尚，人温和了。有新伴侣的气息。

她突然觉得有什么东西在他们之间消失了。

沉默半晌，顾城先开口："还好吧？"

馨薇点点头，黯然神伤："你曾经在绝色倾注那么多心血，想不到会把它关掉。"

"累了，想换个地。"

"谢谢你帮我打扫房间，那束花，我很喜欢。"

"喜欢就好。"顾城温暖地笑着说。

果然，馨薇的直觉是准的，她顺势问道："有女朋友吗？"

顾城愣住，韩娜再三要求，不能在馨薇现在的状态下，让她知道他们之间的事情。但顾城并不想说谎。

见顾城短暂的沉默，馨薇心中暗喜，但还没开心多久，旋即听到了她最不想听到的话。

“我结婚了。”顾城说。

顿时，胸中紧绷的那口气，好像气球般被人用针轻轻一挑，“嘭”地爆了，炸得心口闷痛。馨薇忍住眼眶的酸涩，不断在内心给自己打气：没事的，没事的，就算他结了婚，只要我回头，他还是我的！

“真可惜，还说来绝色喝点酒……有什么地方好推荐吗？”馨薇绽放明媚的笑容望着顾城，眼里满是期待。

“听韩娜说你身体还很虚弱，早点回去休息。过段时间大家给你接风的时候再好好喝。”顾城还是那么体贴，只是多了生分。

“要不陪我喝点东西？”馨薇不甘心。

“不了，晚上还有点事，我送你回去。”

多可笑，曾经追在身后亦步亦趋的人，有天也会对她说不。

斗转星移，连日月都不能恒定，这世上还有什么不会迁移。

顾城陪着馨薇走到大街上，帮她拦下一辆出租车，并提前给了车费。

曾经那个耳鬓厮磨的爱人，如今客气得如同点头之交的熟人。连驱车送她一程的情义都没有。

对于一个经受了感情重创的女人来讲，这种感受多凄凉。

在顾城替她拉开出租车门的那一瞬间，馨薇看见了顾城中指上的戒指刺青——跟韩娜手指上的一模一样。

馨薇突然好想笑，自以为很聪明，结果却做了最蠢的事情。

最亲爱的人联手抛弃了她。

没有谁非谁不可，往日爱你如生命的人，也会转爱他人。

时间是残酷的，因为它可以抚平所有的刻骨铭心。

馨薇紧紧抓住车门，生怕自己软弱地跌倒。

车子开远了，她才捂着嘴放声大哭。

顾城回到家，装作不经意地提起馨薇来过绝色。

短暂错愕后，韩娜试探地问道："她说什么了？"

顾城叹了口气，像是对馨薇说，也像是对自己说："有些东西，过去了就是过去了。"

话虽如此，顾城皱着的眉头，说明他并非无动于衷。

和馨薇五年多的感情，而他们不过在一起才半年，她没有信心可以抗衡。

该来的始终要来，韩娜深呼吸一口气，鼓足勇气："趁着我们只是在教堂举办了仪式，还没办手续，一切还来得及。我尊重你的选择。"

顾城沉默着，韩娜眼眶撑得酸痛，她不想在他面前哭，不想让眼泪变成胁迫。

就算他马上提出分手，她也不会觉得遗憾，毕竟曾经那么幸福过。

顾城不说话，握住韩娜的手，十指紧扣，两人手上的戒指文身紧紧相贴。

此刻的无言，却比任何的山盟海誓来得实在。

夜深，半醉的馨薇打开门，家里的客厅留着盏小灯。曾经顾城总在她晚归时为她留灯。

瞬间，她以为是顾城回来了。

“顾城！”馨薇不由得叫道。

可惜，空荡荡的房间里始终没有出现那个身影。

餐桌上，留着一碗早已没有热气的鸡汤。下面压着韩娜的字条，提醒她晚上回来把鸡汤热来喝掉再睡。

一股怒不可遏的无名火窜上胸口。

馨薇扬起手，将碗扫到地上打得粉碎。

❻

正当韩娜想对馨薇坦白的时候，馨薇失踪了。

手机关机，韩娜找了所有她可能出现的地方，甚至打电话到北京文父母的家中，都没找到馨薇的踪影。

顾城也去了这个城市里他们曾到过的地方找她。每去一个地方就是一次记忆的回溯。

过往的开心，对比如今，无论对他还是馨薇，都是伤害。

顾城眉头的结越来越深。

韩娜突然意识到，自从馨薇回来后，顾城就很少笑。

不爱一个人的表现，不是恨，而是无感，是她（他）再也不能影响自己的喜怒哀乐。

当她和顾城背对背睡在一张床上，她怎么会感受不到这个男人心中的担忧和痛苦，她很想抱抱他，但始终没有勇气，此时任何的温柔对顾城而言都是负担，他需要静静地好好想。

不是说这份感情不够真，而是人生的每个节点，心境感触是不同的，爱是种很微妙的感觉，差之毫厘，失之千里。

因为了解，所以慈悲。

就在众人打算报警的时候，馨薇又突然出现，并邀约了顾城、韩娜和莎莎来家里，陪她一起过 30 岁的生日。

顾城并不打算去，韩娜劝道："陪她开开心心过完这个生日，以后的事情以后再说。"

生日那天，韩娜刻意和顾城一前一后到。

馨薇穿了条黑色的丝质长裙，挽起长发。露出雪白修长的脖颈，配她猩红的唇，美得触目惊心。

馨薇激动地同每个人拥抱，仿佛什么事都没发生过。

莎莎拿出蛋糕，插上蜡烛。

馨薇拉住顾城："帮我在酒柜里拿瓶红酒，那瓶你最爱的我还留着。"

顾城一愣，瞥了眼韩娜，韩娜装作若无其事。

红酒拿来，顾城帮每个人倒好酒，馨薇举起酒杯朝向三人："这杯酒感谢你们，陪伴我这么多年，我爱你们。"

说罢，馨薇一饮而尽。又倒上第二杯，坐到韩娜身边："第二杯，给我最最最好的朋友。我永远记得当初实习，我们都没有钱，我看上条裙子特别喜欢，后来是你，用一个月的工资买下来当生日礼物送我，结果那个月害得你一分钱都没有，休假都不敢出门，我过生日那天你陪着我在宿舍吃方便面，当时那么穷却那么开心……”

说到这里，馨薇哽咽了，韩娜也笑着笑着就哭了。

“你是我这辈子最信赖的人，就算全世界都辜负我，我都相信你不会！”

馨薇举起酒杯一饮而尽。韩娜抑制不住地难过，泪流满面。

第三杯酒，是敬顾城的，馨薇看着顾城，什么也没说，凄美地笑着，将杯中的酒一饮而尽，她的脸上已经显现出微醺的醉意。

“我要生日礼物！”

韩娜这才慌乱地擦掉眼泪，站起身去拿礼物。

谁料，馨薇根本没看她，径直走到顾城身边，抱着他的脸激烈地吻着。

韩娜当场傻掉，莎莎看不下去：“顾城现在是韩娜的男人！”

“啪”，红酒杯被馨薇扔在地上，碎得一地玻璃碴，她声嘶力竭地吼道：“我知道！你他妈的让我过个开心的生日行不行！”

大家都被震住，莎莎黑脸起身摔门离开。

韩娜尴尬得开口正要解释，就被馨薇打断：“你们俩什么时候开始的？”

“是我做得不好，没有早点告诉你，希望能够得到你的祝福。”一直沉默的顾城终于开口了。

馨薇一下就笑了，直接拿起红酒瓶猛灌一口，恢复昔日的高冷，淡然地看着顾城：“我肯定祝福，一个是我的好姐妹，一个是我的前男友。我祝你们百年好合……没事儿，你们开心就好，不用考虑我的感受，我累了，想休息，你们走吧！”

韩娜和顾城面面相觑，都没有起身。

见两人不作声，馨薇激动地拉着顾城和韩娜就往门外推，力气大得惊人，韩娜从未见过馨薇如此失态。

推搡之间，突然顾城抓住馨薇的手，不顾她挣扎强制性地把她抗起来，扔到沙发上，韩娜这才发现，馨薇光脚踩在碎掉的玻璃碴上，脚底鲜血淋漓。

顾城熟练地从橱柜里拿出医药箱，把馨薇的脚放在腿上，用消毒的镊子细心地将扎进肉里的玻璃碴夹出来。

韩娜默默地看着顾城的举动，此时此景，她回想起在 MUI NEI 的沙滩上，顾城也曾这样帮她包扎过受伤的脚。她强压住内心的波涛汹涌，拼命忍回即将夺眶而出的眼泪。

馨薇别过脸，装作满不在乎。

处理好伤口，顾城起身要离开，馨薇再也崩不下去，一把抱住顾城，哀号："你说过，不管什么时候，只要我需要，都会义无反顾地站出来，如果做不到，当初为什么要许下这样的承诺？"

顾城咬着唇，脸色悲怆。

馨薇哭得像个孩子，无助得令人心痛。

站在门口的韩娜，像个观众般看着两人。

曾经韩娜觉得馨薇最爱的是文天明，跟顾城只是退而求其次，但此刻馨薇的表现，让她知道其实馨薇从未明白自己的心，曾经一直只属于自己的东西，等到要真正失去那刻，才知道原来有多么重要。

"顾城……对不起……我错了……放开你是我这辈子做过的最蠢的事，我以前最痛恨女人为了爱情没有尊严，我也知道自己现在的样子很恶心，但我顾不了……我求你……给我也是给我们最后一次机会……”馨薇紧紧抱住顾城，生怕一松手他就会走掉。

曾经仰望的高峰，却低到尘埃来哀求，任谁也不会无动于衷。

顾城愣在那里，没有说话。

但韩娜分明看到一颗豆大的泪水从顾城的眼眶滑落。

因为心中有爱，所以会心痛，会难过。

曾经那么爱的人，怎么可能说忘就忘，心中不再为她泛起一丝涟漪。

这就是人性，而人性就是心中关着的一匹狼。

那瞬间，她顿觉自己是多出来的那个人。

她想，若重新退回到好朋友的位置，大家都不会痛苦。

一个人不幸福，好过三个人都不幸福。

更何况，顾城和馨薇是她在这世上最重要的两个人。

她怎么忍心看着他们不幸福。

❼

这世界很小，两个有缘的人，再兜兜转转都会遇到；

这世界很大，当你不想再看到另个人时，一别就是终生。

当决定成全后，她觉得自己迅速成熟了，第一次觉得幸福原来可以掌握在自己手里。

关键是看，选择怎样的爱。

正如《圣经》上说的那般：爱是恒久忍耐，又有恩赐。

她卖掉房子，斩断同这座城市最后的连线，反正本来就是过客，心安之处便是故乡。

她到处旅行，用一年的时间背包几乎走遍了全球，独自行走的力量原来这样大。

人的眼界一旦开阔后，生活里所有的不满与逆境，便会视如草芥。

她跟家里人保持单线联系，每到一处地方便给父母寄回张明信片。当收到明信片时，她已经早在下个目的地了。

她的下落没有一个朋友知道。

既然决定放手，就要断得干干净净。

后来吴姐在新加坡开了分公司，她被委任去当负责人。

历经洗礼后，韩娜已然变得雷厉风行，分公司被她经营得风生水起。她没曾想到居然自己还会成为女强人。

赚了钱，给老家的父母买了房子，在西南寒冷的冬天把他们接到温暖的热带过冬，没有依靠婚姻，她照样活成家里人的骄傲。

韩妈妈有次不经意地说起，馨薇去了北京。

韩娜笑笑而过，没有追问下去。

她曾经答应过不会离开馨薇，但是人世间的缘分，聚散离合，哪是一句话就能保证的。

偶尔夜深人静的时候，会想起前尘过往，恍惚的好像是上辈子的事。

在离开的第三年，韩娜决定遵从内心的意愿，选择慢下来的生活。

干净利落地处理好手中的事，她飞去了河内，看了老朋友

POH妈。

POH妈老了点，更胖了。看见韩娜依旧那么热情，给她睡最好的房间，又买了新鲜的食材给她做拿手好菜。

“去年的时候，顾城还来过我这里。”POH妈说。

再提到他的名字时，心中还是会有点酸。

韩娜低下头，装作认真吃饭，不想让POH妈看到她眼中的泪光。

在河内休整了段时间，韩娜去了MUI NEI，她曾在这里的海边幻想过，想在这里开家客栈，面朝大海，春暖花开。

这曾是她和最爱的男人相恋的地方，她曾想过为他生一堆儿女，然后在此携手共老。

虽然好梦都不容易现实，但毕竟曾经那样浓烈、深厚的爱过与被爱，足够了。

再回到MUI NEI，曾经那家餐厅还在，不过老板要回法国，急于转手，韩娜把店盘了下来，又花了几个月时间，重新装修，并扩建了几间客房出来。

前院是餐厅，紧挨着沙滩的后院既是酒吧又是住宿。

一切都按照韩娜的喜好装饰，虽然耗光了她所有的积蓄，但终于有了真正意义上的家。

旅店的生意还不错，韩娜常常心血来潮亲自下厨，给客人做家乡的美食。

而到夜晚，和一群有趣的客人坐在院里，天南地北地边喝酒边吹牛，韩娜不知不觉竟像极了顾城。

34 岁生日那天，她带一位从瑞典来的女孩出海捕鱼，天擦黑了才回来。

旅馆的员工们偷偷为她准备了个蛋糕，她这才想起今天是自己的生日。店员举着生日蛋糕要她许愿。

韩娜想了想，双手合十。

我要我爱的人永远幸福。

切蛋糕的时候，店员说下午有人来住店，还向他打听韩娜的消息。

韩娜一怔，问是谁？店员说是个英俊的男人。

突然，那种紧张到心快跳出胸口的感觉再次回来了。

全世界一下静到令她只听见自己的心跳声。

后院隐隐传来熟悉的旋律，那是她最爱的曲子。

当沙哑、低沉的嗓音响起，时光仿佛又回到当年的那个晚上。

"If I could take you away
Pretend I was queen
What would you say
Would you think I'm unreal
Cause everybody's got their way I should feel
Everybody's talking how I can't be your love

But I want to be your love…”

她记起他说过：她是他的骨中骨，肉中肉，就算偶尔走散，最终也会团聚，因为他们是一体。

韩娜扬起脸，努力要让自己微笑着面对重逢。

但眼泪却决堤而流……